KNAUR

Über den Autor:

Steffen Weinert, geboren 1975, absolvierte sein Studium an der Filmakademie Baden-Württemberg und ist heute hauptsächlich als Autor und Regisseur tätig. Sein Kurzfilm *Der Aufreißer* lief auf über 60 nationalen und internationalen Filmfestivals und hat mehr als 20 Preise gewonnen. Sein Langfilmdebüt *Finn und der Weg zum Himmel* wurde unter anderem auf den Festivals in Shanghai, Stuttgart und Biberach gezeigt sowie im SWR und BR ausgestrahlt. Sein zweiter Spielfilm, das Drama *Das Leben meiner Tochter,* kam 2019 in die deutschen Kinos. Nach zwei humorvollen Romanen startet er mit der LKA-Ermittlerin Mara Eisfeld seine erste Krimi-Reihe.

STEFFEN WEINERT

EIS-FELD

Der Fall Katharina S.

KRIMINALROMAN

KNAUR

Der Autor hat für die Erstellung des Manuskripts
ein Neustart-Kultur-Stipendium erhalten.

Besuchen Sie uns im Internet:
www.droemer-knaur.de

MIX
Papier | Fördert
gute Waldnutzung
FSC® C083411

Originalausgabe September 2024

Ein Imprint der Verlagsgruppe
Droemer Knaur GmbH & Co. KG, München

Redaktion: Maria Hochsieder
Covergestaltung: Kristin Pang
Coverabbildung: Trevor Payne / Arcangel Images
Hintergrund-Illustrationen von Shutterstock.com:
ecrafts, Gergitek Gergi tavan
Satz und Layout: Adobe InDesign im Verlag
Druck und Bindung: CPI books GmbH, Leck
ISBN 978-3-426-44821-2

2 4 5 3

1

Mit geübten Handgriffen hebelte Leif innerhalb weniger Sekunden die Terrassentür auf. Danach verstaute er das Werkzeug im Rucksack und gab seinem Freund Hamudi mit einer galanten Geste den Vortritt.

Das Haus, das sie nun betraten, hatten sie zuvor einige Tage lang ausgespäht und waren sich sicher, dass es trotz seiner Größe nur von einer einzigen Person bewohnt wurde: einem Mann, der frühmorgens zur Arbeit fuhr und erst am späten Nachmittag wieder zurückkehrte. Sie hätten also genügend Zeit, sich in aller Ruhe umzusehen und die Sachen auszusuchen, die sich am teuersten bei eBay verkaufen ließen.

Die beiden waren ein eingespieltes Team und hatten die Aufteilung der Räume bereits im Vorfeld festgelegt. Hamudi übernahm Dachboden und ersten Stock, Leif Erdgeschoss und Keller. Nachdem Hamudi nach oben verschwunden war, zog Leif im Wohnzimmer die erstbeste Kommodenschublade auf und wurde sofort fündig: eine Schatulle aus edlem Holz, randvoll mit Schmuck. Ringen, Broschen, Spangen. Zwar altmodisches Zeug, dafür schien alles aus Silber zu sein.

Überhaupt wirkte vieles im Haus irgendwie aus der Zeit gefallen. Besonders die Einrichtung. Sie passte so gar nicht zu dem Mann, der hier wohnte. Leif vermutete, dass es einst das Haus von dessen Eltern gewesen war und er sich nicht die Mühe gemacht hatte, es nach seinem Geschmack einzurichten. Oder er hatte einfach keinen Geschmack.

Leif war es egal. Er selbst hatte Geschmack und wusste auch schon genau, was er mit seiner Beute anfangen würde. Ein paar Scheine würde er seiner Mutter geben, ein bisschen was würde er in Gras investieren, den Großteil aber würde er sparen, um in ein, zwei Jahren komplett aus dem Einbruchsbusiness auszusteigen. Und dann: ein eigener Klamottenladen!

Nachdem er den Inhalt der Schatulle in seinen Rucksack gekippt hatte, fiel sein Blick auf eine grüne Geldkassette, die im Wandschrank stand und nur dürftig durch einen kleinen Strauß Trockenblumen verdeckt wurde. Der Schlüssel steckte. Er öffnete die Kassette und war nun endgültig sicher, dass dies der entspannteste Coup seit Langem werden würde. In der Geldkassette lagen acht Hunderteuroscheine, zwei Fünfziger und fünf Zwanziger. Insgesamt also tausend Euro Taschengeld. Und zwar für ihn allein, denn er hatte nicht vor, Hamudi davon zu erzählen.

In letzter Zeit war es nämlich etwas zu oft vorgekommen, dass der ihm irgendwelche erfundenen Posten in Rechnung gestellt und diese dann von seinem Anteil abgezogen hatte. Einer dieser Posten war typischerweise Murat, Hamudis großer Bruder, oder besser gesagt dessen Dienste.

Es stimmte zwar, dass Murat sie bereits mehrfach aus brenzligen Situationen gerettet hatte, und schon während ihrer Grundschulzeit war es von Vorteil gewesen, mit einem kriminell und gewalttätig wirkenden großen Bruder drohen zu können und diesen im Bedarfsfall auch kommen zu lassen, Leif bezweifelte allerdings, dass Hamudi das Schutzgeld auch wirklich an ihn weiterleitete. Im Gegenteil, er war sich eigentlich ziemlich sicher, dass er es nicht tat.

Nachdem Leif mit dem Erdgeschoss fertig war, verschaffte er sich einen Überblick über das, was er neben dem Schmuck bisher zusammengetragen hatte: eine goldene Armbanduhr, ein iPad, eine Kamera mit mehreren Objektiven und ein Set antiken Tafelsilbers für zwölf Personen. Ganz okay für den Anfang. Als Nächstes war der Keller an der Reihe.

Mit Kellern hatte Leif unterschiedliche Erfahrungen gemacht. Meist fand sich dort nur Gerümpel, Sperrmüll und unnützes Zeugs, doch manchmal auch richtige Schätze, wie alte Weine – von denen er zwar keine Ahnung hatte, aber er kannte einen Typen, der sie ihm abkaufte – oder altes Spielzeug, für das man wiederum online viel Geld bekam.

Als Leif den Lichtschalter betätigte und die Steintreppen nach unten stieg, überkam ihn ein mulmiges Gefühl. Der kleine Junge in ihm meldete sich zurück, der mit dunklen Kellern immer etwas Beängstigendes verband. Er drückte dieses Gefühl weg und versuchte, sich auf seine Aufgabe zu konzentrieren.

Der Keller bestand aus mehreren spärlich beleuchteten Räumen. Im ersten befanden sich Regale mit alten Koffern, Umzugskartons und diverse große und kleine Schachteln. In dem daneben standen eine Schubkarre, ein paar alte Fahrräder sowie große Plastikkisten mit Bettwäsche, Gardinen und Tischtüchern. Der nächste wurde zur Lagerung von Baumaterial und Werkzeug genutzt. In einer Ecke war eine größere Menge Dachziegel gestapelt. Davor standen zwei Zementsäcke, ein ungeöffneter und ein halb leerer, außerdem ein Bottich zum Anrühren von Mörtel und eine große Bohrmaschine mit entsprechendem Quirl.

Ein weiterer, wesentlich kleinerer Raum war leer bis auf einen einzigen Gegenstand: eine riesige Gefriertruhe, die ein gleichmäßiges, tiefes Brummen von sich gab. Unvermittelt kehrte das mulmige Gefühl zurück. Vor Leifs innerem Auge zogen all die Szenen aus Serienkillerfilmen vorüber, in denen Gefriertruhen in dunklen Kellern nie etwas Gutes bedeuteten. Dennoch näherte er sich mit entschlossenen Schritten der Truhe, zog mit einem Ruck den Deckel auf und … zuckte zurück.

Die Truhe war bis oben hin gefüllt mit Fleisch und Knochen. Jedes Stück war in eine eigene Plastiktüte verpackt. Auf kleinen Klebeetiketten war akkurat vermerkt, was sich darin befand, beispielsweise »Nacken vom Schwein, Droisenhof« oder »Hinterläufe Reh, Jägerhof Abt«, dazu ein Datum, das vermutlich Auskunft darüber geben sollte, wann die Stücke eingefroren worden waren. Angewidert knallte Leif den Truhendeckel wieder zu. Es gab kaum etwas, was ihn mehr anwiderte als unverarbeitetes Fleisch.

Er hatte genug gesehen. Anstatt den Keller weiter zu durchsuchen, wollte er lieber schauen, was Hamudi gefunden hatte. Als er schon dabei war, die Treppen wieder nach oben zu steigen, bemerkte er etwas Seltsames: Vor einem der Regale zeichneten sich merkwürdige Schleifspuren auf dem Fußboden ab. Leifs Herz schlug schneller. Sollte es hier doch noch so etwas wie ein Geheimversteck geben? Unwillkürlich musste er an den alten Mann aus München denken, über den er mal einen Bericht gesehen hatte und der in seinem unscheinbaren, kleinen Häuschen Gemälde und Zeichnungen im Wert von mehreren Millionen gebunkert hatte. So eine Entdeckung wär's jetzt.

Als er näher an das Regal herantrat, bemerkte er, dass die eine Seite mit Scharnieren an der Wand befestigt war. Er zog an der anderen Seite. Und tatsächlich: Das Regal ließ sich von der Wand wegklappen.

Leif staunte nicht schlecht, als er sah, was sich dahinter verbarg: eine enge Röhre, in der eine schmale Treppe nach unten führte. Ein Keller unter dem eigentlichen Keller. Ganz unten konnte man eine graue Tür erahnen. Leif verspürte Unbehagen, aber auch eine gewisse Vorfreude auf das, was es dort zu entdecken gab.

Stufe um Stufe schritt er die unebene Treppe nach unten, bis er erkannte, dass es sich bei der grauen Tür um eine massive Feuerschutztür handelte, was bei Leif kurz ein Gefühl der Enttäuschung auslöste. Wahrscheinlich befand sich dahinter eine gewöhnliche Heizungsanlage. Er drückte die Klinke nach unten und zog die Tür langsam auf.

Zunächst wunderte er sich darüber, dass in dem Raum Licht brannte. Dann über den Geruch, der ihm plötzlich in die Nase stieg. Leif konnte ihn zwar nicht genau bestimmen, aber er wusste sehr wohl, dass er nicht zu diesem Ort passte. Es roch irgendwie nach Küche.

Nachdem er die Tür ein weiteres Stück aufgezogen hatte, blieb er wie gelähmt stehen, denn das, was er sah, konnte sein Kopf nur schwer mit seinen Erwartungen in Einklang bringen.

Bewegungslos starrte er einige Sekunden lang in den Raum. Doch dann setzte Panik ein, und die riss ihn schlagartig aus seiner Lethargie. Adrenalin schoss durch seine Adern. Blitzschnell trat er einen Schritt zurück, schnappte nach Luft und drückte die Metalltür wieder zu.

Er drehte sich um und hastete die enge Treppe nach oben.

»Hamudi! Komm runter! Jetzt! Schnell! Wir hauen ab!«

Er erreichte den eigentlichen Keller, rief nochmals nach Hamudi, sprintete dann die dreizehn Stufen ins Erdgeschoss hinauf, bog um die Ecke in Richtung Küche, wo er das bisher Erbeutete zwischengelagert hatte, und … bremste abrupt ab.

Vor ihm stand ein drahtiger, vielleicht fünfzigjähriger Mann mit kurz geschorenen Haaren, bekleidet mit der charakteristischen gelb-roten Uniform eines DHL-Boten. In der Hand ein Brecheisen. Der Blick grimmig, der Körper gespannt und zum Sprung bereit.

Leif erkannte den Mann sofort. Lange genug hatten sie ihn ausgekundschaftet. Es war der Bewohner des Hauses, der ihm hier den Weg nach draußen versperrte, weshalb ihm in diesem Moment auch nur ein einziger Gedanke in den Sinn kam: »Fuck!«

2

Mara Eisfeld stand mit einer Kaffeetasse in der Hand an der Terrassentür ihrer Erdgeschosswohnung, hörte den Soundtrack eines Films, an dessen Titel sie sich nicht mehr erinnern konnte, und blickte durch die ungeputzte Scheibe nach draußen. Dort, auf dem kleinen Stückchen vertrockneten Rasens, das in ihrem Mietvertrag beschönigend als »Garten« bezeichnet wurde, stand seit ziemlich genau einem Monat ein Zweipersonenzelt. Und in diesem Zelt schlief seit ebenso langer Zeit ihr Ehemann Matti. Natürlich nicht durchgehend, sondern nur nachts oder genauer gesagt zu Zeiten, die er als Nacht definierte. Also auch jetzt, um halb acht Uhr morgens.

Bevor er sein Quartier dort draußen aufgeschlagen hatte, war sein Schlafplatz neben ihr im gemeinsamen Ehebett gewesen. Acht Jahre lang plus die drei Jahre davor, in denen das Ehebett noch nicht Ehebett hieß, sondern einfach nur Doppelbett. Und das wäre sicher auch so geblieben, wäre es nicht zu dieser alles verändernden Auseinandersetzung gekommen, die einen denkbar unoriginellen Auslöser gehabt hatte: einen One-Night-Stand.

Doch nicht Mara hatte diesen Fehltritt begangen, sondern Matti. Und anstatt ihn für sich zu behalten, wie sie es getan hätte, war er auf die in ihren Augen absolut idiotische Idee gekommen, ihr diese Verfehlung zu beichten. Reumütig und mit allen Details, auf die sie gut und gern verzichtet hätte. So hatte sie nicht nur erfahren, wer neben ihm an dem Seitensprung beteiligt gewesen war (eine Schauspielkollegin), sondern auch, bei welcher Gelegenheit die Anbahnung stattgefunden hatte (Werbedreh für eine bekannte Fast-Food-Kette) und wo der Akt schließlich vollzogen wurde (Damentoilette einer Bar).

Ja, Matti war Schauspieler, ein ziemlich guter sogar, wie Mara fand, und früher, als es noch besser lief mit den Aufträgen, war er beruflich viel unterwegs gewesen. Dementsprechend oft hatte er also Gelegenheit gehabt, sich mit anderen Frauen zu treffen, und sie war sicher, dass er diese auch hin und wieder genutzt hatte. Hinweise darauf hatte es zur Genüge gegeben, die Mara aber geflissentlich ignoriert hatte, um das liebevolle und zärtliche Miteinander mit ihm nicht zu gefährden.

Warum nur hatte Matti plötzlich das dringende Bedürfnis entwickelt, ihr seinen letzten One-Night-Stand zu beichten? Eine einfache Frage, auf die sie eine ebenso einfache Antwort bekommen hatte – nachdem sie den Fehler gemacht hatte, sie zu stellen: weil es sein erster Seitensprung überhaupt gewesen war.

Maras nächster, viel gravierenderer Fehler war dann gewesen, laut und herzhaft über diese Aussage zu lachen, woraufhin die Stimmung endgültig gekippt war und es plötzlich um ganz andere Dinge gegangen war. Um ihr ständiges Misstrauen so ziemlich allem gegenüber, um die Zeit, die sie nicht für gemeinsame Gespräche und Unternehmungen aufbringen wollte oder konnte, und um den nicht wiedergutzumachenden Schaden, den all das an ihrer Beziehung angerichtet hatte. Bevor Mara begriffen hatte, was überhaupt los war, hatte die Auseinandersetzung auch schon geendet – und zwar mit Mattis Entschluss, sich von ihr zu trennen.

Sie seufzte und trank den letzten Schluck Kaffee. Draußen im Zelt tat sich immer noch nichts. So langsam konnte er aber auch mal aufstehen, dachte sie, während sie zur Kaffeemaschine ging und sich nachschenkte.

Noch in der Nacht des großen Streits hatte Matti angekündigt, sich eine eigene Wohnung zu suchen. Doch fünfzig Wohnungsbesichtigungen und ebenso viele Absagen später hatte sein Elan diesbezüglich deutlich nachgelassen. Mara kam das natürlich sehr gelegen, hoffte sie doch insgeheim, dass Matti seine Umzugspläne irgendwann ganz begrub, in ihre gemeinsame Wohnung zurückkehrte und sie beide auf diese Weise ganz organisch wieder zusammenfanden. Alles andere wäre auch wirklich eine Katastrophe. Nicht nur für sie, die in Matti nach wie vor die große Liebe sah, sondern vor allem für ihren gemeinsamen Sohn Sami, der im zarten Alter von vier Jahren sicher andere Erfahrungen machen wollte als die Trennung seiner Eltern.

Zurzeit gefiel Sami sein Leben allerdings recht gut. Unter anderem auch, weil er jeden zweiten Tag bei Papa im Zelt übernachten durfte. Das war aufregend und fast wie Urlaub. Und solange Sommer war, sprach auch überhaupt nichts dagegen.

Mara hingegen kam mit dem Schwebezustand, in dem sich ihre Ehe befand, immer weniger zurecht. Auch wenn sie der Überzeugung war, dass die Zeit für sie arbeitete, machte die Ungewissheit sie fertig. In der vergangenen Nacht war sie deshalb zu dem Entschluss gekommen, dass nun ganz schnell etwas passieren musste. Und sie hatte auch schon eine Idee, was das war.

Gedankenverloren drehte sie sich um – und stieß einen spitzen Schrei aus. Matti stand direkt vor ihr, und darüber erschrak sie so sehr, dass sie nahezu die Hälfte ihres Tasseninhalts auf Jeans, Schuhen und Boden verteilte.

Sie fluchte und zog mit einer schnellen Bewegung die Kopfhörer aus den Ohren.

»Sorry, ich hab geklopft und gerufen …«, sagte Matti schuldbewusst und fuhr sich mit der Hand durch die langen, zerzausten Haare.

»Schon gut, war ja auch gar nicht deine Schuld«, erwiderte Mara lächelnd. »Ich war gerade ganz woanders. Guten Morgen erst mal.«

»Guten Morgen«, sagte Matti, reichte ihr einen Lappen und schenkte sich ebenfalls Kaffee ein.

Er trug nur Shorts und ein verwaschenes Pixies-T-Shirt, das sie ihm vor langer Zeit zu Weihnachten geschenkt und über das er sich wie ein Kind gefreut hatte. Er roch nach Schlaf und Matti. Mara vermisste diesen Geruch. Aus ihrem Bett war er schon nach einer Woche nahezu verschwunden gewesen, obwohl sie den Bettwäschewechsel länger als sonst hinausgezögert hatte.

Sie überlegte, ob sie das Thema, das sie beschäftigte, gleich ansprechen sollte oder ihm noch ein paar Minuten Zeit zum Aufwachen geben sollte.

Matti trank zwei Schluck Kaffee, rieb sich den Schlafsand aus den Augen und gähnte. »Du kommst nachher schon mit zur U8, oder?«

Mara presste die Lippen aufeinander, um nicht zu ratlos zu wirken.

»Weißt du nicht mehr? Die U8?«

»Doch, doch«, antwortete sie, obwohl sie sich tatsächlich nicht an diesen Termin erinnern konnte. Was aber nichts hieß, denn ihre ausgeprägte Merkfähigkeit erstreckte sich leider fast ausschließlich auf berufliche Belange. Bis vor Kurzem – genauer gesagt bis zur U4 – hatte sie sich nicht einmal merken können, dass damit nicht etwa die U-Bahn gemeint war, sondern die Vorsorgeuntersuchung beim Kinderarzt. Matti hingegen war zwar in vielen Lebensbereichen eher nachlässig, in allem, was Sami betraf, aber ein Organisationsgenie, und er hätte den Zeitraum der nächsten drei Us selbst dann fehlerfrei benennen können, wenn man ihn nachts um halb vier aus der Tiefschlafphase riss.

»Heißt dann wahrscheinlich, dass du nicht mitkommst. Oder?«

Mara sog Luft durch die Zähne, was ein zischendes Geräusch verursachte. »Heute ist doch wieder Tamms Montagsbriefing, und der sieht es gar nicht gerne, wenn man da fehlt.«

»Klar.«

»Zur nächsten komme ich mit. Ganz sicher.«

»Hast du bei der letzten zwar auch schon gesagt, aber okay.«

Mara war der passiv-aggressive Unterton in der Stimme ihres Noch-Ehemanns nicht entgangen. Sie zog eine Augenbraue hoch und lächelte herausfordernd.

Matti lächelte ebenfalls, aber so, als hätte man ihn bei etwas ertappt. Und letztlich war es auch so. Mara hatte ihn dabei ertappt, wie er ins Beleidigte abrutschte, ein Verhalten, das er nicht leiden konnte, vor allem nicht an sich selbst, erinnerte es ihn doch zu sehr an seine Mutter, die diese spätpubertäre Eigenschaft bis heute nicht ablegen konnte. All das steckte in dem kurzen Blickwechsel. Ihre Kommunikation war nach so vielen Jahren als Paar inzwischen sehr ökonomisch geworden.

»Anderes Thema«, sagte Mara schließlich. »Du hattest doch vor einiger Zeit vorgeschlagen, dass wir ein Paarcoaching machen könnten …«

»Vor einiger Zeit ist gut, das ist bestimmt schon fünf Jahre her.«

»Ich dachte, hm, wir könnten das langsam mal angehen.«

Matti sah sie mit einem Anflug von Irritation an. »Du meinst ein Trennungscoaching? Wegen Sami und so?«

»Ich meinte eigentlich schon ein Paarcoaching. Also etwas Ergebnisoffeneres …«

Matti blickte sie lange und nachdenklich an.

Mara befürchtete, dass er ihren Vorstoß mit einem Nebensatz abräumen würde, denn in der Vergangenheit – genauer gesagt in der Woche nach der Trennung, später hatte sie das Thema gar nicht mehr aufgebracht – hatte er immer wieder bekräftigt, dass es nichts mehr zu bereden gäbe. Doch seine Züge wurden sanfter, und das ließ sie hoffen.

Bevor er jedoch antworten konnte, kam Sami in die Küche gestürmt. In seinem flauschigen Dino-Schlafanzug und ein hektisch blinkendes und lärmendes Polizeiauto vor sich herschiebend.

»Mama, Papa, Mama, Papa. Ich hab geträumt, dass ich mit einem riesengroßen Schiff gefahren bin. Und das hatte auch ein Blaulicht! Ein Unterwasserblaulicht!«

Mara gab ihrem Sohn einen Kuss auf die Wange und strich über sein volles, lockiges Haar.

Der Rest des Morgens versank im üblichen Chaos, in dem eine Fortführung ihres Gesprächs kaum möglich war. Kurz bevor Mara die Wohnung verließ, kündigte Matti jedoch an, abends für sie zu kochen, und wenn Sami schlief, könnten sie in Ruhe über ihren Vorschlag sprechen. Einen besseren Start in den Tag hätte sie sich gar nicht wünschen können.

3

Mara bog auf das Gelände des Landeskriminalamtes in der Keithstraße und fand zu ihrer eigenen Überraschung auf Anhieb einen freien Parkplatz. Kaum hatte sie jedoch den Motor ausgestellt, bemerkte sie, wer da just in dem Moment aus dem Wagen rechts neben ihr stieg: Bertram Banners. Ausgerechnet. Denn wenn Eisfeld bei der Arbeit um jemanden einen großen Bogen zu machen versuchte, dann war das Kriminalhauptkommissar Banners, Leiter der 5. Mordkommission.

Als Mara vor zehn Jahren im LKA Berlin angefangen hatte, war Banners ihr direkter Vorgesetzter gewesen, und sie hatte unter seiner Führung einiges gelernt. Vor allem, wie man sich nicht verhalten sollte, wenn man eine integre Polizistin sein wollte, deren oberstes Ziel die Aufklärung von Verbrechen und die Wiederherstellung von Gerechtigkeit war. Wenig verwunderlich also, dass sie und Banners schon nach wenigen Wochen heftig aneinandergeraten waren, denn Banners war so ziemlich das Gegenteil davon: faul, inkompetent und auf seinen eigenen Vorteil bedacht. Die feine Linie zur juristischen Angreifbarkeit hatte er ihres Wissens zwar nie überschritten, wohl aber seinen Spielraum so weit wie nur möglich ausgereizt. Zudem hatte er es zu einer gewissen Meisterschaft gebracht, eigene Misserfolge anderen zuzuschreiben und fremde Erfolge für sich zu reklamieren.

Mara blieb im Wagen sitzen und gab vor, wichtige Nachrichten auf ihrem Handy zu lesen, doch Banners hatte sie bereits entdeckt, klopfte an die Scheibe der Beifahrertür und lächelte ihr übertrieben freundlich zu. Mit Erleichterung nahm sie zur Kenntnis, dass er nicht wartete, bis sie ausstieg, sondern sich auf den Weg ins Gebäude machte. Vermutlich, um nicht zu spät zu kommen und seinen Vorgesetzten keine weitere Munition zu liefern, seine Beförderung noch weiter hinauszuzögern. Diese war nämlich überfällig. Banners hatte die Leitung der 5. Mordkommission schon seit dreizehn Jahren inne. Seit Eckart Tamms Aufstieg zum Leiter der Abteilung »Delikte am Menschen« vor ein paar Wochen war dessen Posten als Dezernatsleiter unbesetzt. Eisfeld wusste, dass Banners sich darauf beworben hatte und er sich durchaus Chancen ausrechnen durfte. Sollte er Erfolg haben, müsste sich Mara warm anziehen. Eine Hierarchieebene würde es dann zwar immer noch zwischen ihnen geben, aber sollte ihr Chef aus irgendwelchen Gründen ausfallen, wäre sie Banners wieder direkt unterstellt.

Erster Programmpunkt des Tages, wie neuerdings regelmäßig zu Wochenbeginn, war das »Montagsbriefing«. Eckart Tamm hatte diesen festen Termin ins Leben gerufen, um den direkten Kontakt zu seinen Mitarbeitern zu etablieren und zu pflegen.

Tamm war ein dicklicher, bärtiger, brumm- bis kuschelbärig wirkender Mann, dessen gemütliches Aussehen aber niemand mit Harmlosigkeit verwechseln sollte. Diejenigen, die diesen Fehler begangen hatten, saßen jetzt entweder im Knast – sofern es sich um Kunden handelte – oder waren von ihm auf der Karriereleiter rechts überholt worden – sofern es sich um Kollegen handelte. Angefangen hatte er als Verhörspezialist und sich während dieser Zeit offenbar Fertigkeiten angeeignet, die er auch beim Netzwerken gut gebrauchen konnte.

Im Laufe seiner Karriere hatte er einige gute Ideen gehabt, um die ihm unterstellten Kollegen zu Höchstleistungen zu animieren, das »Montagsbriefing« gehörte Maras Ansicht nach definitiv nicht dazu. Sie hielt es für verschwendete Zeit. Den Informationsgehalt der ersten beiden Male hätte man durch eine einzeilige E-Mail ersetzen können. Lesezeit: vier Sekunden. Tatsächlicher Zeitaufwand für das »Montagsbriefing«: dreißig Minuten. Eisfeld hatte nichts, aber auch gar nichts erfahren, was irgendeinen Gegenwert für ihre tägliche Arbeit gehabt hätte.

Das erste Briefing diente ausschließlich dazu, mal »Guten Tag« zu sagen und sich als neuer Chef vorzustellen, auf »kollegiale Zusammenarbeit« zu hoffen, die Erfolge seines Vorgängers hervorzuheben, zu bekräftigen, daran anknüpfen zu wollen, aber auch eigene, nicht näher beschriebene »Akzente« setzen zu wollen.

Thema des zweiten Briefings war die in einem halben Jahr anstehende Weihnachtsfeier. Als der Begriff »Weihnachtsfeier« fiel, hatte Mara ihre Gehörgänge mit kabellosen In-Ear-Kopfhörern versiegelt, die sich bestens unter den langen Haaren verstecken ließen, und eine ihrer Playlists gestartet. Sie hasste an Weihnachtsfeiern so ziemlich alles und zog es seit Beginn ihrer Polizeikarriere vor, an diesem Tag freiwillig den Bereitschaftsdienst zu übernehmen.

Mara war also alles andere als gespannt, welches prickelnde Thema heute auf der Tagesordnung stehen würde.

»Alles klar?«, fragte Umut Oktay, als sie sich im Großen Konferenzsaal neben ihn setzte. Der Raum hatte sich mittlerweile mit einem Großteil der auf Schicht befindlichen Kolleginnen und Kollegen gefüllt, und Umut hatte ihr wie immer einen Platz freigehalten. Wie immer in der letzten Reihe.

Umut Oktay war als Leiter der 9. Mordkommission formal ihr Vorgesetzter, was sich im Arbeitsalltag aber nie bemerkbar machte. Er war ihr Partner, betrachtete sie als ebenbürtig und behandelte sie auch so.

»Ja«, erwiderte Mara knapp und gab ihm eine der zwei Tassen mit Cappuccino, die sie eben noch aus der Küche geholt hatte. »Alles super.«

»Wie geht's Matti? Ist er immer noch Camper?« Umut blickte Mara mit leicht besorgtem Ausdruck an. Der Umstand, dass der Ehemann seiner Stellvertreterin seit nunmehr einem Monat in einem Zelt im Garten wohnte, war schon nach kurzer Zeit durchgesickert und sorgte im Kollegenkreis für den ein oder anderen Lacher. Nicht so bei Oktay. Der nahm die Situation ernst und hoffte, dass in Maras Privatleben bald wieder etwas Ruhe einkehrte. Bisher schlugen sich ihre Eheprobleme zwar noch nicht auf die Arbeit nieder, er wollte aber ungern abwarten, bis es so weit kam.

Mara bejahte die Frage mit einem kurzen Nicken. »Wird Zeit, dass der Herbst kommt.« Das Thema wollte sie jetzt keinesfalls vertiefen und war deshalb froh, dass in diesem Moment Eckart Tamm in den Raum kam und sich ans Rednerpult stellte.

»Lassen Sie uns gleich anfangen«, begann er und wartete die drei Sekunden ab, die seine Mitarbeiterinnen und Mitarbeiter benötigten, ihre eben begonnenen Sätze zu Ende zu sprechen. »In den ersten beiden Briefings hatten wir ja eher weiche Themen auf der Tagesordnung. Ich wollte schließlich nicht mit der Tür ins Haus fallen. Ab heute wird sich das aber ändern. Wir wagen uns ans Eingemachte. Zu viele Dinge liegen hier bei uns leider schon seit zu langer Zeit im Argen, als dass man noch länger tatenlos abwarten dürfte.«

Er ließ seine Worte wirken. Eine leichte Unruhe breitete sich im Kollegium aus.

»Beginnen wir mit dem Punkt, der mir am meisten am Herzen liegt. Wie Sie wissen, wurden in der Vergangenheit immer wieder Informationen über laufende Ermittlungen an die Presse durchgestochen, und zwar zu einem Zeitpunkt, der für eine schnelle und erfolgreiche Aufklärungsarbeit äußerst hinderlich war. Um es mal harmlos auszudrücken.«

Nicht wenige nickten, denn Tamm sprach etwas an, das bei vielen großen Ärger erregt hatte.

»Ich nenne als jüngstes Beispiel den Sprengstoffanschlag auf das Fahrzeug in der Kaiserin-Augusta-Allee vergangene Woche. Im ARGUS ist nun nicht nur zu lesen, aus welchen Materialien der Sprengstoff hergestellt wurde, sondern auch das exakte Mischverhältnis. Eindeutiges Täterwissen also. Die Arbeit der ermittelnden Kollegen wird so massiv erschwert. Für mich sind derartige Vorfälle nicht mehr hinnehmbar, und deshalb habe ich heute den Auftrag erteilt, eine Kontaktstelle einzurichten, an die Hinweise über Regelverstöße anonym übermittelt werden können. Das Ganze funktioniert digital, zum Beispiel über Ihren Dienstcomputer, die Kennung des Hinweisgebers wird dabei aber nicht gespeichert. Die technischen Details entnehmen Sie bitte der E-Mail, die Sie in Kürze erhalten werden. Also: Wer etwas im Zusammenhang mit der nicht autorisierten Informationsweitergabe an die Presse weiß, gesehen oder gehört hat oder auch nur etwas vermutet, meldet dies bitte. Wir werden jedem Hinweis nachgehen. Helfen Sie mit, den oder die Verantwortlichen zu finden. Ich danke Ihnen für Ihre Aufmerksamkeit und wünsche noch einen erfolgreichen Tag.« Sprach's und war auch schon wieder aus dem Konferenzraum verschwunden. Alle anderen blieben mit ungläubigen Mienen sitzen.

»Äh, was war das denn jetzt?«, fragte Mara irritiert, ohne sich an einen bestimmten Adressaten zu wenden.

»Ich glaube, es wurde eben die Gründung von LKA Leaks verkündet«, antwortete Oktay leise.

»Sieht so aus, ja.« Mara konnte mit dem Kopfschütteln gar nicht mehr aufhören. »In Woche drei gleich mal ein internes Bespitzelungssystem eingerichtet. Hut ab, Tamm. Mit dem Vertrauen unter Kollegen ist es jetzt wohl erst mal vorbei.«

»Stasi 2.0«, witzelte der junge Kollege mit der Vorliebe für Hawaiihemden, der direkt vor Mara saß, dessen Name ihr aber momentan nicht einfiel.

Sie ignorierte ihn. »Das sind also diese sagenumwobenen Akzente, die er setzen wollte.« Ein Blick in die sich auflösende Runde sagte ihr, dass viele der Anwesenden ihre Empörung teilten, aber bei Weitem nicht alle. Von einigen wusste sie, dass sie Anweisungen von Vorgesetzten unreflektiert Folge leisteten. Mara kannte ihre Kandidaten.

»Seit 1972 verpetze ich grundsätzlich niemanden mehr«, sagte Umut mit dem durchschaubaren Ziel, die angespannte Stimmung etwas aufzulockern. »Da hab ich im Kindergarten mal richtig Dresche bekommen.« Er nahm Mara die leere Kaffeetasse ab und stand auf. »Aber die Täter hat's schlimmer getroffen. Ihnen wurden eine ganze Woche lang Friedenslieder vorgesungen. War ein anthroposophischer Kindergarten.«

Mara lächelte und folgte ihm. »Klassisches Strafsingen also. Da bist du wirklich noch gut weggekom…«

Unvermittelt hielt sie inne, denn vor der Tür des Konferenzraumes wartete Eckart Tamms persönlicher Assistent Gideon Blessing und sah sie und Oktay durch seine runde Brille auf seine verkniffene, durch und durch arrogant wirkende Art an. Blessings Alter ließ sich schwer schätzen, Mara vermutete aber, dass er höchstens dreißig sein konnte. Dennoch war er bereits in den Rang eines Kriminalhauptkommissars aufgestiegen. Auffällig war zudem, dass er immer tadellos und stilsicher gekleidet war. Seine Anzüge waren teuer, das sah man, wirkten dabei aber nicht protzig, sondern unaufdringlich elegant. Das musste Mara trotz ihrer Verachtung für den Kerl anerkennen, und insgeheim gefiel ihr das. Nicht der Mann, nur der Kleidungsstil. Vor allem, weil der Kontrast zu einem großen Teil der Kollegen so auffällig war.

»Umut Oktay. Mara Eisfeld. Kriminaldirektor Tamm möchte Sie beide in fünf Minuten in seinem Büro sprechen.« Kaum hatte er den Satz beendet, machte er auf dem Absatz kehrt und schritt klackernd in seinen rahmengenähten Schuhen über den Flur davon.

Eisfeld und Oktay blickten sich verwundert an.

»Die Lümmel aus der letzten Reihe müssen zum Rapport, oder was?«, fragte Oktay leise und mit gespieltem Entsetzen. »Das System funktioniert also jetzt schon.«

»Sieht so aus«, erwiderte Mara ernst.

4

Als Oktay und Eisfeld vier Minuten und dreißig Sekunden später im Büro ihres Chefs standen, stellte sich das Ganze jedoch völlig anders dar.

»Der Polizeipräsident wünscht sich jemanden wie dich als meinen Nachfolger auf dem Posten des Dezernatsleiters«, erklärte Tamm an Oktay gewandt, ohne sich lang mit Begrüßungsfloskeln oder gar Small Talk aufzuhalten.

»Jemanden wie mich?«, fragte Oktay amüsiert. »Du meinst, er wünscht sich einen Quotenausländer?«

Tamm seufzte. »Du weißt, dass die Polizei von allen Seiten unter Druck steht. Das war zwar schon immer so, der gesellschaftliche und damit der politische Druck hat allerdings stark zugenommen und nimmt weiter zu. Der Polizeipräsident hält es deshalb für wichtig, dass bei der Neubesetzung von Posten verstärkt darauf geachtet wird, dies mit Personen zu tun, die helfen können, das Außenbild der Polizei in eine Richtung zu verschieben, die eher ein Abbild der Gesellschaft darstellt, als es das Außenbild der Polizei derzeit tut. Stichwort Diversität.«

»Sehr schön ausgedrückt, Eckart«, schmunzelte Oktay. »Wie lange hast du an diesen Formulierungen gefeilt?«

Tamm lächelte seinen langjährigen Kollegen milde an. »Umut, ich bin gerade dabei, dich zu befördern. Mach es mir doch nicht so schwer.«

»Doch, mache ich. Weil ich etwas Schwierigkeiten damit habe, dass ich wegen meiner Herkunft und meiner Hautfarbe

Karriere machen soll. Und du das auch noch unumwunden zugibst.«

»Du sollst Karriere machen, weil du der geeignetste Kandidat für den Posten bist«, fuhr Tamm mit sonorer Stimme fort. »Und ausnahmsweise ist es mal so, dass eine politische Entscheidung den besten Kandidaten bevorzugt. Was ja nicht immer so ist, wie ich mal gehört habe. Du hast es dir verdient. Also freu dich jetzt gefälligst.« Tamm reichte ihm die Hand. »Gratuliere.«

Oktay huschte ein Lächeln übers Gesicht. »Danke.«

Eisfeld, die bis jetzt etwas unbeteiligt herumstand, wollte gerade ansetzen, Umut ebenfalls zu gratulieren, wurde jedoch von Kriminaldirektor Tamm daran gehindert.

»Und Sie, Kriminalhauptkommissarin Eisfeld, übernehmen die Leitung der Neunten.«

»Was? Ich?« Mara benötigte eine Sekunde, sich zu sammeln. »Äh, okay. Vielen Dank für Ihr Vertrauen, Herr Kriminaldirektor. Ich muss das aber noch mit meinem Mann besprechen, bevor ich zusage. Wir hatten nämlich …«

Oktay warf ihr einen entsetzten Blick zu und grätschte schnell dazwischen. »Natürlich nimmst du die Stelle an.« Und an Tamm gewandt: »Natürlich nimmt sie die Stelle an.«

»Natürlich nehme ich die Stelle an«, sagte jetzt auch Mara, denn ihr war mit einem Mal klar geworden, dass ihr ein Zögern oder gar etwas, was den Anschein von Zuhause-um-Erlaubnis-Fragen hatte, als Schwäche ausgelegt werden würde. Und es war ja schließlich auch der Posten, den sie sich schon lange erträumt und auf den sie all die Jahre hingearbeitet hatte. Zwar regte sich in den Tiefen ihres Bewusstseins der Wunsch, mehr Zeit mit Sami und Matti zu verbringen, aber das würde sie auch so irgendwie hinbekommen.

»Sehr gut«, sagte Tamm. »Dann gratuliere ich Ihnen ebenfalls ganz herzlich. Es wären aber auch keinerlei Nachteile entstanden, wenn Sie den Job nicht gewollt hätten. Es gibt ausreichend Kandidaten, die scharf darauf sind.«

»Blöderweise alles Männer, stimmt's?«, frotzelte Oktay. »Stichwort Diversität.«

Tamm grinste. »Du wirst es weit bringen, Umut. So und jetzt raus. Ich muss zwischendrin auch mal arbeiten.«

Und so durchquerten Eisfeld und Oktay kaum zwei Minuten später erneut das Vorzimmer, wo ihnen Gideon Blessing ebenfalls zur Beförderung gratulierte. Steif und ohne jegliche sichtbare Emotion, wie es seine Art war. Erst als die beiden wieder auf dem Flur standen, brach die Freude aus ihnen heraus und sie umarmten sich herzlich. Allerdings nur kurz, denn im nächsten Augenblick trat Blessing aus dem Vorzimmer, einen Karton mit seinen persönlichen Sachen in der Hand.

»Wo wollen Sie denn hin, Blessing?«, fragte Oktay erstaunt. »Sind Sie gefeuert?«

»Nein«, antwortete der sichtlich irritiert. »Ich bin ab sofort KHK Eisfeld unterstellt und außerdem ihr Stellvertreter. Hatte Kriminaldirektor Tamm das nicht erwähnt?«

Jetzt waren es Eisfeld und Oktay, die sich irritiert ansahen.

»Eckart ist so eine Schlange«, sagte Umut mit einem Anflug von Fassungslosigkeit.

»Nein, das muss er wohl vergessen haben«, sagte Eisfeld an Blessing gewandt und machte dabei nicht mal den Versuch, ihren Ärger zu verbergen. Dann drehte sie sich um und ging weiter. Oktay blieb an ihrer Seite.

Blessing folgte den beiden zögerlich und mit einigem Abstand.

»Mein Nachfolger«, zischte Mara Umut zu. »Im buchstäblichen Sinne. Und die Standleitung zu Tamm.«

Oktay musste ihr schweren Herzens beipflichten. »Ja, der alte Stratege hat dir seinen Zögling ins Nest gesetzt. Besser, du hältst ihn an der kurzen Leine.«

»Das werde ich. Da kannst du dir sicher sein.«

Als sie in dem Räumen der 9. Mordkommission ankamen, wurde Maras Ärger aber gleich ein wenig besänftigt, denn dort war alles für eine kleine Feier vorbereitet. Weder Umut noch Mara waren darüber sonderlich überrascht, sie konnten sich denken, wer dahintersteckte. Hedwig Diedrichsen, die mit Anfang sechzig älteste Sachbearbeiterin im Team, verfügte über exzellente Kontakte in alle Hierarchieebenen des LKA Berlin und wusste immer vor allen anderen, wenn etwas im Busch war. Sie hatte nicht nur Zugang zu vielen wichtigen Köpfen – wobei sie ihre Quellen natürlich stets geheim hielt –, sondern auch zu fast allen Räumen des Gebäudekomplexes. Die Schlüssel dazu hatte sie sich im Laufe der Jahre auf verschlungenen Wegen organisiert, weswegen sie von den meisten nur Dietrich genannt wurde. Hedwig Diedrichsen war außerdem Kettenraucherin, trug Dauerwelle aus Überzeugung, hasste Urlaube und hatte im vergangenen Jahr das erste Mal geheiratet. Wen, das behielt sie allerdings für sich. Alte BRD-Geheimdienstschule eben, denn ihre berufliche Laufbahn hatte sie nicht bei der Polizei begonnen, sondern beim Bundesnachrichtendienst in Pullach.

Alle Mitarbeiter der Neunten standen mit einem Gläschen in der Hand herum. Dietrich empfing Mara und Umut mit einem freudigen Grinsen und einer herzlichen Umarmung. »Wusste ich doch, dass aus meinen Schäfchen mal was wird. Bin so stolz auf euch Heidschnucken!« Dann drückte sie jedem von ihnen ein Sektglas in die Hand, sogar Blessing, der seine Kiste mittlerweile auf einem freien Schreibtisch abgestellt hatte.

»Auf euch!« Dietrich erhob ihr Glas und prostete Oktay und Eisfeld zu. Die versammelten Kollegen taten es ihr gleich. Sie leerte ihr Glas in einem Zug und ging dann endlich an ihr Telefon, das seit Maras und Umuts Eintreffen leise, aber beharrlich geläutet hatte.

»Danke, Dietrich, danke, Kollegen, das ist lieb von euch«, sagte Mara gerührt und blickte in die Runde.

»Zeit für eine kleine Ansprache, würde ich mal sagen«, bemerkte Umut, aber so laut, dass es nicht nur Mara hörte, sondern alle im Raum. »So als neue Chefin.«

Mara warf ihm einen scharfen Blick zu, denn er wusste, dass sie spontane Reden hasste, holte dann aber trotzdem tief Luft und hoffte, so einen geistreichen Gedanken anzulocken. Doch bevor sie ansetzen konnte, knallte Dietrich den Hörer zurück auf den Apparat und sprang auf.

»Der kulturelle Teil muss leider warten, Kinners. Es gibt Arbeit!«

Sie hielt einen Zettel hoch, auf dem sie sich die wesentlichen Punkte notiert hatte. »Männliche Leiche, Anfang zwanzig. Todesursache vermutlich ein schweres Schädel-Hirn-Trauma, hervorgerufen durch stumpfe Gewalt gegen den Kopf. KT ist vor Ort. Eine Frau hat zwei Männer bei einer Verfolgungsjagd durch ihren Garten gesehen. Dabei ist eine Skulptur zu Bruch gegangen. Einen der Männer konnte sie als ihren Nachbarn zwei Häuser weiter identifizieren. Als die Kollegen ihn zu dem Vorfall befragen wollten, öffnete niemand, aber durch das Fenster sahen sie eine leblose Person in der Küche liegen.«

Oktay nahm den Zettel, warf einen kurzen Blick darauf und reichte ihn dann an Mara weiter. »Machste allein, ja?«

Mara nickte und merkte im selben Moment, wie ihr etwas mulmig zumute wurde.

5

Eisfeld setzte sich in ihren Dienst-Audi und schloss nachdenklich die Tür. Es war das erste Mal seit ihrer Beförderung, dass sie einen kurzen Moment für sich allein hatte. Neben der Freude über das Erreichen der neuen Karrierestufe spürte sie auch einen Anflug von Unsicherheit. War sie der alleinigen Verantwortung überhaupt gewachsen? Die Antwort darauf gab sie sich unmittelbar selbst, denn schon vor einigen Jahren hatte sie entschieden, den kleinen, zweifelnden Einflüsterer in ihrem Kopf zu ignorieren und öfter einfach mal zu machen.

Entschlossen legte sie den Sicherheitsgurt an, steckte den Zündschlüssel ins Schloss und startete den Motor. Doch gerade als sie im Begriff war zurückzusetzen, ging die Beifahrertür auf, und Gideon Blessing nahm auf dem Sitz neben ihr Platz. Ohne sie anzusehen, schnallte er sich ebenfalls an, legte sein iPad auf die Oberschenkel, darauf seine Hände und wartete mit nach vorne gerichtetem Blick, dass es losging.

Mara sah ihn abwartend an. »Kann ich Ihnen helfen?«

»Ich nahm an, Sie benötigen mich am Tatort.«

»So, nahmen Sie an?«

»Ja.«

»Habe ich diesbezüglich etwas gesagt?«

»Nein.«

»Sehen Sie.«

Mara mochte sich nicht, wenn sie so sprach, aber im Laufe der zehn Jahre im Polizeidienst hatte sie gelernt, diesen autoritär-herablassenden Ton anzuknipsen, wenn sie ihn benötigte, denn in manchen Situationen war es der einzige Weg, sich gegen die toxische Männlichkeit mancher Kollegen durchzusetzen.

Gideon Blessing drehte nun zum ersten Mal den Kopf zu ihr und musterte sie mit einer Mischung aus Verunsicherung und Trotz. »Soll ich wieder aussteigen?«, sagte er schließlich, und sein Ton bekam unwillkürlich etwas Flehendes.

Mara tat ihr neuer Mitarbeiter fast ein wenig leid. Tamm hatte ihn in eine Situation gebracht, die alles andere als komfortabel war. Eben noch offiziell der verlängerte Arm des Chefs ihres Chefs und jetzt ihr Untergebener. Mara dämmerte, dass es eigentlich klüger wäre, sich langfristig mit ihm zu arrangieren oder, noch besser, ihn auf ihre Seite zu ziehen, anstatt weiterhin auf Konfrontationskurs zu gehen.

»Sie können vorerst sitzen bleiben, Blessing. Für die Zukunft würde ich mir aber wünschen, dass Sie zuerst meine Anweisungen abwarten und sie dann umsetzen. Und nicht mutmaßen, was meine Anweisungen sein könnten.«

»Selbstverständlich«, murmelte der.

»Schön. Dann haben wir das auch geklärt.«

Mara parkte schwungvoll rückwärts aus, bog in die Keithstraße und gab Gas. Aus den Augenwinkeln sah sie, dass Blessings Hand reflexartig zum Haltegriff schoss, woraufhin sie ein wohliges Gefühl der Genugtuung durchströmte.

Sie kämpften sich zügig durch den vormittäglichen Verkehr quer durch die Stadt und näherten sich schließlich der Adresse, die Dietrich ihnen aufgeschrieben hatte. Als Mara noch mit Oktay unterwegs gewesen war, verfielen sie an diesem

Punkt immer in Schweigen. Beide waren sich unausgesprochen darüber einig gewesen, sich ab einer bestimmten Entfernung zum Leichenfundort ganz auf ihre Wahrnehmung zu konzentrieren, die Umgebung wirken zu lassen und einen ersten Eindruck zu bekommen, in welchem Milieu man sich bewegte.

Da Eisfeld und Blessing auf der ganzen Fahrt bisher kein weiteres Wort gewechselt hatten, erübrigte sich eine Einführung in diese Routine. Der Neue konnte schweigen, so viel war sicher. Immerhin ein Pluspunkt. Es gab nichts Schlimmeres als Kollegen, die am laufenden Band quatschten und am Ende doch nichts sagten.

Sie fuhren durch ein Gebiet mit durchmischter Bebauung. Berliner Randlage. Speckgürtel. Handwerksfirmen und Gebrauchtwagenhändler wechselten sich mit Neubausiedlungen und Ansammlungen einfacher Einfamilienhäuser aus den 1920ern mit grauer Fassade ab. Das Haus, auf das sie zusteuerten und das wegen einiger weniger Schaulustiger bereits mit Flatterband abgesperrt war, gehörte zur letzten Kategorie. Umgeben war es von einem großen, mäßig gepflegten Garten. Davor standen zwei Streifenwagen, ein Leichenwagen sowie der grau-blaue Sprinter der Kriminaltechnik.

Mara parkte, stellte den Motor aus und blickte Blessing eindringlich an. »Hören Sie, Blessing, ich glaube, wir sollten noch mal ganz von vorne anfangen. Ich weiß zwar nicht, in welcher Mission Sie unterwegs sind, aber ich bin eher der Harmonietyp, und mir wäre es am liebsten, wir kommen einigermaßen miteinander aus.«

»Ich bin in der gleichen Mission unterwegs wie Sie und in sonst keiner«, versicherte Blessing und rückte sich die Brille zurecht.

Eisfeld war fast geneigt, ihm Glauben zu schenken. Aber was sollte er auch sagen? Zugeben, dass Tamm sie beim geringsten Anlass feuern würde und er dann als ihr Nachfolger bereitstehen würde? Wohl kaum.

Eisfeld überlegte kurz, reichte ihm dann die Hand. »Mara.«

Blessing nahm sie zögerlich und lächelte ganz kurz, was aber irgendwie merkwürdig fratzenhaft aussah. Seine Gesichtsmuskulatur war an diesen Vorgang offensichtlich nicht gewöhnt. »Blessing. Äh, Gideon. Freut mich.«

Mara nickte. »Duzen auch? Oder ist das noch zu früh?«

Blessing wand sich ein wenig. »Vielleicht noch ein bisschen früh, oder?«

»Wie Sie meinen.« Mara schnallte sich ab.

»Aber wenn Sie wollen, dann …«, beeilte sich Blessing zu sagen.

»Nee, nee, schon gut«, unterbrach sie ihn. »Es wird eh zu schnell geduzt. Und jetzt lassen Sie uns arbeiten.«

Sie legten die wenigen Schritte zum Hauseingang zurück. Zwei ältere Streifenpolizisten nickten ihnen kurz zur Begrüßung zu, während sie ihre brennenden Zigaretten hinter dem Rücken versteckten, jedoch so nachlässig und unentschlossen, dass sie es auch hätten bleiben lassen können. Mara vermutete, dass es sich bei den beiden um die Kollegen handelte, die die Leiche entdeckt hatten. Sie würde später mit ihnen sprechen.

Als Eisfeld das Haus betrat, sah sie sofort die Spuren des Kampfes, der hier stattgefunden haben musste. Bilderrahmen mit gebrochenem Glas lagen auf dem dunklen Fliesenboden im Flur. Eine kleine Kommode hatte ein Loch an der Seite, so als hätte jemand mit voller Wucht dagegengetreten. Am Eingang zur Küche sah Mara erste Blutspritzer am Boden. Als sie um die Ecke bog, dann das ganze Ausmaß des Dramas, das sich hier abgespielt haben musste.

Inmitten einer riesigen Blutlache lag ein junger Mann. Dunkle kurze Haare, dunkler Teint, augenscheinlich arabischer Herkunft. Bis auf die roten Turnschuhe war seine Kleidung schwarz, er trug Handschuhe, eine dünne Jacke und eine eng geschnittene Jogginghose aus Polyester. Bizarr wirkte die Szenerie vor allem aufgrund des Brecheisens, das mit der spitzen Seite in den Schädel des jungen Mannes gerammt war und senkrecht nach oben stand. Die gelben Zahlentafeln signalisierten, dass die Spurensicherung ihre Arbeit an der Leiche bereits beendet hatte.

Polizeiobermeisterin Bayesh Bahta, die Mara von mehreren Einsätzen kannte und die sie für ihre freundliche, aber durchsetzungsstarke Art sehr schätzte, trat an Eisfeld und Blessing heran und gab ihnen einen kurzen Abriss über den aktuellen Ermittlungsstand. »Wer der Tote ist, wissen wir noch nicht. Keine Papiere. Handy natürlich gesperrt. Der Hausbewohner ist es auf jeden Fall nicht. Vermutlich jemand, der sich unbefugt Zugang zum Haus verschafft hat. Die Terrassentür wurde gewaltsam geöffnet. Zudem sind Wertgegenstände zusammengetragen worden. Auffällig an dem Haus ist, dass es hier überall Überwachungskameras gibt, sowohl innen als auch außen. Aber alle extrem gut versteckt. Ob die Aufzeichnungen irgendwo hier gespeichert werden oder ausschließlich per Stream abrufbar sind, wissen wir noch nicht. Computer oder Laptop haben wir zumindest bisher keine gefunden. Aber Kollege Danneberg hat die Theorie, dass irgendwo im Haus Festplatten versteckt sind …«

Bahta zeigte auf einen älteren Kriminaltechniker, den Eisfeld schon des Öfteren gesehen hatte, mit dem sie sich aber noch nie unterhalten hatte, weil er immer so andächtig in seine Aufgaben vertieft war. So auch jetzt: Er kniete vor einer Wand und klopfte diese mit einem kleinen Gummihammer ab, offenbar auf der Suche nach Hohlräumen.

Auch um dem Lärm zu entkommen, den der Kriminaltechniker verursachte, machte sich Eisfeld daran, die anderen Räume im Erdgeschoss zu erkunden. Bahta und Blessing folgten ihr.

»Wem gehört das Haus?«

»Im Grundbuch steht eine Ilse Pankewitz, die aber laut Melderegister in einem Seniorenheim einige Kilometer entfernt lebt. An dieser Adresse hier ist nur ihr Sohn gemeldet: Dirk Pankewitz, dreiundfünfzig.«

Auf dem Weg zurück vom Wohnzimmer sah Eisfeld, dass Kriminaltechniker Danneberg nun dabei war, mit einem Meißel ein Loch in die Wand zu schlagen, die er eben noch vorsichtig abgeklopft hatte. Da es sich augenscheinlich um eine Rigipsplatte handelte, hatte er recht schnell eine Aussparung herausgearbeitet, die groß genug war, um mit einer Taschenlampe hineinzuleuchten. Seinem enttäuschten Gesichtsausdruck nach zu urteilen, fand er allerdings nicht, was er sich erhofft hatte.

In diesem Moment kam ein anderer Kriminaltechniker in weißem Schutzanzug eilig die Kellertreppe herauf und winkte Bahta, Blessing und Eisfeld zu sich. »Kommt mal. Ich hab was.«

Wenig später zwängten sich Eisfeld und Blessing eine enge Treppe hinunter, die hinter einem schwenkbaren Regal versteckt war und von dem eigentlichen Keller noch eine Etage tiefer führte. An deren Ende befand sich ein höchstens zwanzig Quadratmeter großer Raum. Eisfeld bemerkte sofort, dass die schwere Metalltür dort unten an der Innenseite anstatt einer Klinke nur einen starren Knauf aufwies, sie sich also lediglich von außen öffnen ließ. Sofort schoss ihr der Gedanke in den Kopf, dass es sich bei diesem Raum um eine Art Gefängniszelle handeln musste.

Bestückt war er mit allerhand Gegenständen. Zwei Betten, einem Tisch, zwei Stühlen, einem Herd und einer Spüle. An der Wand hing ein kleiner Flachbildfernseher, auf dem lautlos eine Tiersendung lief. Vor einem schmalen Schrank stapelte sich schmutzige Wäsche, darauf stand ein Karton mit einigen offenbar frisch gewaschenen Kleidungsstücken. In einer Nische befand sich eine schmale Dusche mit einem Abfluss im Boden. Daneben ein Klo. Die Wände waren feucht, an einigen Stellen hatte sich Schimmel gebildet.

Der frisch aufgeschnittene Apfel mit nur leichter Braunfärbung auf dem Tisch und der zwar erkaltete, aber noch feuchte Kaffeefilter in der Spüle deuteten darauf hin, dass bis vor Kurzem jemand hier gewesen war.

Eisfeld musste gegen Beklemmungen und Atemprobleme ankämpfen, tat aber ihr Möglichstes, dies vor ihrem Kollegen zu verbergen. Doch es schien, als würde auch der mit seinen Gefühlen ringen, zumindest deutete sie seine aufeinandergepressten Lippen in diese Richtung.

Blessing zeigte auf den Berg Wäsche. »Zwei unterschiedliche Größen.«

»Ja«, erwiderte Mara tonlos. Auch sie hatte das eben realisiert. Zwei Größen hießen vermutlich, dass hier zwei Menschen lebten oder gelebt hatten. Das rosarote, mit glitzernden Einhörnern bedruckte Sweatshirt, die stark abgegriffenen Kuscheltiere und das bunte Xylophon, dem zwei Plättchen fehlten, deuteten darauf hin, dass einer der beiden ein Kind war.

Eisfeld wollte diesem Ort so schnell wie möglich entkommen. Als sie die Treppen nach oben stieg, rotierten die Gedanken in ihrem Kopf. War das tatsächlich ein Verlies oder doch nur eine Art makabrer Installation des Hausbesitzers? Maras Instinkt sagte ihr, dass Ersteres zutraf. Doch wo befanden sich die Menschen, die hier gefangen gehalten worden waren, jetzt?

Als sie im Erdgeschoss ankam, stutzte sie kurz, denn dank der ehrgeizigen Entschlossenheit von Kriminaltechniker Danneberg glichen die Wände mittlerweile einem Schweizer Käse. Aufgemeißelte Stellen, so weit das Auge reichte. Aber es schien, als wären die Bemühungen von Erfolg gekrönt, denn just in dem Moment, als Eisfeld die Küche betrat, zog er aus einem Loch in der Wand eine Festplatte hervor, stöpselte sie an seinen Dienstlaptop und lächelte wenig später triumphierend.

»Wie es aussieht, haben wir hier die Aufnahmen der Überwachungskameras der letzten vierundzwanzig Stunden. Genau danach habe ich gesucht.«

Eisfeld war stark beeindruckt von Dannebergs ausgeprägter Selbstgewissheit, vor allem, weil sie wusste, dass sie dieses Level niemals erreichen würde.

Während sich der Kriminaltechniker mit zu schmalen Schlitzen verengten Augen durch die diversen Ordner auf der Platte klickte, versammelten sich Eisfeld, Blessing und Bahta hinter ihm. Schließlich startete Danneberg den ersten Clip.

Man sah: nichts. Oder besser gesagt sah man ein leeres, verlassenes Haus, in dem sich nichts bewegte. Erst als der Kriminaltechniker einige weitere Videos öffnete und sich stichprobenartig durchklickte, kam er zu einer Stelle, an der sich zwei junge Männer in dunkler Kleidung Zugang zum Haus verschafften. Nachdem sie die Terrassentür aufgehebelt und sich routiniert umgesehen hatten, verschwand einer der beiden nach oben in den ersten Stock, während sich der andere im Erdgeschoss ans Werk machte.

Danneberg spulte bis zu dem Moment vor, in dem der Einbrecher im Erdgeschoss auf einen Mann in rot-gelber DHL-Kleidung traf, der mit einem Brecheisen bewaffnet war.

»Das muss Dirk Pankewitz sein, der Hausbewohner«, sagte Bayesh Bahta, während der Clip weiterlief. »Laut der Nachbarin, die uns verständigt hat, arbeitet er als Zusteller.«

Eine Weile standen sich die beiden Kontrahenten bewegungslos gegenüber, doch plötzlich schoss der zweite Einbrecher ins Bild. Er sprang Pankewitz mit gestrecktem Bein von hinten in den Rücken, sodass dieser mit dem Kopf an die Kante der Arbeitsplatte knallte und dann taumelnd zu Boden ging.

Normalerweise stand man nach so einer Attacke so schnell nicht wieder auf, der DHL-Bote zeigte sich jedoch von seiner zähen Seite, berappelte sich, bekam sein Brecheisen, das ihm bei dem Angriff aus der Hand geglitten war, erneut zu fassen – und holte damit aus. Die gespreizte Seite traf den Kopf des zweiten Einbrechers mit voller Wucht, bohrte sich tief in dessen Schläfe und blieb dort stecken. Der Getroffene blieb daraufhin noch einige Sekunden lang unschlüssig stehen, als würde er nicht begreifen, was los war, erst dann kippte er wie ein gefällter Baum nach hinten um und schlug hart auf dem Fliesenboden auf.

Für einen Augenblick schien es, als wäre Pankewitz erschüttert von dem, was er gerade getan hatte. Doch dieser Moment währte nur kurz, dann griff er erneut nach dem Brecheisen und machte den Versuch, es aus dem Kopf des am Boden liegenden Mannes zu ziehen. Der andere Einbrecher nutzte die Gelegenheit und flüchtete. Pankewitz benötigte nur eine Sekunde, um zu reagieren, dann jagte er ihm hinterher.

Eisfeld kräuselte die Stirn. »Wir sollten vorsorglich die nähere Umgebung absuchen. Falls er ihn doch noch erwischt hat. Und Pankewitz natürlich zur Fahndung ausschreiben.«

Bahta nickte und winkte einen jüngeren Kollegen heran, dem sie in kurzen Sätzen die entsprechenden Anweisungen gab. Allerdings ohne den Blick vom Bildschirm zu nehmen, denn dort lief bereits der nächste Clip.

Die Aufnahme musste von einer Kamera stammen, die sich in dem engen Tunnel zum Kellerverlies befand. Sie zeigte, wie der Einbrecher die Tür zum Verlies öffnete, in den Raum blickte und erstarrte. Mara hielt den Atem an. Durch die offene Tür sah sie, was der Einbrecher gesehen hatte. Eine junge Frau, vielleicht Mitte, Ende zwanzig, mit langen blonden, an manchen Stellen leicht verfilzten Haaren. Sie trug einen altmodischen rosa-türkis-schwarzen Trainingsanzug aus Ballonseide und schien mindestens so überrascht zu sein wie der Einbrecher. Einige Sekunden vergingen, in denen sich beide gegenseitig regungslos belauerten. Doch dann begann die Frau plötzlich ihre Hand in Richtung Tür zu recken. Ganz langsam und vorsichtig. Gleichzeitig machte sie Anstalten, aufzustehen. Der Einbrecher schien sich dadurch allerdings bedroht zu fühlen, jedenfalls machte er einen schnellen Satz zurück und drückte die Metalltür wieder zu. Als er sich umdrehte und die enge Treppe nach oben hastete, glaubte Mara Panik in seinen Augen zu erkennen. Einige Sekunden nachdem er aus dem Blickfeld dieser Kamera verschwunden war, öffnete sich die graue Tür ein weiteres Mal. Offenbar war sie nicht richtig ins Schloss gefallen. Die junge Frau trat einen zaghaften Schritt aus dem Raum heraus, stand eine Weile unschlüssig da und blickte unsicher nach oben. Schließlich kam sie langsam die Stufen herauf. Gefolgt von einem kleinen Mädchen, das sich an ihr festklammerte.

Als Eisfeld die beiden genauer betrachtete, schnürte es ihr die Kehle zu. Es war eine Sache, Indizien und Hinweise zu sammeln und sich vorzustellen, wie es gewesen sein mochte, es dann tatsächlich zu sehen, eine ganz andere.

Die beiden bewegten sich langsam die Treppe hinauf. Einen Fuß bedächtig vor den anderen setzend. Je näher sie kamen, desto klarer wurden die Konturen. Als das Gesicht der Frau nah genug an der Kamera war, stoppte Danneberg die Aufnahme zu einem Standbild.

Mara stockte der Atem. Ihr wurde warm und kalt zugleich. Denn mit einem Mal erkannte sie die junge Frau.

6

Katharina Stellkamp?«, fragte Blessing mit hochgezogenen Augenbrauen.

Eisfeld nickte und sah ihn mit ernster Miene an. »Sie ist in den letzten zehn Jahren zwar sichtbar gealtert, ich bin mir aber absolut sicher, dass sie es ist.«

Auch Danneberg nickte. Nur Bayesh Bahta sah fragend in die Runde, zögerte aber noch, ihre Wissenslücke gegenüber den anderen zu offenbaren.

Eisfeld erlöste sie und gab einen kurzen Abriss über das, was an einem grauen Dienstagnachmittag im November vor ziemlich genau zehn Jahren geschehen war.

Die damals sechzehnjährige Katharina Stellkamp hatte sich vom Klavierunterricht, der in der Wohnung einer pensionierten Lehrerin stattgefunden hatte, auf den Weg nach Hause gemacht, war dort aber nie angekommen. Aufgrund von Katharinas Alter sah die zuständige Dienststelle zunächst keinen akuten Handlungsbedarf, erst als die Eltern massiv Druck gemacht hatten, kam Bewegung in die Sache. Mehr oder weniger zeitgleich meldete sich eine Zeugin, die gesehen haben wollte, wie ganz in der Nähe eine junge Frau in einen weißen Lieferwagen gezerrt worden war. Die groß angelegte Suchaktion, sowohl nach dem Mädchen als auch dem Transporter, die daraufhin gestartet wurde, blieb jedoch erfolglos.

Während Mara erzählte, spielte Danneberg weiter im Schnelldurchlauf die Videos ab. Bemerkte er etwas, das er für relevant hielt, ließ er es in normaler Geschwindigkeit laufen. So zum Beispiel den Zeitabschnitt, als es Katharina Stellkamp gelang, mit dem Kind das Haus zu verlassen, den Garten zu durchqueren, sich durch die Hecke zu kämpfen und beinahe das Feld auf der anderen Seite zu erreichen. Doch dann kam Pankewitz ins Bild geschossen und zerrte sie mit einer Brutalität zurück ins Haus, die alle im Raum erschütterte.

Eilig wurden Sachen zusammengepackt, danach verließen sie zu dritt das Haus durch die Vordertür, wo ein gelber Paketlieferwagen in der Einfahrt stand. Pankewitz zwang Katharina, in den Laderaum zu steigen. Das kleine Mädchen folgte bereitwillig und ohne dass er sie dazu auffordern musste. Wenig später fuhr der Transporter ab.

»Wann war das?«, fragte Eisfeld mit belegter Stimme.

»Vor gut eineinhalb Stunden«, antwortete Danneberg, nachdem er den Zeitstempel des Videos überprüft hatte.

»Okay!«, sagte Mara mit entschlossener Miene, den Blick unverwandt auf den Bildschirm gerichtet. »Heißt: Er hat circa neunzig Minuten Vorsprung. Das ist viel, noch dazu weiß er wegen der Videostreams vermutlich, dass wir ihm auf den Fersen sind. Dennoch können wir ihn schnappen, wenn wir uns keine Fehler erlauben. Und wir sollten ihn schnappen. Wissen wir schon, bei welchem Paketzentrum der Wagen registriert ist?«

Blessing, der nun einen ähnlich entschlossenen Gesichtsausdruck hatte wie seine Chefin, nickte. »Dietrich hat nachgefragt: das in Ahrensfelde. Geht aber keiner ans Telefon.«

»Dann fahren wir da jetzt hin«, sagte Eisfeld und steuerte Richtung Ausgang. »Alle Paketwagen haben inzwischen GPS. Wenn wir Glück haben, können wir ihn darüber orten.«

Als Eisfeld und Blessing wenig später am DHL-Paketzentrum Ahrensfelde ankamen, wirkte das ganze Areal wie ausgestorben.

»Alle ausgeflogen«, stellte Blessing trocken fest.

Sie hielten direkt vor einer großen Halle, stiegen aus und gingen durch eines der offenen Tore hinein.

»Hallo, ist da jemand?«, fragte Mara laut, doch ihr Ruf verhallte unerwidert zwischen den Förderbändern und Sortieranlagen, mit denen der riesige Innenraum bestückt war.

Nirgends war ein Mensch zu sehen, obwohl eine Vielzahl an Rollwagen voller Pakete herumstand. Jeder, der hier zufällig vorbeikam, hätte ungehinderten Zugang zur Halle gehabt und sich eines der Pakete mitnehmen können.

Eisfeld und Blessing gingen eine Stahlgittertreppe nach oben, da sie dort Büroräume vermuteten. Und tatsächlich fanden sie hinter einer ziemlich ramponierten Tür ein kleines Kabuff, von dem aus man einen guten Blick über die gesamte Halle hatte. Der Raum war vollgestopft mit Ordnern, auf dem Schreibtisch lagen Bögen mit Strichcode-Aufklebern und allerhand andere Papiere mit Listen, Zahlen und Namen. Eisfeld drückte die Leertaste des Computers und erweckte ihn damit zum Leben. Auf dem Bildschirm war eine Karte des Berliner Stadtgebiets zu sehen. Zahllose kleine gelbe Paketauslieferungsfahrzeuge bewegten sich über die Straßen.

Mara klickte auf eines der gelben Fahrzeugicons. Ein Kontextmenü mit auf den ersten Blick nichtssagenden Informationen poppte auf. »Jetzt müssen wir nur noch herausfinden, in welchem Fahrzeug Pankewitz sitzt.«

Eisfeld und Blessing durchforsteten die Papiere auf dem Schreibtisch nach einem Hinweis, welche Fahrzeugnummer zu welchem Zusteller gehörte, doch sie fanden nichts.

Plötzlich waren Motorengeräusche von außen zu hören. Eisfeld blickte aus dem Fenster und sah ein Taxi auf dem Hof halten, aus dem eine kleine, robuste Frau ausstieg: Anglerweste, Cargohose, Kurzhaarschnitt mit einzelnen Strähnen in Flamingo-Rosa. In der einen Hand hielt sie einen Karabiner mit unzähligen Schlüsseln, in der anderen ein in Alufolie gewickeltes Etwas. Sie knallte die Taxitür zu, betrat die Halle und kam dann keuchend die Metalltreppe herauf.

Als sie die beiden Fremden in ihrem Büro stehen sah, wirkte sie sofort alarmiert. »Was machen Sie hier? Sie können hier nicht einfach rein!«

Eisfeld und Blessing zückten ihre Ausweise.

»LKA Berlin«, sagte Mara und machte einen Schritt auf die Frau zu. »Eisfeld mein Name, und das ist mein Kollege Blessing. Wir benötigen Informationen über einen Ihrer Mitarbeiter.«

Die Frau ging nicht darauf ein, sondern blickte an ihnen vorbei. »Waren Sie an meinem Computer?«, fragte sie stattdessen aufbrausend und zeigte auf den Bildschirm.

Blessing holte Luft und wollte zu einer Erklärung ansetzen, doch die Frau ließ ihn gar nicht zu Wort kommen. »Was erlauben Sie sich? Das sind sensible Informationen. Schon mal was von Datenschutz gehört?!«

»Wir ermitteln wegen eines Tötungsdeliktes«, sagte Mara ruhig.

»Ja und?«, erwiderte die Frau pampig. »Auch da muss man sich an Vorschriften halten, oder etwa nicht?«

»Doch, doch«, bestätigte Mara lächelnd. »Aber jeder macht mal einen Fehler, oder? Sie waren ja auch Döner holen, ohne hier abzuschließen. Datenschutzmäßig sicher auch nicht ganz optimal …«

Die Frau schnappte nach Luft. »Ich war nicht beim Dönerholen, sondern bei einem Notfalleinsatz wegen eines Motorschadens. Ich habe einem meiner Zusteller ein neues Fahrzeug gebracht. Und das hier ist kein Döner, sondern ein Burger mit einem Patty auf Quinoa-Basis. Meine erste Mahlzeit heute.«

Während die Frau sprach, wackelte der flamingofarbene Büschel auf ihrem Kopf aufgeregt hin und her.

Mara machte eine beschwichtigende Geste. »Okay. Zurück zum eigentlichen Thema. Da Sie sagten ›Ihr Zusteller‹, nehme ich an, dass Sie hier die Chefin sind?«

Die Frau nickte. »Niederlassungsleiterin. Schnöbel, Petra.«

»Frau Schnöbel«, fuhr Mara fort, während Blessing sich den Namen notierte, »es geht um Ihren Mitarbeiter Dirk Pankewitz. Wir müssen dringend in Erfahrung bringen, wo er sich momentan aufhält.«

Die Niederlassungsleiterin lachte kurz auf. »Der Dirk? Warum? Hat er was angestellt?«

»Gewissermaßen. Wir ermitteln, wie gesagt, wegen eines Tötungsdeliktes«, sagte Blessing, ohne von seinem iPad aufzublicken.

»Mit welchem Fahrzeug ist er unterwegs?«, fragte Eisfeld.

Petra Schnöbel überlegte kurz, während sie die beiden mit zusammengekniffenen Augen musterte. »Muss ich Ihnen das sagen? Bräuchten Sie dazu nicht eigentlich eine richterliche Anordnung?«

Mara sah die Frau müde an. Dieser flamingofarbene Büschel machte sie langsam aggressiv. Sie verspürte das starke Verlangen, einfach mal daran zu ziehen. Ihre Selbstdisziplin war aber zum Glück stärker.

»Hören Sie, Frau Schnöbel, Ihr Mitarbeiter hat einem jungen Mann mit einem Brecheisen den Schädel eingeschlagen und hat außerdem eine Frau und ein Kind in seiner Gewalt. In der Zeit, die wir diskutieren, baut er seinen Vorsprung aus, und das macht es für uns unwahrscheinlicher, ihn zu schnappen. Sollte ihm die Flucht gelingen oder tötet er gar eine der beiden, müssten Sie das ganz allein mit sich und Ihrem Gewissen ausmachen.«

Petra Schnöbel hatte vor Beginn von Eisfelds Schilderung ihren veganen Burger aus der Alufolie befreit und einen ersten Happen abgebissen, im Verlauf aber vor Entsetzen das Kauen aufgegeben. Das sah jetzt etwas unappetitlich aus, Mara war aber vor allem froh, dass der Flamingoschippel endlich zum Stillstand gekommen war.

»Ein schneller Zugriff könnte Schlimmeres verhindern«, fügte Blessing an.

»Ist ja gut«, sagte Schnöbel mit vollem Mund, würgte den ungekauten Happen die Speiseröhre hinunter und machte einen Schritt auf den Computer zu. »Der Dirk ist ein ganz harmloser Typ. Ich kenne den seit fünfzehn Jahren. Der tötet doch niemanden …« Sie blickte zunehmend verunsichert zwischen Eisfeld und Blessing hin und her, klickte dann mit der Maus auf eines der gelben Icons. »Das ist er. Tour 23. Kennzeichen B-NB 2089. Ist momentan auf der Landsberger Allee stadteinwärts unterwegs. Komisch, so weit draußen. Lichtenberg liegt gar nicht auf seiner Strecke.«

»Danke«, sagte Eisfeld. »Im Laufe des Tages werden noch Kollegen von uns vorbeikommen. Falls Ihnen vorher etwas Wichtiges einfällt, rufen Sie mich an.« Sie war bereits im Begriff, Petra Schnöbel ihre Visitenkarte zu überreichen, als sie noch mal kurz innehielt. Sie nahm einen Stift, strich das Wort »stellvertretende« vor »Leiterin 9. Mordkommission« durch und gab die Karte dann erst weiter. Daraufhin drehte sie sich um und verließ mit schnellen Schritten den Raum.

Petra Schnöbel starrte ihr gedankenverloren nach. »Der Dirk ist doch immer so gewissenhaft. Über den hat sich noch nie jemand beschwert.«

»Frau Schnöbel!«, machte sich Blessing bemerkbar und zeigte auf den Bildschirm. »Können Sie uns das aufs Handy schicken?«

Schnöbel schüttelte den Kopf.

»Dann bleiben Sie bitte am Telefon und geben uns laufend den Standort durch. Okay?«

Die Niederlassungsleiterin nickte resigniert und setzte sich auf ihren wackeligen Bürodrehstuhl.

Kurz darauf navigierte Eisfeld den Wagen rasant und sportlich durch das nordöstliche Randgebiet der Stadt. Darßer Straße, Malchower Weg, Rhinstraße. Immer wieder zwängte sie sich durch Lücken, die auf den ersten Blick zu eng für ihren wuchtigen Dienst-Audi erschienen. Wie durch ein Wunder touchierte sie kein anderes Fahrzeug, auch wenn manchmal höchstens Millimeter fehlten. Gideon Blessing klammerte sich mit bleichem Gesicht am Haltegriff fest, während er von Petra Schnöbel die aktuellen Standortdaten von Dirk Pankewitz' Lieferwagen abfragte und sich dabei redlich bemühte, seine Stimme nicht allzu panisch klingen zu lassen.

»Vorsicht!«, schrie er unvermittelt und zeigte nach vorne, wo knapp vor ihnen ein LKW in dem Moment links abbog, als Eisfeld ansetzte, ihn zu überholen.

»Mann, Blessing. Erschrecken Sie mich doch nicht so. Ich hab's gesehen. Ich sitze ja mit Ihnen im Auto«, sagte Mara, während sie in einer fließenden Bewegung den Wagen nach rechts zog, kurz die Fahrradspur in Anspruch nahm, auf der sich glücklicherweise gerade kein Radfahrer befand, und dann wieder freie Fahrt hatte.

»Entschuldigen Sie.« Blessings Gesichtsfarbe hatte einen Stich ins Grüne angenommen, was ihm ausgesprochen gut stand, weil es mit der Farbe seiner Socken korrespondierte. »Am besten schließe ich einfach die Augen.«

»Tun Sie das nicht, Blessing. Suchen Sie sich einen Punkt am Horizont und fixieren ihn. Das hilft gegen die Übelkeit.«

»Wie kommen Sie darauf, dass mir übel wäre?«, fragte der schwach in einem halbherzigen Versuch, seine Würde zu wahren, tat dann aber, was Eisfeld ihm geraten hatte.

»Wenn wir vorne auf die Landsberger biegen, müssten wir ihn eigentlich schon sehen«, sagte er nach einem weiteren Abgleich mit Frau Schnöbel.

Doch sie sahen nichts. Stattdessen kam ihnen dort nach einigen Hundert Metern ein Streifenwagen mit Blaulicht entgegengerast.

»Entweder haben die Kollegen ihn übersehen, oder er ist nicht auf der Landsberger«, bemerkte Mara.

»Laut GPS müsste er jetzt gleich an der Ecke Landsberger/ Vulkanstraße sein.«

»Ist er aber nicht. Das einzig Gelbe, was ich dort sehe, ist die Tram.« Mara stockte, verdrehte dann die Augen, denn ihr schwante etwas. »Vielleicht hat er uns auch einfach verarscht.«

Wenig später stellte sich heraus, dass Eisfeld mit ihrer Einschätzung absolut richtiglag. Gemeinsam mit der Besatzung des Streifenwagens, der ihnen kurz vorher entgegengekommen war, und der eines weiteren, der wenig später eingetroffen war, stoppten Blessing und Eisfeld die Straßenbahn der Linie 16, ließen alle Fahrgäste aussteigen und durchsuchten den Innenraum. Ergebnis: ein Stoffbeutel, in dem sich sowohl der aus dem Lieferfahrzeug ausgebaute Sender befand als auch der übliche Handscanner von Paketboten, der – wie sie später erfuhren – ebenfalls ein GPS-Signal aussendete.

»Schöne Scheiße«, sagte Eisfeld und setzte sich zurück in ihren Wagen.

7

Leif stand immer noch unter Schock. Das Zittern, das ihn befallen hatte, als er wieder in seinem BMW gesessen hatte, hatte zum Glück aufgehört, die Bilder aber würde er für sehr lange Zeit nicht mehr aus dem Kopf bekommen. Sie hatten sich tief in sein Gedächtnis eingebrannt.

Als ihn der Postbote überrascht hatte, war er kurz davor gewesen, sich einfach zu ergeben. Warum kämpfen, wenn die Lage so aussichtslos war? Doch als er sich gerade auf den Boden legen wollte, war Hamudi dem Typen mit voller Wucht ins Kreuz gesprungen. Leif dachte in diesem Moment noch, okay, Glück gehabt, noch mal gut gegangen, und jetzt nichts wie weg hier. Doch wenig später war Hamudi tot am Boden gelegen. In seinem eigenen Blut.

Schlimmer als dieser Anblick waren nur die Geräusche gewesen. Der Aufprall des Brecheisens auf Hamudis Schädel hatte geklungen wie das Knacken einer Walnuss, nur zehnmal lauter, und war Leif durch Mark und Bein gegangen. Er würde niemals wieder eine Walnuss knacken können, ohne sich übergeben zu müssen, da war er sich sicher.

Aber nicht mal das war das Schlimmste von allem gewesen. Denn als der Typ versucht hatte, das Brecheisen wieder aus Hamudis Kopf herauszuziehen und wie wild daran geruckelt hatte, hatte das Herumfuhrwerken ein schmatzendes Geräusch verursacht, das Leif auch jetzt noch den Magen umdrehte.

Sosehr Hamudis Tod ihn schmerzte, überwog doch die Erleichterung darüber, dass es ihm nicht genauso ergangen war. Dass er entkommen konnte. Dass er es geschafft hatte, den Postboten abzuschütteln und sich in seinen BMW zu flüchten, der einige Querstraßen entfernt geparkt war.

Die Erleichterung war aber bald der Erkenntnis gewichen, dass ihm eine unangenehme Aufgabe bevorstand: der Anruf bei Hamudis Bruder Murat, um diesem zu erzählen, was geschehen war.

Leif hatte befürchtet, Murat würde wieder einen seiner berüchtigten Tobsuchtsanfälle bekommen. Tatsächlich war er aber vollkommen ruhig geblieben, hatte zugehört, am Ende lange überlegt und Leif schließlich in unmissverständlichem Ton aufgefordert, den Mörder seines Bruders keinesfalls aus den Augen zu lassen, bis er eingetroffen war. Dies würde allerdings noch einige Zeit dauern, da er momentan nicht in Berlin war.

Unmittelbar danach war Leif näher an das Haus herangefahren. Dort hatte er gerade noch gesehen, wie der Typ die junge Frau aus dem Keller und ein Kind, von dem er nicht wusste, woher das plötzlich kam, in den Laderaum seines Lieferwagens bugsiert hatte. Dann hatte er die Türen zugeknallt und war losgefahren. Leif hinterher. Es war kreuz und quer durch die ganze Stadt gegangen, um am Ende hier auf diesem IKEA-Parkplatz in Lichtenberg zu landen.

Dort stand er nun seit unendlich langer Zeit, und es passierte absolut nichts. Keine Bewegung, keinerlei Anzeichen, ob es jemals weitergehen würde. Ein einziges Mal war der Postbote seit ihrer Ankunft hier ausgestiegen, hatte Hotdogs geholt und war zur gegenüberliegenden Tram-Haltestelle gegangen, um dort einen Beutel in einer Bahn zu deponieren.

Warum er das getan hatte? Keine Ahnung. Leif konnte es sich nicht erklären. Er hatte aber auch wenig Lust, groß darüber nachzudenken, denn ihn beschäftigte neben der Trauer um seinen Freund noch etwas anderes. Die Frage, was um alles in der Welt ihn geritten hatte, der Frau im Keller die Tür vor der Nase zuzuschlagen. Warum? Warum hatte er ihr nicht geholfen? Er fand keine Antwort darauf, und das zermürbte ihn. Eines jedoch wusste er ganz genau: Er wollte diesen Fehler wiedergutmachen. Er wollte der Frau helfen. Und dem Kind auch.

Nieselregen setzte ein und legte sich mit sanftem Prasseln auf die Windschutzscheibe. Leif hatte zunehmend Mühe, sich zu konzentrieren und die Augen offen zu halten. Ihm war klar, dass er keinesfalls einnicken durfte. Murat würde kurzen Prozess mit ihm machen, sollte er den Postboten verlieren.

Er überlegte, ob auch er kurz nach innen gehen und sich einen Hotdog holen sollte. Wer aß, konnte schließlich nicht einschlafen. Und beim Essen konnte er darüber nachdenken, wie sein Leben künftig aussehen sollte. Denn dass er viel früher als geplant die Reißleine ziehen würde, hatte er bereits beschlossen. Das war alles nichts mehr für ihn. Zu stressig, zu gefährlich und ohne Hamudi sowieso Kacke. Er wollte etwas anderes. Ein anderes, ruhigeres Leben. Und eine Freundin wollte er eigentlich auch bald mal wieder.

Während er über seine Zukunft sinnierte, spürte Leif plötzlich, wie er fiel. Und fiel. Und dann mit einem Mal hart auf dem Asphalt aufschlug.

Ruckartig riss es ihn aus dem Schlaf.

Verdammt. Er war also doch eingenickt.

Eilig versuchte er, den Blick scharf zu stellen, und ahnte währenddessen schon, dass es nichts mehr gab, worauf er ihn scharf stellen hätte können. Der Lieferwagen war weg.

Leif brach kalter Schweiß aus. Kurz darauf meinte er jedoch etwas Gelbes durch die mit feinen Regentropfen übersäte Heckscheibe wahrzunehmen. Er stieg aus und blickte sich hektisch um. Nichts. Doch dann tauchte der gelbe Lieferwagen hinter einem geparkten Sattelschlepper auf. Er hatte den Blinker gesetzt und bog in diesem Moment vom Parkplatz auf die dicht befahrene Straße.

Leif sprang zurück in seinen BMW, startete den Motor, jagte ihn hoch und nahm die Verfolgung auf.

8

Eisfeld sah mit ernster Miene in die Runde. Sie hatte alle Mitarbeiter der 9. Mordkommission sowie Umut Oktay als ihren direkten Vorgesetzten einbestellt, um zu besprechen, wie sie auf die neuen Erkenntnisse reagieren sollten. Die Vermutung, dass es sich bei der Frau, die in Pankewitz' Keller festgehalten worden war, um die nunmehr seit einem Jahrzehnt vermisste Katharina Stellkamp handelte, war inzwischen durch einen Abgleich der Fingerabdrücke bestätigt worden.

Dass ihre allererste Ermittlung als neue Leiterin der Neunten mit diesem Fall in Verbindung stand, euphorisierte sie, bereitete ihr gleichzeitig aber auch mittelschwere Nackenverspannungen, denn innerhalb des LKA war der Fall Katharina S. ein Politikum, was nicht zuletzt an der dilettantischen Ermittlungsführung ihres speziellen Freundes Hauptkommissar Bertram Banners lag. Diesem war ein Tag nach dem Verschwinden des Mädchens die Ermittlungsleitung übertragen worden, und er hatte sich sehr schnell auf Katharinas Ex-Freund als Hauptverdächtigen eingeschossen, von dem sich die Vermisste kurz zuvor getrennt hatte. Er warf dem jungen, damals gerade mal achtzehn Jahre alten Mann vor, Katharina aus Rache oder Eifersucht getötet und ihre Leiche anschließend an einem unbekannten Ort entsorgt zu haben. Außer Indizien konnte Banners aber nichts vorweisen. Vor allem keine Leiche.

Um diese zu finden, setzte er alle ihm zu Verfügung stehenden Hebel in Bewegung. Er ließ mehrere Waldgebiete mit Hundertschaften durchkämmen, zwei Seen temporär trockenlegen und beauftragte sogar einen Wahrsager, inoffiziell, versteht sich. Alles ohne Erfolg.

Daraufhin geriet er sowohl öffentlich als auch polizeiintern so sehr unter Druck, dass er von seiner ursprünglichen Linie abwich und plötzlich eine neue, hanebüchene Hypothese aus dem Hut zauberte, in der Katharinas Vater eine Rolle als Tatbeteiligter spielte. Was sich später natürlich als völlig haltlos erwiesen hatte.

Für kurze Zeit war Mara damals selbst Teil von Banners Sonderkommission gewesen, und das war auch der Grund, warum sie die Sache jetzt so aufwühlte. Dieser Fall war einer der ersten, mit dem sie im LKA in Berührung gekommen war, und das ungelöste Schicksal des Mädchens hatte sie damals ziemlich mitgenommen.

Um alle Anwesenden auf den gleichen Stand zu bringen, fasste sie die Ereignisse von damals kurz zusammen.

Anschließend ergriff Oktay das Wort: »So oder so solltet ihr den Ball schön flach halten. Je später Kollege Banners erfährt, dass wieder ermittelt wird, desto entspannter für alle. Ihr konzentriert euch darauf, den Verantwortlichen für das Tötungsdelikt zu finden, und wenn ihr in diesem Zuge auch noch einen alten Vermisstenfall aufklärt, umso besser.«

Damit übergab er an Hedwig Diedrichsen, die die Ermittlungsergebnisse zusammenfasste, die bisher bei ihr aufgelaufen waren.

»Im vorläufigen Autopsiebericht steht genau das, was wir eh schon vermutet haben. Durch den Schlag gegen den Schädel wurde das Gehirn des Jungen so massiv beschädigt, dass er vermutlich nie wieder ein normales Leben außerhalb einer Pflegeeinrichtung hätte führen können. Er kann fast froh sein, dass er das nicht überlebt hat. Weder seine Fingerabdrücke noch seine DNA ergaben Treffer in der DAD. Es war also entweder sein erster Einbruch, oder er hat auch zuvor immer brav Handschuhe getragen und ist nie erwischt worden. In jedem Fall haben wir nichts über ihn im Computer. Gleiches gilt für seinen Kollegen. Die Fahndung nach ihm und Dirk Pankewitz läuft, bislang aber ohne Ergebnis.«

Dietrich blätterte ihren Notizblock eine Seite weiter. »Die Durchsuchung des Hauses hat noch einige erhellende Hinweise auf Pankewitz' Charakter ergeben. Seine Zeitschriften und Bücher deuten auf ein auffälliges Interesse an Survival-Themen, also allem, was mit dem Überleben in der Wildnis, abseits der Zivilisation, zu tun hat. Jagd, Fischfang, Pilzkunde und so weiter. Auch ein Buch über essbare Käfer befindet sich in seinem Besitz. Was sich aber nicht fand, sind Hinweise auf ein irgendwie geartetes soziales Umfeld. Keine Vereinsmitgliedschaften, kein bester Freund, keine Partnerin oder Ex-Partnerin, keine Kinder. Nur eine Mutter im Altersheim, sonst nichts …«

»Ja, das deckt sich auch mit unseren Erkenntnissen«, schaltete sich jetzt auch Caro Ponke ein, die zusammen mit Maik Tewesen eine der erfahrensten Ermittlerinnen der Abteilung war. Beide waren schon fast so lange dabei wie Eisfeld selbst. Beide ehrgeizig und mit ausgeprägten Wadenbeißerqualitäten. Caro hatte von Letzteren ein Quäntchen mehr als Maik, was Eisfeld darauf zurückführte, dass Caro ledig und kinderlos war und Maik Zwillinge im Krippenalter hatte, die ihm bestimmt viel Lebensfreude gaben, aber, nach den hartnäckigen Schlagschatten unter seinen Augen zu urteilen, auch sichtlich Energie saugten.

»Obwohl Pankewitz nun schon fünfzehn Jahre in diesem Paketzentrum arbeitet, wissen die Kollegen so gut wie nichts über ihn. Er ist wie Teflon. Lässt niemanden an sich ran. Keine gemeinsamen Unternehmungen, keine geselligen Abende. Und auch sonst ist er nicht auffällig geworden. Keine Strafzettel, nicht mal Geschwindigkeitsübertretungen, was in diesem Job fast an ein Wunder grenzt.«

»Davor waren wir noch bei Pankewitz' Mutter Ilse«, übernahm nun Maik. »Sie lebt in dem Seniorenzentrum an der Mühlenstraße. Die Heimleiterin hatte mir zuvor schon am Telefon gesagt, dass wir unsere Erwartungen nicht allzu hoch ansetzen sollten, da Frau Pankewitz schwer an Demenz erkrankt sei. Haben wir auch nicht getan, aber natürlich gehofft, zumindest irgendetwas zu erfahren. Doch nein: Die Frau war absolut nicht in der Lage, unseren Fragen geistig zu folgen.«

Caro bestätigte das Gesagte mit einem Nicken. »Aber: Als wir gerade gehen wollten, ist ein Heimbewohner, der die Familie von früher her kannte, auf uns zugekommen und hat uns eine Anekdote aus Pankewitz' Kindheit erzählt. Der kleine Dirk hat mit elf oder zwölf wohl ein Mädchen aus der Nachbarschaft für mehrere Tage in den Schuppen seiner Eltern gesperrt, sie nicht verletzt oder gar vergewaltigt, sondern einfach nur wie ein Haustier gehalten und mit Essen und Trinken versorgt. Bis es aufgeflogen ist …«

»Und dann?«, fragte Eisfeld, die aufgrund der mangelnden Ausbeute langsam etwas ungeduldig wurde.

Maik zuckte mit den Achseln. »Dann haben Pankewitz' Eltern mit den Eltern des Mädchens eine finanzielle Vereinbarung getroffen, damit der Vorfall nicht an die Öffentlichkeit gelangt.«

»Das Geld wäre in einer psychologischen Behandlung ihres Sprosses sicher besser investiert gewesen«, warf Dietrich kopfschüttelnd ein.

Eisfeld hielt es nicht mehr auf ihrem Stuhl. »Zusammenfassend kann man also sagen: Wir haben nichts. Richtig? Keinerlei Anhaltspunkt, wo wir nach Pankewitz suchen sollen, keine Idee, wohin er unterwegs sein könnte …« Sie blickte in die Runde und sah ausschließlich betretene Gesichter.

Zögerlich meldete sich Risa Rech zu Wort. Mit ihren zweiundzwanzig Jahren war sie die Jüngste im Team und erst vor einigen Wochen zu ihnen gestoßen. »Ist wahrscheinlich jetzt auch nichts, was uns weiterbringt, aber eine Sache ist mir aufgefallen …«

Eisfeld ermunterte sie mit einer Geste zum Weitersprechen.

»In Pankewitz' Haus gab es ja allerlei Magazine und Bücher, die nahelegen, dass er sich der Prepperbewegung zugehörig fühlt. Also Leuten, die Nahrung und andere lebenswichtige Utensilien horten, um sich auf Kriege, Reaktorunfälle und andere Weltuntergangsszenarien vorzubereiten. Ich hab mich in den einschlägigen Kanälen der Szene mal umgesehen und bin dabei auf ein Profil mit dem Namen Halvar_aus_Flake gestoßen. Interessant war dabei das Profilbild. Es zeigt eine rote Playmobilfigur mit Wikingerhelm, Schutzschild und Armbrust. Exakt die gleiche Figur habe ich auf den Fotos gesehen, die ihr in Pankewitz' Arbeitszimmer gemacht habt. Sogar der Hintergrund stimmt.«

Blessing nickte.

Auch Eisfeld erinnerte sich an die Figur.

»Also, aufgrund des Bildes gehe ich davon aus, dass Pankewitz hinter diesem Pseudonym steckt. Halvar_aus_Flake hat sich auffällig oft mit einem anderen Profil ausgetauscht: Kronos666. In diversen Foren. Es wirkt fast, als verbindet die beiden ein freundschaftliches Verhältnis.«

»Es wäre die erste Person, neben seiner Mutter, zu der Pankewitz einen engeren Kontakt hatte«, sagte Eisfeld. »Ist zwar wirklich nur ein Strohhalm, aber wir sollten auf jeden Fall mit Kronos666 sprechen. Gute Arbeit. Hast du einen Namen oder eine Adresse herausbekommen können?«

Risa nickte stolz und reichte Mara ein gelbes, quadratisches Post-it. »Er war sehr vorsichtig und hat seine IP-Adresse in der Regel verschleiert. Bis auf einmal. Ta-ta!«

9

Zwanzig Minuten später waren Eisfeld und Blessing an der Adresse angekommen, die Risa ihnen aufgeschrieben hatte. Der Internetanschluss, um den es ging, war auf einen Peter Frisch angemeldet. Auf den Klingelschildern an der Haustür fand sich dieser Name allerdings nicht. Nachdem eine ältere Frau aus dem Haus gekommen war und Blessing ihr, ganz Gentleman, die Tür aufgehalten hatte, nutzten sie die Gelegenheit und traten ein.

Das Haus war ein aufwendig sanierter Altbau. Sogar im Eingangsbereich gab es Stuck an den Wänden und der Decke. Pflanzen in riesigen Töpfen. Die Bastmatten auf dem Boden dämpften jeden Schritt. An den Wänden des gesamten Hauses, sowohl innen als auch außen, war nicht ein einziges Graffiti zu sehen. Unwillkürlich musste Mara an das Treppenhaus ihres eigenen Wohnhauses denken, das übersät mit Schmierereien war, und daran, dass ihre Hausverwaltung noch nie auf die Idee gekommen war, dagegen irgendetwas zu unternehmen. Genauso wenig wie gegen den Pissegeruch, den das nachts vorüberziehende Partyvölkchen in steter Regelmäßigkeit wahrscheinlich aus Gründen der Reviermarkierung dort hinterließ.

Nach kurzer Suche entdeckte Blessing einen Briefkasten mit der Aufschrift »Harasch/Frisch«. Die Namen brachten weit hinten in Maras Kopf eine Synapsenverbindung zum Schwingen, sie kam aber nicht darauf, wo sie sie schon einmal gehört hatte. Auch als sie und Blessing vor der zum Briefkasten gehörenden Wohnung im vierten Stock des Vorderhauses standen, aus der indisch anmutende Klänge drangen, war es ihr noch nicht eingefallen.

Der Musik nach zu urteilen, musste jemand zu Hause sein, doch selbst auf dreimaliges Klingeln folgte keinerlei Reaktion. Erst als Mara mehrfach mit der Faust gegen die Tür hämmerte, tat sich etwas. Die Musik wurde leiser gestellt, der Schlüssel im Schloss umgedreht und eine Frau in Maras Alter öffnete die Tür einen Spaltbreit. Sie trug eine Art Aerobic-Outfit, das aussah, als würde es aus den Siebzigerjahren des letzten Jahrhunderts stammen – blaue Leggings, rotes Oberteil, dazwischen ein gelbes, um die Taille gebundenes Tuch sowie ein grünes Stirnband, das die langen Haare in Schach hielt. Sie war sichtlich darum bemüht, ihre Verstimmung über die Störung mit einem aufgesetzt wirkenden Lächeln zu kaschieren.

»Was gibt's denn so Dringendes? Ich gebe gerade einen Kurs.«

Mara war die Frau sofort unsympathisch. Nachdem sie ihr grob erläutert hatte, worum es ging, durften sie und Blessing eintreten und mussten in der Küche warten, bis Shanti Harasch, die eigentlich Stefanie Harasch hieß und hauptberuflich Schauspielerin war, ihre Klasse von vier Yogaschülerinnen zu Ende unterrichtet und nach Hause geschickt hatte. Schnell klärte sich dann, dass Shanti Haraschs Mann Peter Frisch vor einem Jahr ausgezogen war und er deshalb keinesfalls derjenige sein konnte, der sich über diese IP-Adresse in Internetforen herumtrieb. Sie selbst machte nicht den Eindruck, als würde sie sich besonders gut mit der Prepperszene, Weltuntergangsszenarien oder Waffen aus dem 3-D-Drucker auskennen, blieb also nur noch ihr vierzehnjähriger Sohn Jonas.

Während sie im salonartigen Wohnzimmer auf dessen Rückkehr vom Basketballtraining warteten, fiel Mara plötzlich siedend heiß ein, wo sie den Namen Harasch zuvor schon einmal gehört hatte. Es war bei ihr zu Hause gewesen. In einem Gespräch mit ihrem Ehemann. Stefanie Shanti Harasch war Mattis Toilettenaffäre!

Mara versuchte sich ihre Aufgewühltheit nicht anmerken zu lassen. Während Shanti verträumt in die Flamme einer Kerze starrte und nebenbei gedankenverloren ein Stück Kandiszucker in ihrem Yogi-Tee auflöste, musterte sie sie. Aus ihrer beruflichen Erfahrung heraus wusste sie, dass es die merkwürdigsten Zufälle gab, dennoch: Jetzt hier in diesem Wohnzimmer zu sitzen war schon bizarr. Und natürlich drängte sich ihr ein anderer Gedanke auf: Was um alles in der Welt hatte Matti verleitet, dieser Frau auf die Damentoilette einer Bar zu folgen? Charme oder gutes Aussehen konnten es ja kaum gewesen sein, dachte Mara und überlegte im gleichen Moment, ob das nicht ein wenig zu gehässig war, verscheuchte den Gedanken aber sogleich wieder. Sie hatte wirklich das Gefühl, einer x-beliebigen Yoga-Eso-Tussi gegenüberzusitzen, wie es sie innerhalb des S-Bahn-Rings zu Hunderten gab. Eigentlich hielt Mara sich nicht für sonderlich eifersüchtig, doch jetzt spürte sie, wie die Wut in ihr hochkochte.

Zum Glück kam in diesem Moment ein Jugendlicher in einem schwarzen Hoodie, einer Camouflage-Hose und mit leichtem Flaum unter der Nase zur Tür herein, warf seine Sporttasche in die Ecke, und Mara konnte ihre Gedanken wieder auf berufliche Dinge lenken.

»Jonas, da bist du ja endlich«, sagte Stefanie Harasch und ging ihrem Sohn mit sorgenvoller Miene entgegen. »Du hast Besuch vom Landeskriminalamt.«

»Ach echt, cool«, sagte der Junge, doch die durch seine Worte ausgedrückte Freude spiegelte sich nicht in seinem Gesicht wider. Im Gegenteil, ihm schien ein ordentlicher Schreck in die Knochen zu fahren. Seine Augen flackerten, und im nächsten Moment trieb ihn der Fluchtreflex zurück zur Wohnungstür.

Doch Blessing kam ihm zuvor. Er sprang auf und blockierte mit einem Fuß die Tür. »Ganz schlechte Idee, ganz schlecht.«

»Ey, ich wollte nur kurz mein Fahrrad abschließen«, versuchte sich der Junge herauszureden.

»Dein Fahrrad?«, fragte Shanti verwundert. »Das hattest du doch gar nicht mit.«

Jonas stieß einen kurzen, genervten Seufzer in Richtung seiner Mutter aus, ließ dann den Blick zwischen Eisfeld und Blessing hin und her wandern und presste dabei verlegen die Lippen zusammen.

»Wir müssen uns unterhalten«, sagte Mara ernst.

»Soll ich Papa anrufen?«, schaltete sich erneut Shanti ein.

»Auf gar keinen Fall!«, erwiderte Jonas schnell, während er die beiden Beamten in Richtung seines Zimmers lotste. »Und du lässt mich auch in Ruhe, ja? Ich mache das allein.«

»Bist du sicher, Jonas?«, fragte Stefanie Harasch besorgt.

Der Junge verdrehte die Augen. »Ja, natürlich bin ich sicher, Mutter.«

»Wenn du was brauchst, rufst du, ich warte hier.«

»Ja, ist gut.«

»Willst du was essen?«

»Nein.« Und bevor noch weitere Fragen auf ihn einprasseln konnten, schloss er schnell die Tür seines Zimmers und atmete einmal tief durch. Dann wandte er sich an Eisfeld und Blessing, die auf seinem Bett Platz genommen hatten.

»Okay, ich gebe alles zu.«

Mara spitzte die Lippen und legte den Kopf schief. »Sehr gut. Dann mal los.«

Jonas setzte sich auf seinen ergonomischen blau-schwarzen Gamer-Stuhl und drehte sich nervös hin und her. »Ich schwöre, dass es keine Absicht war. Ich wollte niemandem schaden oder so, und im Grunde ist ja auch gar nichts passiert.«

Während der Junge weitersprach, tauschten Eisfeld und Blessing kurz verwunderte Blicke aus.

»Ich bin da wirklich nur ganz zufällig reingerutscht, weil ich was ausprobieren wollte. Aber dass man da so leicht reinkommt, hat ja keiner wissen können. So großartig sind meine Programmierkenntnisse dann auch nicht. Man sollte doch meinen, dass das Netzwerk der Deutschen Bank ein bisschen besser gesichert ist, als dass da jeder Schüler …«

»Ähm, stopp mal«, unterbrach ihn Eisfeld schließlich. »Bevor du dich irgendwo reinreitest, nur kurz die Info: Wir sind für Delikte am Menschen zuständig, nicht für Internet- oder Wirtschaftskriminalität.«

»Delikte am Menschen, okay.«

»Aber wenn du eine Aussage machen möchtest, leiten wir die gerne an unsere Kollegen weiter. Kannst du dir ja noch mal in Ruhe überlegen …«

Jonas schwieg einen Moment, dann schien er zu begreifen, worauf Eisfeld hinauswollte. »Ach so, ja, okay. Ich glaube, dann überlege ich mir das noch mal …«

»Gute Entscheidung«, kommentierte Blessing trocken. »Dann können wir ja jetzt zu unserem eigentlichen Thema kommen.«

Im Folgenden zeigte sich Jonas maximal kooperativ. Er bestätigte, dass er Kronos666 war, und gab bereitwillig Auskunft über alles, was er in den letzten Monaten in diversen Foren geschrieben und mit wem er sich ausgetauscht hatte. Die Informationen sprudelten regelrecht aus ihm heraus. Mara hatte den Eindruck, es mit einem durchaus intelligenten, wenn auch labilen Jugendlichen zu tun zu haben, der viel zu viel Zeit online verbrachte und die dort verbreiteten obskuren Ansichten etwas zu sehr verinnerlicht hatte. So war Jonas zum Beispiel felsenfest davon überzeugt, dass aufgrund der Klimakatastrophe in Kürze alles zusammenbrechen würde. Die Infrastruktur, die Wirtschaft, ja das gesamte Gesellschaftssystem. Mindestens in Europa, wenn nicht auf der ganzen Welt. Es werde zu bürgerkriegsähnlichen Zuständen kommen und zu einem erbitterten Kampf um Ressourcen, zusätzlich angeheizt durch Kräfte aus dem Ausland. Wie man sich auf diese Zeit optimal vorbereitete, war meist das Thema des Austauschs zwischen ihm und Pankewitz' digitaler Identität gewesen.

»Für den Fall der Fälle braucht man Rückzugsmöglichkeiten«, führte der Junge mit wiedergewonnenem Selbstbewusstsein aus. »Und die müssen natürlich mit allem, was man braucht, ausgestattet sein. Lang haltbare Lebensmittel, Frischwassertanks, Generatoren für die Stromerzeugung und eine reich bestückte Waffenkammer.«

»Und wo genau will Halvar_aus_Flake im Katastrophenfall Unterschlupf finden?«, fragte Eisfeld geradeheraus.

»Wo genau, weiß ich natürlich nicht«, sagte Jonas und stand auf. »Aber so ungefähr vielleicht.«

Er ging zu seinem Bücherregal, sah die Reihen durch und zog nach und nach mehrere Bücher heraus. Einen Stapel überreichte er Eisfeld, den anderen Blessing. »Die brauche ich aber wieder.«

Mara überflog die Buchrücken. Sie trugen Titel wie *Faszination Bunker, Bunker: Building for the End Times, Geheime Bun-*

keranlagen der DDR oder *Dunkle Welten: Bunker, Tunnel und Gewölbe unter Berlin*.

»Du glaubst, er ist in einem Bunker?«, fragte Blessing.

Jonas nickte. »Allein in Berlin und Umgebung gibt es unzählige davon. Manche werden noch für irgendwas genutzt, manche sind zugeschüttet, manche verplombt. Wenn man in einen reinkommt, ist es das perfekte Versteck.«

10

Soll ich fahren?«, fragte Blessing, nachdem sie die beiden Bücherstapel im Kofferraum verstaut hatten und er schon eine zögerliche Bewegung in Richtung Fahrertür machte.

»Wollen Sie mich beleidigen?«, erwiderte Eisfeld trocken.

»Nein. Nein, nein«, ruderte Blessing schnell zurück. »Ich wollte nur … Also, ist doch sicher anstrengend für Sie, sich die ganze Zeit auf den Straßenverkehr zu konzentrieren …«

Eisfeld winkte ab. »Nee, ist schon in Ordnung.«

»Wäre wirklich kein Problem für mich«, machte Blessing einen weiteren Versuch und hörte sich jetzt fast wieder etwas flehend an.

Eisfeld lächelte milde. »Ich weiß Ihr Angebot wirklich sehr zu schätzen, und ich will Ihnen echt nicht zu nahe treten, aber beim Thema Fahren bin ich etwas speziell. Wenn ich gezwungen bin, Beifahrerin zu sein, schrumpft mein Gehirn, und am Ende bin ich eine schlechtere Polizistin. Selbstwirksamkeit, Sie verstehen …«

»Ehrlich gesagt, nein.«

»Und außerdem – ich hoffe, Sie sind mir nicht böse, wenn ich das so direkt sage. Aber ich … ähm … fürchte, Sie haben für den Berliner Straßenverkehr einfach nicht die nötige Härte.«

»Pf. Das glaube ich kaum«, gab Blessing trotzig zurück. »Ich fahre Rennrad. In der Stadt. Härter kann man eigentlich …« Er brach ab, da er einsah, dass seine Bemühungen vergebens waren. Eisfeld war bereits eingestiegen – natürlich auf der Fahrerseite – und die Sache damit entschieden. Ihm blieb nichts anderes übrig, als auf dem Beifahrersitz Platz zu nehmen und sich weiterhin dem forschen Fahrstil seiner Vorgesetzten auszuliefern. Dementsprechend frostig war seine Laune auf der Fahrt zurück zum LKA dann auch.

Eisfeld war gerade dabei, einen Kleinwagenfahrer per Lichthupe für seinen bummeligen Fahrstil zu rügen, um dann kopfschüttelnd an ihm vorbeizuziehen, als ihr Handy vibrierte. Sie zog es aus der Hosentasche.

»Augen auf die Fahrbahn, bitte!«, rief Blessing entsetzt.

Eisfeld zuckte kurz zusammen. »Ja, ist ja gut. Erschrecken Sie mich doch nicht schon wieder so.«

»Augen immer geradeaus. Zumindest wenn ich mit Ihnen im Fahrzeug sitze. Danke.«

Eisfeld warf ihm einen kurzen, abschätzigen Blick zu und sah dann auf ihr Telefon.

»Es ist Tamm. Was will der denn?«

»Wenn Sie rangehen, wird er es Ihnen sagen«, bemerkte Blessing bissig, ohne den Blick von der Straße zu nehmen. »Aber benutzen Sie bitte die Freisprechanlage. Die Hände müssen sich immer in Zehn-vor-zwei-Stellung am Steuer befinden.«

Eisfeld konnte sich einen kurzen Lacher nicht verkneifen. »Jetzt hören Sie doch mal auf, Blessing. Ich bin seit zehn Jahren unfallfrei. Außerdem weiß ich nicht, wie das funktioniert mit der Anlage. Können Sie mir später ja mal zeigen.«

Sprach's und nahm den Anruf auf herkömmliche Art entgegen.

Das Gespräch dauerte lediglich wenige Sekunden, und Maras Wortbeiträge beschränkten sich auf »Ja, kann ich machen« und »Bis gleich«.

»Was hat er gesagt?«, fragte Blessing schließlich, nachdem Mara aufgelegt hatte, aber einige Sekunden lang keine Anstalten machte, es ihm von sich aus mitzuteilen.

»Nichts. Außer dass ich gleich in sein Büro kommen soll.«

»Hm«, sagte Blessing und wirkte irritiert. »Warum?«

»Ich weiß es nicht. Er will jetzt hoffentlich nicht, dass ich jeden Tag zum Rapport antrete.«

»Kann ich mir nicht vorstellen. Vielleicht will er nur wissen, wie Ihr erster Tag gelaufen ist.«

Mara runzelte nachdenklich die Stirn. »Hat er vielleicht ein Frauenproblem? Sie kennen ihn doch gut. Hat er ein Problem mit Frauen in Führungspositionen?«

Blessing schien um eine Antwort verlegen zu sein. »Nein, ich weiß es nicht. Glaube aber nicht. Aber wirklich viele Frauen in Führungspositionen gibt es unter ihm ja nicht …«

»Eben!«, erwiderte Mara in einem Ton, der signalisierte, dass genau dies ihre These ja untermauerte. Aber egal. Sie würde sich jedenfalls keine Blöße geben, sondern demonstrativ Zuversicht und gute Laune ausstrahlen.

Nach Ankunft im LKA half Eisfeld Blessing, die Bücher von Jonas Harasch nach oben zu tragen. Zum Glück war Risa noch da, die helfen konnte, den Stapel durchzusehen, eine Liste mit Bunkern und anderen Rückzugsmöglichkeiten zu erstellen und diese später an die Kollegen von der Schutzpolizei weiterzuleiten, damit die mit der Überprüfung beginnen konnten.

Danach machte sie sich auf den Weg zu Kriminaldirektor Tamm. Sie nahm sich vor, sich von ihrer souveränsten und kompetentesten Seite zu zeigen, doch schon auf der Türschwelle zu seinem Büro gefror ihr professionelles Lächeln zu einer starren Maske, denn neben dem Kriminaldirektor befand sich noch eine weitere Person im Raum, die sie dort absolut nicht erwartet hatte. Der Überraschungsgast hatte es sich breitbeinig und mit offenem Jackett auf dem Sofa gemütlich gemacht und schien bester Laune zu sein: Kriminalhauptkommissar Bertram Banners.

»KHK Eisfeld, erst mal herzlichen Dank, dass Sie diesen Termin so kurzfristig möglich gemacht haben«, sagte Tamm mit sonorer Stimme.

Mara blickte den Chef ihres Chefs abwartend an. Nickte nicht und lächelte auch nicht mehr, worüber der ein wenig enttäuscht zu sein schien.

»Nun gut, lassen Sie uns gleich zum Anlass unseres Treffens kommen. Soweit ich die Aktenlage in der Sache überblicke, ist es unstrittig, dass der noch nicht identifizierte junge Mann infolge einer Auseinandersetzung mit Pankewitz, Dirk zu Tode gekommen ist. Tatumstände und Tatablauf sind durch das Videomaterial ja bestens belegt, und es steht jetzt ja nur noch aus, den Aufenthaltsort des Tatverdächtigen zu ermitteln und ihn in Gewahrsam zu nehmen. Ist das so weit korrekt?«

»Das ist richtig, ja«, antwortete Eisfeld. Einen süffisanten Kommentar zu Tamms »nur noch« sparte sie sich, auch wenn es ihr schwerfiel.

Der Kriminaldirektor lächelte gütig und machte eine kurze Pause, um anschließend in großväterlichem Ton fortzufahren. »Wie Sie sicher wissen, hatte KHK Banners in dem Entführungsfall Katharina Stellkamp, der mit diesem Fall ja aufs Engste verknüpft zu sein scheint, die Ermittlungsleitung inne.«

»Hat!«, korrigierte Banners. »Ich habe die Ermittlungsleitung nach wie vor inne. Der Fall ist ja noch nicht abgeschlossen.«

Tamm machte eine beschwichtigende Geste, die Banners bedeuten sollte, dass er die Gesprächsführung sehr wohl ihm überlassen könne. »KHK Banners hatte mich deshalb gebeten, ihm für beide Fälle die Leitung zu übertragen, um die Ermittlungen bei einem erfahrenen, in die Materie eingearbeiteten Kollegen zu bündeln. Ich muss gestehen, dass dieser Vorschlag eine gewisse Attraktivität auf mich ausübt und ich zumindest darüber nachdenke.«

Eisfeld spürte, wie ihr das Blut ins Gesicht schoss. Sie legte sich im Kopf eine Reihe an Argumenten zurecht, die gegen diese in ihren Augen völlig bescheuerte Idee sprachen, doch bevor sie sie präsentieren konnte, stoppte Tamm sie mit einer wedelnden Handbewegung.

»Ich weiß, ich weiß. Ich bin mir sehr wohl darüber bewusst, dass Sie aus naheliegenden Gründen anderer Ansicht sind. Und sehen Sie diese Überlegungen bitte nicht als persönlichen Angriff gegen Sie. Ihre großen Fälle werden noch kommen …«

»Darum geht's doch gar nicht«, unterbrach ihn Mara jetzt doch, woraufhin Tamm noch intensiver mit der Hand fuchtelte, so als wolle er einen Schwarm Fruchtfliegen verscheuchen.

»Es ist ja noch nichts entschieden. Aber denken Sie doch mal an das große Ganze.« Er machte eine lange Pause, während der er Eisfeld gutmütig ansah. »Und jetzt möchte ich natürlich auch Ihre Meinung zu dem Thema hören.«

Mara zwang sich, ruhig zu bleiben und ihre Gedanken klar zu artikulieren. »Mein Team arbeitet sich intensiv in die alten Akten ein, und ein frischer Blick von neuen, unverbrauchten Ermittlern ist meiner Meinung nach genau das, was dem großen Ganzen aktuell am besten tut. Deshalb denke ich, wir sollten alles so belassen, wie es momentan ist. Für die Außenwirkung des LKA Berlin wäre es zudem etwas problematisch, wenn man der einzigen Frau, die eine Mordkommission leitet, an ihrem ersten Tag einen Fall wegnimmt, um ihn einem männlichen Kollegen zu übertragen.«

Der Kriminaldirektor bewegte erst langsam den Kopf hin und her und nickte dann zustimmend.

Bertram Banners' bräsiges Selbstbewusstsein, welches er seit Anfang des Gesprächs demonstrativ an den Tag gelegt hatte, begann zu schwinden.

»Vor allem«, fuhr Eisfeld mit unvermindertem Elan fort, »wenn es sich bei dem männlichen Kollegen um denjenigen handelt, der durch eine einseitige Fixierung auf den falschen Tatverdächtigen die Ermittlungen damals komplett gegen die Wand gefahren hat. Was von der Öffentlichkeit zu Recht massiv kritisiert wurde.«

Banners sprang auf. »Das ist ja wohl eine Unverschämtheit! Hat dir jemand ins Hirn geschissen, oder was?«

»Mäßigen Sie sich, Banners!«, fuhr ihn Tamm ungewöhnlich scharf an. »Wir gehen hier zivilisiert miteinander um. Damit das klar ist! Und jetzt setzen Sie sich wieder!«

Banners nahm wieder Platz und richtete sich mit gesenktem Kopf die Krawatte. »Ist doch wahr.«

Tamm dachte nach und blickte dabei mehrfach zwischen Banners und Eisfeld hin und her. Schließlich sagte er: »Kompromissvorschlag: Wie wäre es, wenn Sie beide Ihre geballte Kompetenz zusammenwerfen, jeder behält seinen Fall, und Sie arbeiten als gleichberechtigte Partner Hand in Hand?«

Eisfeld verzog das Gesicht.

Banners schüttelte energisch den Kopf. »Das ist nun wirklich die denkbar schlechteste Lösung! Das geht nicht, nein.«

Mara meinte, in Eckart Tamms Gesicht ein kurzes Zucken zu bemerken.

Dann seufzte er und verengte die Augen zu kleinen Schlitzen. »Gut, dann machen wir es so: KHK Eisfeld wird die Ermittlungsleitung für beide Fälle übertragen.«

»Was?! Nein!«, Banners sprang jetzt wieder auf. »Nein, nein, nein.«

»Doch, Kollege Banners. Stellen Sie meine Entscheidungen nicht infrage. Eisfeld leitet die Ermittlungen, Sie stehen ihr beratend zur Seite, bleiben aber im Hintergrund. Keine Interviews, keine Pressestatements. Aber Sie bekommen vollen Zugriff auf alles, was die laufende Ermittlung betrifft. Im Gegenzug erwarte ich von Ihnen, dass Sie sich kooperativ und professionell verhalten.«

Eisfeld gab sich alle Mühe, ihre Genugtuung nicht zu offensichtlich zur Schau zu stellen. Schließlich wollte sie den Kollegen nicht noch mehr demütigen. Denn der war jetzt richtig sauer, was sich auch darin äußerte, dass er grußlos den Raum verließ.

Tamm rief ihm hinterher: »Ich erwarte Professionalität, KHK Banners. Und Kooperationsbereitschaft.« Dann machte er einen resignierten Seufzer und ließ sich auf den gut gepolsterten Ledersessel hinter seinem Schreibtisch nieder.

»Ich danke Ihnen für Ihr Vertrauen, Herr Kriminaldirektor«, sagte Eisfeld. »Sie werden das nicht bereuen.«

Tamm winkte müde ab. »Ja, ja, schon gut. Und jetzt machen Sie sich wieder an die Arbeit.«

Mara verließ das Büro und war im Großen und Ganzen zufrieden mit dem Verlauf des Gesprächs, auch wenn es die Aufregung ihrer Ansicht nach nicht wirklich gebraucht hätte. Man hätte alles von Anfang an so belassen können, wie es war. Dass sich Tamm durch Banners' Intervention hinreißen hatte lassen, über einen Wechsel der Ermittlungsleitung auch nur nachzudenken, bereitete ihr Sorgen. Es war bestimmt nicht der letzte Konflikt dieser Art gewesen. Im Gegenteil: Sie war sich sicher, dass der Gegenwind in nächster Zeit noch deutlich stärker werden würde. Doch darauf war sie vorbereitet. Sie würde kämpfen und sich behaupten. Jetzt kam ihre Zeit.

11

In Gedanken nannte sie ihn meist X, manchmal auch Arschloch oder Drecksau, und wenn sie sich über ihn lustig machte, dann Feinripp, wegen seiner lächerlichen Unterwäsche. Aber all das nur in Gedanken. Sie vermied es, ihn direkt anzusprechen. Er selbst wollte, dass sie Dirk zu ihm sagte, doch der Name kam ihr nicht über die Lippen. Ihm einen Namen zu geben, würde bedeuten, eine Person aus ihm zu machen. Er war keine Person. Er war ein Nichts. Ein lächerliches, aber gefährliches, brutales, launisches und unberechenbares Nichts.

Sie saß auf dem Boden des Transporters und war mit dem rechten Handgelenk an das stählerne Paketregal gefesselt. Der Kabelbinder schnitt ihr in die Haut, und die Stelle tat mittlerweile höllisch weh.

Eine ganze Weile waren sie nun schon auf ebenem Untergrund unterwegs. Vielleicht auf einer Autobahn oder einer Bundesstraße. In jedem Fall ging es geschmeidig und ohne größere Erschütterungen voran. Wie lange genau, konnte sie nicht einschätzen, sie hatte das Zeitgefühl längst verloren.

Sie blickte zu ihrer Tochter, die in einer Lücke im untersten Fach des gegenüberliegenden Regals kauerte und sich mit ihren kleinen Händchen tapfer an der Metallstrebe festhielt. Allerdings war sie von den Ereignissen des Tages mittlerweile so erschöpft, dass ihr immer wieder die Augen zufielen.

Ella, kleine, zarte Ella, fast hätten wir es geschafft.

Noch nie während ihrer Gefangenschaft waren sie der Freiheit so nahe gekommen wie heute. Als der Junge die Tür nicht richtig geschlossen hatte, hatte sie so sehr gehofft, dass ihr Leid nun endlich ein Ende gefunden hatte.

Sie machte sich Vorwürfe. Das Gefühl, versagt zu haben, ließ ihre Augen feucht werden. Sie wischte sich mit der freien Hand übers Gesicht und drehte den Kopf weg, denn Ella öffnete immer wieder ihre großen braunen Augen und sah für einen kurzen Moment zu ihr herüber. Wenigstens den Anblick einer verzweifelt weinenden Mutter wollte sie ihr ersparen.

Plötzlich bremste der Lieferwagen abrupt ab und nahm eine scharfe Kurve, sodass ihr Kopf gegen das Metallregal prallte. Einzelne Pakete fielen auf sie herab. Mehrere leichte, aber auch ein schweres, das sie aber mit der freien Hand umlenken konnte. Weg von ihr und weg von Ella.

In den nächsten zehn bis fünfzehn Minuten wurde das Wageninnere gut durchgerüttelt. Der Untergrund hatte sich stark verändert. Unebenheiten, Schlaglöcher. Ein Feldweg?

Der Lieferwagen kam zum Stehen. Der Motor wurde abgestellt.

Dann passierte erst mal gar nichts.

X blieb offenbar in der Fahrerkabine sitzen und rührte sich nicht.

Sie wartete und lauschte.

Von draußen vernahm sie leise Geräusche. Laub raschelte im Wind. Sie schienen sich in einem Wald zu befinden, und diese Erkenntnis beunruhigte sie.

Seine Welt war zusammengebrochen. Das wusste er, und das wusste sie. An den Ort, an dem er aufgewachsen war und sein bisheriges Leben verbracht hatte, konnte er nie wieder zurückkehren. Die Polizei war in seinem Haus gewesen, hatte es durchsucht, hatte Sachen mitgenommen. Sie hatte es mit eigenen Augen auf seinem Handy gesehen. Eine Polizistin stand sogar in ihrem Gefängnis und hatte sie direkt über die Kamera angeblickt. Entschlossen, fast schon drohend, so als ahnte sie, dass X sie beobachtete.

Er hatte die Kontrolle über sein Reich verloren, und das erfüllte sie einerseits mit großer Genugtuung, andererseits hatte sie Angst vor dem, was er als Nächstes tun würde.

Da hörte sie, wie er die Fahrertür öffnete und gleich darauf wieder zuknallte. Gefolgt von Schritten, die sich vom Wagen entfernten.

Sie spürte, wie die Angst herankroch und in sie einsickerte. Vorhin hatte er davon gesprochen, dass sie – nachdem sie sich eine Weile versteckt hätten – ein neues Zuhause haben würden inklusive eines eigenen Zimmers für Ella. Was er dabei aber mit keiner Silbe erwähnt hatte, war, was dann mit ihr geschehen sollte. War sie überhaupt noch Teil dieses Zukunftsplans, oder hatte er sich bereits entschlossen, sie loszuwerden? Sie zu töten, um mit Ella ein neues Leben anzufangen?

Sie fühlte sich ohnmächtig und ausgeliefert. Ihr Magen verkrampfte sich. Doch dann machte sich ein neues Gefühl bemerkbar. Ein Gefühl, das sie lange vergessen hatte. Es hieß Entschlossenheit und breitete sich rasant in ihrem ganzen Körper aus. Ja, kampflos würde sie ihm Ella nicht überlassen, so viel stand fest.

Mit einem Ruck wurde die Hecktür aufgezogen. Sie erschrak und blickte direkt in gleißendes Sonnenlicht. Reflexartig riss sie sich eine Hand vors Gesicht. Durch die Finger hindurch beobachtete sie ihn, wie er die Metallkiste, die am Ende des Laderaums fest installiert war, öffnete und darin herumkramte. Er wirkte unzufrieden, genervt, fahrig und schien nicht zu finden, wonach er suchte.

Sie zwang sich, Ruhe zu bewahren, als er in den Laderaum kam, sein Taschenmesser aufklappte, sie von dem Kabelbinder befreite und dann aus dem Wagen scheuchte. Ella bedeutete er zu bleiben, wo sie war.

Draußen überwältigte sie der Geruch von Moos und feuchter Erde. Nachdem sich ihre Augen langsam an die Helligkeit gewöhnt hatten, sah sie, dass sie sich tatsächlich inmitten eines Waldes befanden. Lieblich schimmerte das Sonnenlicht durch die Blätter der Baumkronen.

Er war mittlerweile ein paar Schritte vorausgegangen und stand nun an einer Stelle, an der zwei entwurzelte Bäume lagen. Mit einem Hammer drosch er auf einen davon ein, bis sich ein Ast so weit gelockert hatte, dass er ihn mit einem Ruck abreißen konnte.

»Nimm die Zange und hilf mit!«

Sie tat, was er von ihr verlangte, und begann, Zweige vom Stamm des anderen Baumes abzulösen. Das war kraftraubend und langwierig. Eine Zange war definitiv das falsche Werkzeug für diese Aufgabe, aber eine Säge hatte sich offensichtlich nicht an Bord befunden.

Nach einigen Minuten kam Ella doch aus dem Laderaum geklettert. Die Neugier auf die Natur schien stärker zu sein als ihr Wille zum Gehorsam. Dennoch blieb sie zuerst nah am Wagen stehen, bis er den Blickkontakt zu ihr suchte und ihr mit einem Nicken die Erlaubnis gab, die nähere Umgebung zu erkunden. Daraufhin befühlte sie Laub und Erde, fand Käfer, lauschte den Vögeln und schien sich nicht sicher zu sein, ob sie ängstlich oder mit Begeisterung reagieren sollte.

Der Gedanke, dass sich ihre Tochter das erste Mal in ihrem Leben in einem Wald befand, war überwältigend. Ja, dass es das erste Mal überhaupt war, dass sie das Grundstück verlassen hatte, auf dem sie geboren und seitdem gefangen gehalten worden war.

Als sie selbst in Ellas Alter gewesen war, hatte sie bereits zahllose Stunden in der Natur gespielt, sie erkundet und sich Wissen über sie angeeignet. Hatte im Moos gelegen, war auf Bäume geklettert, hatte Käfer auf ihren Finger krabbeln lassen, eine Riesenheuschrecke gesehen, Vögel am Gesang erkannt und so unendlich vieles mehr gemacht, was Ella verpasst hatte und was sie nie würde nachholen können. Tiefe Trauer überkam sie, dicht gefolgt von unbändigem Hass auf den Mann, der ihr das angetan hatte und immer noch antat.

Nach einer Weile hatten sie einen beträchtlichen Haufen an abgetrennten, teils sehr ausladenden Ästen beisammen. Er gab ihr die Anweisung, alles zum Lieferwagen zu ziehen und dort so zu platzieren, dass es diesen, so gut es ging, verdeckte. Das Ergebnis war nicht perfekt, aber es erfüllte seinen Zweck. Wenn man nicht gerade in unmittelbarer Nähe stand, wurde der signalgelbe Kasten ganz gut kaschiert. Er jedenfalls wirkte zufrieden.

Nach einer kurzen Pause holte er aus dem Wageninneren ein Seil, band das eine Ende um ihr Handgelenk, das andere um Ellas und behielt den Mittelteil selbst in der Hand. Dann ging er los. Notgedrungen folgten sie ihm. Die unmittelbare Gefahr, dass er sie töten würde, schien zunächst abgewendet, dennoch musste sie wachsam bleiben. Wo wollte er hin mit ihnen?

Stunden später waren sie immer noch unterwegs. Die Sonne war längst hinter dem kleinen Berg, den sie gerade bestiegen, verschwunden. Ihre Füße waren wund, sie war erschöpft, durstig und ausgehungert. Sie stolperte immer wieder und schlug sich das Knie auf. Der Wald war so dicht und dunkel, dass sie kaum den Untergrund sehen konnte, auf dem sie sich bewegte.

Ella war vor Erschöpfung längst eingeschlafen. Er trug sie über seiner Schulter. Ihr kleines Köpfchen wiegte im Rhythmus seiner Schritte mehr oder weniger sanft hin und her. Aber auch sein Atem ging schwer. Lange würde er die Kraftanstrengung nicht mehr durchhalten.

Ihre Gedanken drehten sich ständig um die Frage, wohin sie unterwegs waren. Ihn ein weiteres Mal danach zu fragen, wäre sinnlos, so viel war sicher. Beim ersten Mal hatte er ihre Frage mit einem süffisanten Lächeln abgetan und die Macht ausgekostet, die er durch das Zurückhalten dieser Information ausübte. Beim zweiten Mal hatte er sie schlicht ignoriert, aber sie hatte deutlich gespürt, dass er zunehmend genervt von ihr war, und das war, wie sie aus jahrelanger, leidvoller Erfahrung wusste, ein schlechtes Zeichen. Also hatte sie seitdem geschwiegen. Sie hoffte nur, dass er sie zu irgendeiner Art Unterschlupf führte. Eine Hütte im Wald, eine Scheune, eine Höhle, was auch immer. Doch wie sollten sie hier draußen in der Wildnis überleben, so ganz ohne Lebensmittel und frisches Wasser. Vor knapp zwei Stunden waren sie das letzte Mal an einer Wasserstelle vorbeigekommen, doch das Wasser im Tümpel roch brackig, sodass sie darauf verzichtet hatten, es zu trinken.

Mit einem Mal blieb er stehen, blickte sich um und verkündete, dass sie angekommen wären.

Sie sah nichts. Absolut nichts. Nur Wald und Dunkelheit.

Nachdem sie jedoch einige Meter über den laubbedeckten Boden gegangen waren und eine Anhöhe umrundet hatten, entdeckte sie eine steinerne, mit Moos überwachsene Treppe, die in den Hügel hineinführte und an deren Ende sich eine gewaltige, mit Rost und Grünspan überzogene Metalltür befand.

Er setzte Ella ab und lehnte sie gegen den Mauervorsprung, ohne dass die Kleine wach wurde. Dann ging er die Treppe hinunter und leuchtete mit seiner Taschenlampe den Bereich rund um die rostige Metalltür ab. Das Seil, das er die gesamte Strecke über konsequent in der Hand gehalten hatte, ließ er achtlos zu Boden gleiten.

Als sie das bemerkte, war sie wie elektrisiert. Hastig ging sie in Gedanken ihre Optionen durch: Was, wenn sie die schlafende Ella einfach hochnahm und losrannte? In den Wald hinein, in die Dunkelheit, und sich irgendwo versteckte, bis es hell wurde? Aber wie sollte sie Ella dazu bringen, keinen Ton von sich zu geben? Und wie sollte sie aus dem Wald herausfinden?

Während sie sich das Gehirn zermarterte, vernahm sie plötzlich leise Motorengeräusche.

X hatte sie offenbar ebenfalls gehört, schaltete die Taschenlampe aus und hielt kurz inne. Dann kam er mit schnellen Schritten die Treppe wieder nach oben und blickte sich um.

Nach einer Weile wurden die Motorengeräusche lauter. Dazu kam das Knirschen von Gummireifen auf sandigem Untergrund. Dann leuchteten zwei Scheinwerfer auf, die sich langsam näherten.

Eilig nahm X Ella wieder auf die Schulter, packte dann sie am Arm und zerrte sie mit sich zurück in den Wald.

Er fand eine Kuhle, in die sie sich kauern mussten.

Wenig später bog ein Auto um die Ecke, fuhr langsam heran und hielt schließlich wenige Meter vor dem Bunker. Erst als das Fahrzeug eine letzte Kurve machte und die Scheinwerfer auf den Bunkereingang gerichtet waren, sah sie es.

Ihr Herz pochte wie wild.

Es war ein Streifenwagen.

12

Als Mara zu Hause eintraf, lag die Wohnung bereits im Dunkeln. Weder Matti noch Sami schienen noch wach zu sein. Natürlich nicht, es war ja schon spät. An ihrem Platz am Esstisch stand ein unbenutztes Gedeck. Matti hatte, wie versprochen, gekocht und vermutlich lange darauf gewartet, dass sie endlich nach Hause kam. Auf dem Herd stand ein Topf mit Spaghetti und einer mit Bolognese. Eines der fünf Rezepte aus Mattis Repertoire, mit denen er immer sowohl bei Sami als auch bei ihr punkten konnte.

Mara ärgerte sich, dass sie nicht Bescheid gesagt hatte, obwohl sie vorhin mehrere Male daran gedacht hatte. Das Durchsehen der Bücher von Jonas Harasch hatte am Ende deutlich länger gedauert als erhofft. Jetzt war Matti bestimmt sauer, und sie befürchtete, dass sich ihre Chancen bei ihm weiter verschlechtert hatten.

Ganz weit hinten in ihrem Kopf machte sich ein Gedanke bemerkbar: Lagen die Probleme in ihrer Ehe womöglich daran, dass sie falsche Prioritäten setzte? Mara schüttelte ihn ab und blickte nach draußen. Im Zelt war noch Licht zu sehen. Sie überlegte kurz und entschied, es zu wagen. Allerdings schwor sie sich, keinesfalls ihre heutige Begegnung mit Stefanie Shanti Harasch zu erwähnen. Andernfalls würde ihr Gespräch sicher wieder eine negative Richtung einschlagen. Nein, was sie beide jetzt brauchten, war gute Laune und eine Perspektive für die Zukunft.

Ein wenig stolz war sie aber schon. Sie hatte die Kontrolle behalten und dem Impuls widerstanden, Stefanie Shanti Harasch von oben herab ein paar Erziehungsratschläge zu geben. Wie zum Beispiel den, ihrem Sohn ein paar Wochen Internetverbot zu geben und ihn derweil bei der Suche nach neuen Hobbys und Freunden in der realen Welt aktiv zu unterstützen. Auch von der Idee, die Schauspielerin und Yogini an den Haaren zu packen und ihren Kopf mehrfach auf den Wohnzimmertisch zu schlagen, hatte sie Abstand genommen.

Mara schlich sich durch den Garten, öffnete leise den Reißverschluss und streckte den Kopf ins Innere des Zeltes. Als Erstes fiel ihr Blick auf Sami, der mit offenem Mund wie ein Engelchen schlief und hin und wieder genüsslich seufzte. Maras Gesicht hellte sich auf, wie jedes Mal, wenn sie ihn sah.

Matti lag auf dem Rücken und schaute sich etwas auf dem Handy an, vermutlich irgendeine neue Serie. Matti kannte so ziemlich jede Serie, die es gab. Marktbeobachtung betreiben, nannte er es. Bei der Suche nach neuen Aufträgen hatte ihm das in den vergangenen Monaten allerdings nicht geholfen. Besagter Werbedreh mit Shanti Harasch war erst sein dritter Drehtag in diesem Jahr gewesen.

Sie winkte ihm lächelnd zu. Er erwiderte den Gruß mit einem Kopfnicken.

»Sorry, bin spät«, flüsterte sie und versuchte, so unschuldig wie möglich zu klingen.

Matti blieb einsilbig. »Ja.«

»War ein krasser Tag heute. Kommst du noch mal mit rein? Was trinken?«

»Ja.« Er rieb sich die Augen, legte das Handy weg und folgte ihr in die Wohnung.

Während er Soße und Spaghetti für sie aufwärmte, öffnete Mara eine Flasche Wein, goss ihnen beiden ein und reichte Matti ein Glas.

»Ich bin heute übrigens zur neuen Leiterin der 9. Mordkommission befördert worden.«

»Oh, wow«, entgegnete Matti tonlos. »Herzlichen Glückwunsch.« Begeisterung konnte man aus seiner Stimme allerdings nicht heraushören. Auch sein Gesicht blieb ausdruckslos. Gedankenverloren drehte er sich zurück zum Herd und rührte die Soße ein weiteres Mal um.

Mara sah ihn belustigt an, tatsächlich aber war sie irritiert von seiner Reaktion. »Gut, du musst ja jetzt nicht gleich ausrasten und einen Freudentanz aufführen, aber ein wenig mehr Begeisterung wäre schon ganz cool. Meinst du nicht?«

»Entschuldige«, sagte Matti reumütig und bemühte sich um ein ehrliches Lächeln. »Herzlichen Glückwunsch. Ich freue mich wirklich für dich. Es ist großartig, dass du endlich die Anerkennung bekommst, die du verdienst … Es ist nur so, dass …«

Er brach ab, nahm die Soße vom Herd und gab sie Löffel für Löffel über die Pasta, die sich bereits auf einem Teller befand.

»Es ist nur so, dass …?«, fragte Mara immer noch lächelnd. »Wie geht der Satz denn weiter?«

»Na ja, es kommt halt sehr plötzlich. Außerdem hast du oft davon gesprochen, weniger arbeiten zu wollen, um mehr für Sami da sein zu können. Und so eine Beförderung steht ja in einem … gewissen Widerspruch dazu.«

Mara hatte geahnt, dass dieser Einwand kommen würde. »Nicht unbedingt. Tatsächlich ist es so, dass ich als Chefin viel mehr delegieren kann. Und wenn ich das gut mache – und das werde ich –, dann habe ich im Endeffekt mehr Geld, mehr Freizeit und weniger Arbeit. So sieht's nämlich aus.«

Zufrieden mit ihrer Antwort, wickelte sie ein paar Spaghetti auf die Gabel und schob sich die erste Spirale in den Mund. »Schmeckt wie immer großartig.«

Matti lächelte nachdenklich. »Es wäre natürlich sehr schön, wenn es so klappt, wie du sagst …«

»Es klappt«, versicherte sie schnell und nahm noch einen Schluck Wein.

»Okay. Dann könnte ich auch wieder etwas mehr arbeiten. Eigene Projekte starten. Das wäre schon toll.«

»Ja. Oder wir haben einfach mehr Zeit für uns drei.«

»Oder so, ja.«

Sie sahen sich an, und Mara spürte, wie sie eine Welle der Erleichterung durchströmte, die sich fast wie Glück anfühlte. Sie wusste, dass sie weit davon entfernt waren, zur Normalität zurückzukehren, aber es war ein erster Schritt, ein Anfang, dass sie überhaupt zusammensaßen und mehr als nur Organisatorisches miteinander besprachen.

Matti räusperte sich und nahm einen Schluck Wein. »Ich muss dir auch was erzählen … Also, um es kurz zu machen: Ich habe eine Wohnung gefunden.«

Mara stockte der Atem. »Was?«

»Ja, ganz überraschend. Ich war doch heute mit Sami beim Kinderarzt. U8, du weißt schon. Und da haben wir Jessi getroffen, die Mutter von Tristan, und die hat gesagt, bei ihnen im Haus ist gerade was frei geworden. Ich hab sofort angerufen, Sami und ich sind hin, haben sie uns angesehen. Sie ist perfekt. Und das Beste: Wir würden sie bekommen.«

Mara konnte nicht glauben, dass er immer weiterredete, anscheinend ohne zu bemerken, wie ihr diese neue Information buchstäblich den Boden unter den Füßen wegzog. Die Hoffnung, dass sich alles doch noch zum Guten wenden könnte, war mit einem Mal wie weggewischt.

»Sami findet die Wohnung auch super und hat sich sogar schon sein Zimmer ausgesucht. Und sie ist weder teuer noch sonderlich weit entfernt von hier. Halbe Stunde zu Fuß.«

Nachdem er geendet hatte, blickte er sie abwartend an. »Was sagst du dazu?«

Maras Ausdruck blieb versteinert. Was sollte die Frage? Konnte er sich nicht denken, was sie dazu sagen würde?

»Okay, du musst ja jetzt nicht gleich ausrasten und einen Freudentanz aufführen«, versuchte er sie mit ihren eigenen Worten und einem gewinnenden Lächeln aus der Reserve zu locken. »Aber ein wenig mehr Begeisterung wäre schon ganz cool.«

»Ich hatte eigentlich gedacht, dass die Wohnungssuche nicht mehr aktuell ist«, sagte Mara mit belegter Stimme. »Und außerdem hatte ich gehofft, wir beide haben noch eine Chance. Als Paar, meine ich.«

Matti sah sie nachdenklich an. »Haben wir doch vielleicht immer noch.«

»Meinst du nicht, dass zwei getrennte Wohnungen dem irgendwie entgegenstehen?«

»Nein, warum?«, gab sich Matti naiv.

»Wegen der räumlichen Trennung! Und dem, ähm, Armutsrisiko!« Mara versuchte, nicht genervt zu klingen. Jetzt bloß nicht überreagieren und damit alles noch viel schlimmer machen, als es eh schon war. »Wenn wir keine gemeinsame Wohnung mehr haben, dann gibt es auch nie mehr die Chance, dass wir uns zufällig begegnen. Jedes Treffen muss vorher geplant werden.«

»Muss ja nicht schlecht sein. So wird es wieder etwas Besonderes, wenn wir uns sehen.« Matti schien es wirklich ernst mit dem zu meinen, was er sagte, und gab sich sichtlich Mühe mit seiner Überzeugungsarbeit. »Vielleicht ist es ja genau das, was uns fehlt. Dass wir wieder etwas Besonderes füreinander sind.«

Mara blickte ihn gequält an. »Ich glaube, du liest zu viele Frauenzeitschriften, Matti. Außerdem kann man auch etwas Besonderes füreinander sein, wenn man zusammenwohnt. Ich bin doch eh den ganzen Tag nicht da. Wir brauchen keine zwei Wohnungen. Und leisten kannst du dir die sowieso nicht.«

Der letzte Satz schien Matti gründlich die gute Laune zu verhageln. Er lehnte sich zurück und verschränkte die Arme. »Was soll das denn jetzt bitte heißen?«

Mara gab keine Antwort, sondern versuchte stattdessen mit einer langsamen Drehbewegung die restliche Pasta auf ihrem Teller um die Zinken der Gabel zu wickeln.

Sie spürte förmlich, wie sich die Wut in ihm aufbaute, während er sie dabei beobachtete.

Schließlich konnte er nicht mehr an sich halten, und es platzte aus ihm heraus: »Weißt du was? Ich halte hier Tag für Tag den Laden am Laufen und reiße mir buchstäblich den Arsch auf, damit du dich beruflich verwirklichen kannst, und kaum passt dir irgendwas nicht in den Kram, heißt es, ICH könne mir das nicht leisten. Nicht WIR können uns das nicht leisten, nein, ICH kann mir das nicht leisten.«

Mara blickte ihren Noch-Ehemann erschrocken an. Über die Heftigkeit des Ausbruchs war sie dann doch einigermaßen erstaunt. Da machte sich Ärger Luft, der sich nicht erst seit heute in ihm angestaut hatte.

»So war das doch gar nicht gemeint«, sagte sie sanft in dem Versuch, den Schaden zu begrenzen.

Matti blickte sie scharf an und sagte ruhig: »Natürlich war es so gemeint. Wie denn sonst?« Langsam stand er auf, rückte den Stuhl wieder an den Tisch, stellte sein Glas in die Spüle, ließ etwas Wasser hineinlaufen, damit der Weinrest nicht eintrocknete, und ging zur Terrassentür, ohne Mara eines weiteren Blickes zu würdigen.

»Wo gehst du denn jetzt hin?«

»Schlafen.«

»Also keine weitere Unterhaltung über uns, unsere Zukunft, unser Kind?«

»Nein. Bin müde. Mein Tag war anstrengend. Ob du's glaubst oder nicht.« Er öffnete die Terrassentür und trat nach draußen. »Ich wünsche dir eine gute Nacht. Bis morgen.« Dann drehte er sich noch mal um. »Ach, bevor ich es vergesse: U8 ist gut gelaufen. Also, falls es dich interessiert.«

Noch bevor Mara antworten konnte, hatte er die Tür hinter sich zugezogen. Sie sah ihm nach, bis er im Zelt verschwunden war, dann goss sie sich schlecht gelaunt den restlichen Wein ein und trank ihn in einem schnellen Zug aus.

13

So langsam hatte Leif nun wirklich keinen Bock mehr. Seit Stunden war er jetzt zu Fuß in diesem Scheißwald unterwegs. Hätte er gewusst, dass der Postbote bis ins tiefste Brandenburg fahren würde, um dort mit seinen Gefangenen einen mehrstündigen Gewaltmarsch zu unternehmen und dann in einem unterirdischen Bunker zu verschwinden, hätte er Murats Bitte, ohne zu zögern, abgelehnt.

Zu allem Überfluss hatte sich mittlerweile auch noch sein Handyakku verabschiedet. Bei einem Ladestand von zwei Prozent hatte er gerade noch geschafft, per Google Maps den Standort der nächsten Tankstelle in Erfahrung zu bringen und Murat zu bitten, ihn dort zu treffen.

Jetzt, nach knapp zwei Stunden Fußmarsch und mehreren unnötigen Umwegen, war die Erlösung endlich in Sicht: die gelbe Muschel des Shell-Firmenlogos, die verheißungsvoll inmitten der Dunkelheit leuchtete. Unter ihr der typische Zweckbau mit immerhin acht Zapfsäulen. Für die abgelegene Lage und den kaum vorhandenen Verkehr auf der Landstraße wirkte das reichlich übertrieben.

Leif ging die letzten Meter auf die Tankstelle zu. Zuerst sah er Murats Wagen, einen schwarzen Pontiac Firebird Baujahr 1978, der direkt davor abgestellt war. Dann entdeckte er auch ihn selbst im fast leeren Verkaufsraum dahinter. Murat stand mit seiner Tony-Soprano-Lederjacke an einem Stehtisch, trank Kaffee und beobachtete mit grimmigem Gesicht misstrauisch die drei anderen Gäste in speckigen Jeansensembles, Cowboystiefeln und mit abgegriffenen Plastiktüten. Selbst aus der Ferne war auszumachen, dass die Trinker Murat trotz ihrer Bierseligkeit ebenfalls im Blick hatten, vermutlich aus Wachsamkeit, denn Murat sah wirklich zum Fürchten aus. Zu dem mürrischen Gesichtsausdruck und der breiten Statur kamen der wenig vertrauensbildende kahl rasierte Schädel, der pechschwarze Vollbart und die Narbe unter seinem rechten Auge.

»Hallo, Murat«, sagte Leif erschöpft, als er durch die Glastür in den Verkaufsraum trat.

»Leifi!«, rief der mit einer Mischung aus Erleichterung und Ärger. »Wo bleibst du? Ich warte schon fast eine Stunde.«

Leif war müde, durstig und hungrig und hatte keine Lust, sich zu rechtfertigen, vor allem nicht nach all den Strapazen, die er für Murat auf sich genommen hatte. »Jetzt bin ich ja da.«

»Jetzt bin ich ja da«, machte Murat ihn nach. »Was ist los mit dir, Alter?«

Er gab ihm einen Klaps auf den Hinterkopf, wenn auch einen nett gemeinten. Leif empfand das zwar als unangenehm und übergriffig, ertrug es aber.

Murats Miene wurde ernster, als würde er sich erst jetzt daran erinnern, was überhaupt der Grund ihres Zusammentreffens war. Er blickte Leif lange an und umarmte ihn schließlich. »Ich habe einen Bruder verloren, du einen Freund. Das verbindet uns auf ewig.«

Als Murat nach langen Sekunden die Umarmung wieder löste, sah Leif, dass er Tränen in den Augen hatte. »Wir werden Hamudis Tod rächen. Wir beide werden seinen Tod rächen.«

Leif, der von diesem Vorhaben nicht mehr ganz so überzeugt war, wie er es noch am Vormittag gewesen war, nickte leicht. Nur was meinte Murat überhaupt damit? Den Postboten zusammenschlagen? Ihm ein Bein brechen? Die Finger? Oder das ganz große Finale? Anstatt darüber nachzudenken, würde er jetzt eigentlich viel lieber etwas essen und trinken, dann nach Hause fahren und die ganze Sache hinter sich lassen. Dass daraus nichts werden würde, konnte er an Murats entschlossenem Gesichtsausdruck ablesen.

»Erst mal hol ich uns was zu essen, ja? Burger, Pommes, Cola?«, sagte der schließlich und klopfte ihm kumpelhaft auf die Schulter.

Leif lächelte erfreut. Immerhin der erste Teil seiner Wünsche würde in Erfüllung gehen. Dass Murat auch diese fürsorgliche Seite hatte, wusste er. Aber auch, dass die nur dann zum Vorschein kam, wenn Murat das Gefühl hatte, andere ein klein wenig zu sehr getriezt zu haben. Wie früher im Freibad, als er ihn und Hamudi so lange unter Wasser gedrückt hatte, bis sie kurz vor dem Abnippeln waren. Murats Fürsorge war also meist weniger echter Empathie geschuldet als vielmehr die Folge von schlechtem Gewissen. In dem Moment, als ein XXL-Burger, umrahmt von einem Meer an Pommes, vor ihm abgestellt wurde, verlor das an Bedeutung. Leif nahm einen ersten Bissen und war glücklich.

Und dann erzählte er alles, was in den letzten Stunden vorgefallen war, und während er das tat, schossen ihm wieder die schrecklichen Bilder durch den Kopf. Hamudi, dem ein Brecheisen in den Kopf gerammt wurde. Hamudi, der umkippte und mit dem Kopf auf den Fliesenboden knallte. Hamudi, der reglos, mit toten Augen und offenem Mund liegen blieb. Die Flucht aus dem Haus, die Irrfahrt durch die Stadt und schließlich die Verfolgung bis in dieses Waldstück hier in der Nähe.

Murat hörte aufmerksam zu und tunkte währenddessen mechanisch eine Pommes nach der anderen in Ketchup, um sie danach in den Mund zu schieben, mit der Zunge am Gaumen zu zerdrücken und schließlich, ohne zu kauen, herunterzuschlucken. Nach Ende der Schilderung hatte Murat nur eine einzige Frage: »Die feige Sau hat sich also in dem Scheißbunker eingeschlossen?«

Leif nickte und trank einen großen Schluck von seiner Cola.

»Dann holen wir ihn da raus!«

»Die Tür bekommt man von außen nicht auf. Das habe ich schon versucht.«

»Mit dem richtigen Werkzeug bekommt man jede Tür auf«, stellte Murat ruhig, aber nicht minder entschlossen fest. »Ich kenne Leute mit Expertise. Also iss auf, dann machen wir uns auf den Weg.«

Leif zögerte. »Da gibt es noch ein kleines Problem. Mein Handyakku ist leer.«

»Und? Wen willst du denn jetzt anrufen? Mutti?«

Leif ging auf die Stichelei nicht ein, und er sagte Murat auch nicht, dass er seine Mutter längst angerufen hatte – schon bevor sie am Nachmittag den Wald erreicht hatten –, um ihr zu sagen, dass es heute auf jeden Fall später werden würde und sie mit den Falafeln nicht auf ihn zu warten brauchte. Sie hätte sich ja sonst unnötig Sorgen gemacht.

»Ich hab den Bunker auf Google Maps markiert. Ist ziemlich versteckt im Wald. Ohne finde ich nicht mehr hin.«

Murat blickte ihn ernst an.

Leif befürchtete schon, dass gleich einer seiner berüchtigten Wutausbrüche folgen würde, doch Murat nickte nur kurz.

»Gut, dann besorgen wir uns eben ein Ladekabel. Welches brauchst du?«

»Ich hab ein Samsung Galaxy S10 Plus.«

»Ich auch. Kannste im Auto einstöpseln.«

»Top«, sagte Leif und wollte sich über den Rest seiner Pommes hermachen, als plötzlich zwei Polizisten in den Verkaufsraum der Tankstelle traten. An ihren Umrissen erkannte er, dass es die beiden waren, die vorhin die Gegend rund um den Bunker inspiziert hatten.

Leif verspürte einen Anflug von Nervosität. Was wollten die beiden hier? Hatten sie ihn am Bunker doch bemerkt und waren ihm bis hierher gefolgt? Nein, das würde keinen Sinn ergeben. Die beiden hatten die Überprüfung der Anlage so halbherzig und lustlos durchgeführt, dass sie weder ihn noch den Postboten noch die Frau oder das Kind aufgespürt hatten, obwohl sich alle vier direkt vor ihrer Nase im Dickicht versteckt hatten.

Murat verzog keine Miene. Es wirkte fast, als hätte er die Polizisten noch gar nicht bemerkt. Doch sein scheinbar nach innen gerichteter Blick verriet, dass er die Beamten sehr wohl aus den Augenwinkeln heraus beobachtete. »Ich heiße übrigens Junis Abwini«, raunte er Leif schließlich zu, fast ohne die Lippen zu bewegen.

»Was?«

»Junis Abwini ist mein Name«, wiederholte Murat. »Sag Junis zu mir oder gar nichts. Aber auf keinen Fall Murat.«

Leif nickte kaum merklich und blickte so unauffällig wie möglich wieder zu den Beamten. Der hagere Polizist, von dem er aus dem Gespräch, das er am Bunker belauscht hatte, wusste, dass er Clemens hieß, und sein bisher namenlos gebliebener Kollege kauften an der Kasse gerade jeweils eine Packung Zigaretten, der Dickere zusätzlich noch einen Schokoriegel, dann gingen sie zielsicher und gut gelaunt zum Tisch der Trinkergruppe, begrüßten jeden Einzelnen mit Handschlag und tauschten flapsige Sprüche aus. Nach kurzer Zeit ließ die Ausgelassenheit ein wenig nach, und die beiden Polizisten sahen zu Murat und Leif, während die Mitglieder der Trinkergruppe ihnen etwas zutuschelten.

»Was machen sie?«, fragte Murat, der mit dem Rücken zu der Gruppe stand.

»Sie reden. Über uns«, murmelte Leif. »Scheiße. Jetzt kommen sie her.«

In der Tat hatten sich die beiden Polizeibeamten in Bewegung gesetzt und kamen auf sie zu.

»Ganz ruhig«, beschwichtigte ihn Murat leise. »Wir haben doch nichts angestellt. Oder wirst du wegen irgendwas gesucht?«

Leif schüttelte den Kopf, zu einer verbalen Erwiderung reichte die Zeit nicht mehr, denn Polizist Clemens stand nun direkt an ihrem Tisch. Der Dicklichere blieb ungefähr einen Meter hinter ihm stehen, vermutlich um einen besseren Überblick über das Geschehen zu behalten.

»Guten Abend, die Herren«, sagte Clemens in freundlichem Ton. »Dürfte ich wohl mal Ihre Ausweise sehen?«

»Guten Abend, Officers«, antwortete Murat und schlug dabei einen Ton an, der die aufgesetzte Freundlichkeit des Polizisten sogar noch übertraf. »Dürften wir im Gegenzug erfahren, was der Anlass dieser Kontrolle ist?«

Clemens machte eine abwiegelnde Handbewegung. »Reine Routinekontrolle. Ganz normal um diese Uhrzeit. Keine große Sache.«

»Ich werde also nicht wegen meiner Hautfarbe oder meines Migrationshintergrundes kontrolliert?«, fragte Murat und legte den Kopf schief.

»Natürlich nicht«, sagte der Polizist etwas zu geflissentlich. »Denn das wäre ja rechtswidrig. Sie wissen das, und wir wissen das.«

»Aber finden Sie es nicht auch auffällig«, ließ Murat nicht locker, »dass ausgerechnet der einzige dunkelhäutige Mensch hier im Raum kontrolliert wird und die anderen nicht?«

»Das liegt daran, dass wir die meisten anderen Menschen hier im Raum persönlich kennen.« Polizist Clemens wirkte mit einem Mal müde und ausgelaugt. »Außerdem kontrollieren wir Ihren Begleiter ja auch. Und jetzt zeigen Sie mir doch bitte einfach Ihre Ausweise. Dann können wir die Sache auch schnell abschließen. Und jeder macht wieder seins, hm?«

Murat wartete noch einige Sekunden ab, während derer er den Polizisten mit festem Blick ansah. Dann griff er in die Innentasche seiner Tony-Soprano-Lederjacke, zog einen deutschen Personalausweis heraus und reichte ihn dem Beamten.

Leif tat es ihm gleich.

»Vielen Dank und einen Augenblick bitte.« Polizist Clemens ging mit den beiden Ausweisen nach draußen zum Streifenwagen, der direkt hinter der gläsernen Eingangstür parkte. Der Dickere blieb an Ort und Stelle stehen, machte aber keinerlei Anstalten, die Zeit des angespannten Wartens mit etwas Small Talk zu überbrücken.

Nach einigen Minuten, die Leif endlos erschienen, ging die gläserne Schiebetür wieder auf, und Clemens kam zurück. Zuerst ging er zu seinem Kollegen und flüsterte diesem etwas ins Ohr, woraufhin der ungläubig die Stirn kräuselte. Dann trat er an Murats und Leifs Tisch und überreichte ihnen ihre Ausweise. »Herr Abwini, Herr Jolig, wir wünschen Ihnen noch einen angenehmen Abend.« Im Anschluss daran drehte er sich um, ging nach draußen und setzte sich in den Streifenwagen. Sein dickerer Kollege tat es ihm gleich.

»Junis Abwini?«, fragte Leif mit hochgezogenen Augenbrauen.

Murat zuckte mit den Achseln. »Zu viele Einträge. Ich wollte noch mal frisch von vorne anfangen.«

14

5:05 Uhr. Das schrille Klingeln des Weckers riss Mara aus ihrem traumlosen Schlaf. Sie fühlte sich gerädert. Die Nacht war zu kurz gewesen, und die halbe Flasche Wein – plus den Rest von Mattis Hälfte – hätte es gestern auch nicht unbedingt gebraucht. Okay, gestern vielleicht schon, der Wein hatte ihr durchaus gutgetan und sie zumindest kurzzeitig entspannt. Nur jetzt bereute sie es eben.

Mara quälte sich aus dem Bett, nahm eine heiß-kalte Dusche, putzte ihre Zähne, zog sich an, trank zwei Gläser Wasser, eines davon mit einer Ibuprofen, und wurde langsam wieder klar im Kopf. Auf Kaffee würde sie vorerst verzichten, um das fragile Gleichgewicht in ihrem Magen nicht unnötig in Gefahr zu bringen.

Ein kurzer Blick nach draußen in den Garten – wo erwartungsgemäß der Stoff des Zweipersonenzelts sanft im Wind flatterte – brachte schlagartig die schlechten Gefühle des gestrigen Abends zurück. Durch Mattis konkreter werdende Auszugspläne fühlte Mara sich zurückgewiesen. Das konnte sie sich jetzt, einige Stunden später, auch eingestehen. Sie ärgerte sich, dass sie ihm gegenüber die Finanzkarte ausgespielt hatte, obwohl sie sich geschworen hatte, das nie zu tun. Es stimmte zwar, dass sie den Großteil des Geldes nach Hause brachte, aber Matti kümmerte sich eben um alles andere. Kind, Einkauf, Haushalt, Geburtstagsgeschenke und Gott weiß noch was. Im Grunde lebten sie ein traditionelles Familienmodell, nur mit vertauschten Rollen. Sie, die

Harte, Durchsetzungsstarke und Organisierte, die draußen auf den Straßen Berlins gegen das Unrecht der Welt kämpfte, und er, der Weiche, Sensible, der nach Erledigung seiner Pflichten als Hausmann seinem künstlerischen Hobby nachging.

Auweia, dachte Mara entsetzt und musste doch grinsen. Unter keinen Umständen durfte Matti jemals erfahren, dass sie seinen Beruf als »künstlerisches Hobby« bezeichnete. Er würde nie wieder ein Wort mit ihr wechseln. Dass sie diese Gedanken hatte, war bestimmt dem Restalkohol in ihrem Blut geschuldet, denn im nüchternen Zustand dachte sie nicht in dieser Weise über Mattis Schauspielerei. Sie fand toll, was er machte. Also, wenn er es denn mal machte.

Mara überlegte, ob sie Matti eine Nachricht hinterlassen sollte, um sich für gestern zu entschuldigen und noch mal ein Gespräch vorzuschlagen, entschied sich aber dagegen. Stattdessen nahm sie sich vor, ihn später anzurufen. So könnte sie besser auf seine aktuelle Stimmung reagieren und ihre Gesprächsstrategie dementsprechend anpassen. Sie nahm dennoch ein Stück Papier und einen Buntstift und malte mit schnellen Strichen einen Blumenstrauß, einen Regenbogen und ein Polizeiauto für Sami. Darunter schrieb sie, dass sie ihm einen wunderschönen Tag mit Papa und in der Kita mit seinen Freunden wünschte, ihn sehr lieb hatte und ihm einen Kuss schickte. Das Bild legte sie auf seinen Platz und beschwerte es mit Hoppel, einem kleinen Stoffhasen, den Sami innig liebte. Dann machte sie sich auf den Weg.

Blessing saß bereits an seinem Platz, als Eisfeld in den Räumen der 9. Mordkommission eintraf. Er war allein – selbst Dietrich war zu so früher Stunde noch nicht da –, saß an seinem Tisch und ging Berichte durch. Er war wie immer tadellos gekleidet.

Der Anzug, den er trug, unterschied sich nur unwesentlich von dem gestrigen, war aber eindeutig ein anderer. Die Temperaturen waren in den letzten Tagen zwar nie über 25 Grad geklettert, dennoch wunderte sich Mara, wie Blessing das den ganzen Tag aushielt, ohne die Krawatte zu lockern oder gar mal das Sakko auszuziehen.

»Guten Morgen«, sagte er und nahm einen Schluck aus seiner Teetasse.

Klar, ein Mann wie Blessing trank natürlich Tee zum Frühstück anstatt Kaffee wie alle anderen hier, dachte Mara, aber vielleicht war genau das der Grund, weswegen er gestern Nachmittag im Gegensatz zu ihr kein mentales Tief hatte, sondern das exakt gleiche Energielevel wie den restlichen Tag.

»Guten Morgen. Gibt's schon Rücklauf wegen der Bunkeranlagen?«

»Ja, einige Dienststellen haben sich bereits gemeldet, allerdings ohne Auffälligkeiten festgestellt zu haben. Mehr als die Hälfte der Bezirke steht aber noch aus.«

»Okay. Caro soll denen nachher gleich mal hinterhertelefonieren. Da müssen wir dranbleiben. Ich hoffe nur, es stellt sich am Ende nicht heraus, dass wir der blühenden Fantasie eines Vierzehnjährigen aufgesessen sind …«

Blessing schüttelte den Kopf. »Der Junge hat gesagt, was er wusste. Wir haben ihn schließlich vor Schwierigkeiten mit den Kollegen von der Wirtschaftskriminalität bewahrt … Und außerdem war seine Angst vor Ihnen eh viel zu groß.«

»Vor mir?«, fragte Mara ernsthaft überrascht. Phasenweise dichtete sie sich selbst ja allerlei negative Eigenschaften an, doch dass sie Furcht einflößend auf andere wirken könnte, war ihr noch nie in den Sinn gekommen. »Meinen Sie wirklich, Blessing?«

Der rückte sich mit dem Zeigefinger die Brille zurecht. »War zumindest mein Eindruck, ja. Ich glaube, von seiner Mutter hält er nicht allzu viel und nimmt sie als schwach und wenig durchsetzungsstark wahr. Und in vielen Lebensbereichen wohl auch als wenig kompetent. Ich denke, Sie waren für ihn da so etwas wie der Gegenentwurf.«

Mara spürte, wie eine wohlige Wärme sie durchströmte. »Hach, Blessing, das ist das Schönste, was Sie mir bisher gesagt haben.«

Ihr Stellvertreter reagierte mit einer Mischung aus Irritation und Verlegenheit und schien fieberhaft zu überlegen, was sie damit wohl gemeint haben könnte.

Eisfeld dachte aber gar nicht daran, ihn über Mattis One-Night-Stand mit Stefanie Shanti Harasch zu informieren. Das war ihr doch ein wenig zu privat. Stattdessen zeigte sie auf den Stapel Kladden vor ihm auf dem Tisch. »Sie haben sich die Akten von damals aus dem Archiv geholt?«

Blessing sah man die Erleichterung über den Themenwechsel an. »Ja, ich lese die lieber auf Papier.«

Mara nickte. Auch sie hatte es sich zur Angewohnheit gemacht, bei Ermittlungen, die einen Bezug zu früheren Fällen hatten, zumindest stichprobenartig die Papierakten durchzugehen. Es war schon in diversen Fällen vorgekommen, dass bei der Digitalisierung manche Seiten nicht erfasst worden waren. Außerdem fehlten meist die handschriftlichen Notizen. Warum auch immer.

»Und? Schon was gefunden?«

Blessing räusperte sich. »Ich bin zwar noch ganz am Anfang, aber ja, etwas ist mir aufgefallen: Der Name Pankewitz steht bereits in den alten Akten.«

Eisfeld zog überrascht die Augenbrauen nach oben.

»Er steht auf einer Liste mit Haltern von weißen Lieferwagen im Großraum Berlin. Es gab ja eine Zeugin, die gesehen hatte, wie Katharina in so einen gezerrt worden war.«

»Ja, an die Liste erinnere ich mich, ich hab die Personen darauf mit zwei Kollegen überprüft. Also anfangs waren wir zu dritt, dann hat Banners die beiden für etwas anderes eingesetzt, und ich hab allein weitergemacht. Er fand die Zeugin nicht glaubwürdig, weil sie damals schon weit über achtzig war …«

Blessing nickte. »Die Liste ist ja sehr lang und alphabetisch sortiert. Die, die überprüft wurden, sind abgehakt. Der letzte Name mit Haken ist Novak …«

»An den erinnere ich mich noch. Der hatte so ein Unternehmen, das irgendwas mit Abfällen aus der Tierverwertung gemacht hat. In dem Lieferwagen hatte er Fässer transportiert, die voll von dem Zeug waren. Es hat so erbärmlich gestunken. Widerlich. Kurz danach hat Umut Oktay mir das Angebot gemacht, zu ihm in die Neunte zu kommen. Ich hab sofort zugesagt, Resturlaub genommen, Überstunden abgebaut … und war raus.«

Eisfeld blickte Blessing an und realisierte dann endlich, was der ihr eigentlich sagen wollte. »Heißt, die Namen nach Novak wurden gar nicht mehr überprüft?«

»Sieht danach aus, ja.«

Mara rieb sich mit zwei Fingern die Stirn und machte dabei ein Gesicht, als hätte sie mit einem Mal schreckliche Kopfschmerzen. »Wäre ich dabeigeblieben, vielleicht nur drei Tage länger, wäre ich wohl bei Pankewitz vor der Tür gestanden. Und wer weiß …«

Eisfeld und Blessing sahen sich einige Sekunden wortlos an.

»Sie trifft trotzdem keine Schuld«, sagte Blessing schließlich. »Der Soko-Leiter hätte jemand anders daransetzen können, um die Arbeit fortzuführen. Oder besser: Er hätte jemand anders daransetzen *müssen*.«

Eisfeld wusste natürlich, dass er recht hatte. Schuldig fühlte sie sich dennoch. Katharinas Martyrium hätte nach kurzer Zeit beendet sein können. *Sie* hätte es beenden können. Aber sie hatte lieber Überstunden abgebaut.

»Die Vergangenheit lässt sich nicht mehr ändern«, sagte Blessing schließlich und vertiefte sich wieder in die Akte, die vor ihm lag. »Das Einzige, was wir machen können, ist, heute besser zu arbeiten als gestern.«

Mara musste kurz auflachen. »Klingt ein bisschen wie ein Kalenderspruch. Aber trotzdem danke. Ich weiß Ihre Unterstützung sehr zu schätzen, Gideon.«

Sie lächelte ihn an und zog ihre Jacke aus. Doch gerade als sie sich setzen wollte, um mit der Arbeit zu beginnen, wurde die Tür aufgerissen, und Dietrich stürmte herein: »Ich hab einen Anruf von der KT bekommen. Auf Pankewitz' Grundstück ist eine weitere Leiche gefunden worden.«

15

Polizeiobermeisterin Bayesh Bahta nahm Eisfeld und Blessing am Gartentor in Empfang und führte sie um Pankewitz' Haus herum. »Die Leichenspürhunde haben angeschlagen, daraufhin hat die KT den Boden mit Ultraschall abgesucht und etwas entdeckt. Ganz in der Nähe gibt es eine Baufirma, die uns kurzfristig mit schwerem Gerät ausgeholfen hat.«

Von dem nachlässig gepflegten Rasen war so gut wie nichts mehr übrig, stattdessen klaffte in der Mitte der einstigen Grasfläche ein riesiges Loch. Eisfeld schätzte es auf fünf Meter in der Breite und Länge und mindestens eineinhalb Meter in der Tiefe. Der Aushub war größtenteils zu einem Hügel aufgeschüttet, eine nicht unbeträchtliche Menge aber auch über die gesamte Rasenfläche verteilt. Offenbar hatte der Führer des kleinen Baggers, der nun am Rande des Gartens geparkt war, sein Gerät nicht vollends im Griff gehabt. Zum Glück war man rechtzeitig auf feineres Werkzeug umgestiegen und hatte den letzten Teil der Arbeiten mit Schaufeln verrichtet, um die sterblichen Überreste der Person, die dort lag, nicht zu beschädigen und Spuren zu zerstören.

Kriminaltechniker Danneberg war über den Leichnam gebeugt und verdeckte Mara die Sicht. Neben ihm kniete Professor Konstantin Hopf, der Leiter der Rechtsmedizin, ein fast siebzigjähriger, kleiner Mann mit mausähnlichem Gesicht und einem leicht spöttischen Ausdruck um die Mundwinkel.

Es hatte immer den Anschein, als würde er alles, was seine Mitmenschen taten, mindestens fragwürdig finden.

Mara kannte Professor Hopf bereits seit der Polizeischule. Seine Seminare dort waren für alle verpflichtend gewesen und genossen Kultstatus. Es geschah selten, dass er persönlich zu einem Leichenfundort kam. Normalerweise schickte er für die erste Inaugenscheinnahme einen seiner Gerichtsmediziner.

Eisfeld trat vorsichtig an die beiden am Boden kauernden Herren heran und sagte in pietätvoll gedämpftem Ton. »Guten Morgen zusammen.«

Danneberg war so versunken in seine Arbeit – die Freilegung der Leiche mithilfe eines kleinen Handbesens –, dass er nicht reagierte. Von Hopf kam ein kurzes, glockenhelles »Hallo«, was Eisfeld daran erinnerte, dass der Professor eine für sein Alter ungewöhnlich hohe Stimme besaß. Auch er sah nicht auf, sondern überwachte den Reinigungsvorgang gewissenhaft.

Eisfeld betrachtete den stark zersetzten Körper. Dass es sich bei der Leiche vermutlich um eine erwachsene Person gehandelt haben musste, konnte man erkennen, mehr aber auch nicht. »Kann man schon was sagen?«

Danneberg fegte in aller Ruhe weiter.

Professor Hopf sagte mit seiner hellen Stimme: »Nein.«

»Auch nicht, ob Mann oder Frau?«

Hopf seufzte, blickte Eisfeld nun doch an und stand schließlich auf. Dass er sich vor ihr aufbaute, konnte man nicht sagen, denn er reichte ihr nur bis zum Kinn, was ihn aber in keiner Weise zu stören schien. Mit dem unerschütterlichen Selbstbewusstsein eines Mannes, der meinte, alles gesehen zu haben und alles zu wissen, lächelte er sie auf seine spitzbübische Art an.

»Frau ...?«

»KHK Eisfeld. Wir sind uns schon einige Male begegnet …«

»Haben Sie meine Seminare besucht?«

»Ja, sicher.«

Hopf nickte zufrieden. »Dann wissen Sie ja auch, dass man erst nach einer ausführlichen Sektion im rechtsmedizinischen Institut Aussagen treffen kann, die naturwissenschaftlich erklärt, belegt und nachgeprüft werden können.«

»Weiß ich, na klar«, bestätigte Eisfeld freundlich. »Nur: Vielleicht hätten Sie ja eine qualifizierte Mutmaßung für mich?«

»Nein.«

»Bitte.«

»Nein. Unmöglich.«

»Kommen Sie schon, Professor Hopf. Ich weiß doch, dass Sie bereits jetzt eine erste Einschätzung geben können, die uns weiterhelfen würde. Sie mit Ihrer jahrzehntelangen Erfahrung. Dem tadellosen Ruf und einer Expertise, die weltweit ihresgleichen sucht …«

»Ist gut, ist gut«, unterbrach sie Hopf, auch wenn er die Schmeichelei durchaus zu genießen schien. Dann seufzte er und sah sie eindringlich an: »Aber ohne Gewähr!«

»Natürlich.«

Der Professor atmete einmal tief ein und aus, räusperte sich und legte los: »Der Beckenknochen deutet auf eine weibliche Person hin, der Grad der Verwesung in Verbindung mit der Bodenbeschaffenheit auf einen Todeszeitpunkt, der mindestens acht bis zehn Jahre in der Vergangenheit liegt, vielleicht auch weiter, höchstens aber fünfzehn Jahre. Mehr kann ich momentan aber wirklich nicht sagen.«

»Über die Todesursache vermutlich auch noch nichts, oder?«, hakte Eisfeld vorsichtig nach.

»So ist es«, antwortete Hopf, während er wieder in die Hocke ging. »Außer dass das gebrochene Zungenbein auf Strangulation schließen lässt.«

»Vielen Dank, Professor. Ich freue mich auf Ihren Bericht«, sagte Mara und wandte sich gedankenverloren von der Leiche ab.

Der Todeszeitpunkt der Frau lag in zeitlicher Nähe zur Entführung von Katharina Stellkamp. Was hatte das zu bedeuten? Bislang war Eisfeld davon ausgegangen, dass Pankewitz zwar ein Entführer, brutaler Schläger und mutmaßlicher Vergewaltiger war, aber eben kein kaltblütiger Mörder. Der tote Junge in seinem Haus war infolge eines Kampfes gestorben, das wusste sie aufgrund der Überwachungsvideos. Aber eine vergrabene Leiche auf dem Grundstück, die Strangulationsmerkmale aufwies, sprach eine ganz andere Sprache.

War Pankewitz also ein Serientäter, der seine Opfer tötete, wenn er ihrer überdrüssig wurde, um sich kurz darauf Ersatz zu suchen? Eisfeld wusste es nicht, die neuen Erkenntnisse machten es aber noch dringlicher, Katharina und ihre Tochter aus Pankewitz' Gewalt zu befreien. Sie mussten sie so schnell wie möglich finden.

Blessing, der vorhin nur einen ganz kurzen Blick auf die Leiche geworfen hatte, stand jetzt in der Nähe des kleinen Baggers und sprach mit Bayesh Bahta. Als er Eisfeld sah, kam er ihr entgegen.

»Dietrich hat uns bereits eine komplette Aufstellung aller Vermisstenfälle in Berlin und Brandenburg der letzten dreißig Jahre geschickt. Sobald wir mehr von Professor Hopf haben, können wir einen Zahnstatusabgleich machen und Zahnarztpraxen in Berlin und Brandenburg …«

Er hielt inne und las die Mitteilung, die er eben auf sein iPad bekommen hatte. Dann öffnete er einen Browser und ging auf die Website der bekannten Boulevardzeitung ARGUS, auf der gerade ein Livestream lief.

Eisfeld, die eine dunkle Ahnung beschlich, blickte auf das Display, wo man eine Reporterin mit streng nach hinten gebundenen Haaren und einer Zornesfalte zwischen den dunklen, akkurat gezupften Augenbrauen sah, die vor einer aufwendig renovierten Gründerzeitvilla stand.

»Niemand mag sich die Gefühlswelt der beiden Menschen hier hinter diesen Mauern vorstellen. Niemand kann sich in sie hineinversetzen. Hinter ihnen liegen zehn Jahre der Hoffnung, der Trauer, der Ungewissheit. Zehn Jahre Schmerz. Doch seit heute können Katharinas Eltern, Marion und Richard Stellkamp, wieder hoffen. Und wir hoffen mit ihnen. Damit gebe ich zurück ins Studio zu meinen Kollegen Melanie Bausch und …«

Jetzt erst nahm Mara die Schlagzeile, die in dicken Lettern über dem Fenster mit dem Livestream prangte, so richtig wahr.

»Totgeglaubte auf der Flucht – Polizei nimmt Ermittlungen im Fall Katharina S. wieder auf.«

16

Der Raum, in dem sie sich befand, war ausgestattet mit Regalen voller Lebensmittel. Konserven, Kekse, Nudeln, Reis, Wasserkanister, Kaffeepulver, Teebeutel und mehr. Die schiere Menge erfüllte sie mit Resignation, denn sie deutete darauf hin, dass X vorhatte, für sehr lange Zeit hierzubleiben.

Er hatte sie mit einem Kabelbinder an das Gestell des Stockbettes gebunden, in deren unterer Etage sie lag. Sie war bereits seit Stunden wach und konnte nicht mehr einschlafen, obwohl sie unendlich müde war. Die ganze Nacht hatte sie verzweifelt nach einer Position gesucht, in der die Schmerzen am Handgelenk einigermaßen erträglich waren, doch irgendwann hatte sie aufgegeben, denn diese Position gab es schlicht nicht.

Ihr Blick wanderte durch den Raum. Ella lag im Stockbett gegenüber, ebenfalls auf der unteren Etage, und tat einen leisen Seufzer, schlief aber ansonsten ruhig und friedlich. Nach allem, was sie gestern erlebt hatte, war das keine Selbstverständlichkeit.

Normalerweise liebte sie es, ihre Tochter beim Schlafen zu beobachten. Es versetzte sie zurück in ihre eigene Kindheit. In eine Zeit der Unbeschwertheit, die unendlich weit weg war.

Mit einem Mal begann das Bettgestell zu wackeln. X war wach geworden und schien sich auf der Matratze über ihr zu rekeln. Sie ahnte, was gleich passieren würde. Kurze Zeit später kam er, nur mit einer Unterhose bekleidet, die Eisenleiter heruntergeklettert, legte sich neben sie und fing an, sich von hinten an ihr zu reiben. Sie roch seinen schlechten Atem und spürte gleichzeitig, wie seine Erektion anschwoll. Sie blieb bewegungslos liegen, den Blick starr geradeaus gerichtet.

Schon vor sehr langer Zeit hatte sie entschieden, es über sich ergehen zu lassen. Ganz am Anfang ihrer Gefangenschaft hatte sie sich noch gewehrt, all ihre Kraft aufgeboten, ihn getreten und gekratzt. Doch er hatte jedes Mal hart zugeschlagen und sie dann mit einer Brutalität vergewaltigt, die ihr innerlich so schwere Verletzungen zugefügt hatte, dass sie sich tagelang nur unter größten Schmerzen bewegen konnte. Und so hatte sie letztlich aufgegeben und sich nicht mehr gewehrt. Es war der Tausch Würde gegen Überleben gewesen.

Mit einer hastigen Bewegung streifte er ihr den Slip ein Stück nach unten und versuchte in sie einzudringen. Doch sie war so trocken, dass es misslang. Erst nachdem er sich in die Hand gespuckt und ihr seinen Speichel zwischen die Beine gerieben hatte, spürte sie ihn in sich. Ihr Körper verkrampfte sich.

Egal, wie sehr sie ihn anflehte, er kümmerte sich nach wie vor nicht um Verhütung. Im Gegenteil, sie wurde das Gefühl nicht los, dass er ein weiteres Kind regelrecht herbeisehnte. Doch bisher hatte sie Glück gehabt und war nicht noch einmal schwanger geworden. Ob es daran lag, dass bei Ellas Geburt irgendetwas in ihr kaputtgegangen war, konnte sie nicht sagen, sie hielt es aber für möglich. Die Geburt war das furchtbarste Erlebnis ihres Lebens gewesen. Nie zuvor hatte sie solche Schmerzen gehabt, nie zuvor solche Angst wie in diesen Stunden. Das Schlimmste war, dass sie vollkommen allein gewesen war. Er hatte nicht den Mumm besessen, ihr beizustehen, sondern sich lieber versteckt und alles über seine Kameras beobachtet. Erst als Ella auf ihrer blutverschmierten Brust gelegen hatte und sie vor Erschöpfung kurz vor dem Kollabieren gewesen war, hatte sich die Tür geöffnet, und er war mit einer Tasse Hühnerbrühe hereingekommen.

Danach hatte sie tagelang unter Fieber und Schüttelfrost gelitten. Sie hatte keinerlei Nahrung bei sich behalten. Selbst nach einem Schluck Wasser hatte sie sich erbrochen. Dazu kamen Halluzinationen. Sie war sich sicher gewesen, das Ganze nicht zu überleben. Doch ihr Körper war stärker gewesen als ihr Geist. Nach drei Tagen war sie langsam zu Kräften gekommen, und irgendwann – ganz plötzlich – hatte sie eine überwältigende Liebe für das kleine Wesen neben sich verspürt und geschworen, es zu beschützen, solange sie am Leben war.

Das Bett machte quietschende Geräusche, während er sein erigiertes Glied in sie rammte. Normalerweise wurde er schnell fertig, doch heute kam er einfach nicht zum Ende. Der Wechsel der gewohnten Routine schien seine Lebensgeister geweckt zu haben.

Sie sah aus den Augenwinkeln, dass sich Ella einmal von links nach rechts und dann wieder zurück drehte. Sie hatte ihre Tochter so oft beim Schlafen beobachtet, dass sie wusste, was das bedeutete: Ella war kurz davor aufzuwachen.

Sie wies ihn leise darauf hin und drängte ihn, sich zu beeilen. Er tat, was sie verlangte, und kam keuchend zum Höhepunkt. Auch wenn sie ihm egal war, Ella war es nicht. Er vergötterte die Kleine und versuchte, ihr das Leben so angenehm wie möglich zu machen, und dazu gehörte in seinen Augen wohl auch, dass sie nicht mitansehen sollte, wie er ihre Mutter vergewaltigte.

Einerseits wollte sie natürlich genauso wenig, dass Ella das sah, es würde sie nur noch mehr traumatisieren, andererseits wünschte sie sich den Tag herbei, an dem ihre Tochter in X ebenfalls das Monster erkannte, das er war.

Davon war Ella aber noch weit entfernt. Sie liebte ihn genauso innig wie er sie, und egal wie verstörend das war, sie hatte sich irgendwann eingestehen müssen, gegen die Biologie machtlos zu sein.

Natürlich hatte sie in der Vergangenheit Versuche unternommen, Ella zu beeinflussen, ihr Hinweise zu geben, mittlerweile war sie aber vorsichtiger geworden. Das Risiko, dass sich ihre eigene Tochter irgendwann gegen sie wandte, wollte sie keinesfalls eingehen. Denn wenn das passierte, hatte sie niemanden mehr.

Endlich stieg er aus dem Bett und zog sich eine Hose an. Im Vorbeigehen strich er Ella, die im Begriff war, ihre Augen zu öffnen, über die Haare. Dann holte er aus dem Proviantregal zwei Packungen Kekse und eine Dose Thunfisch. Es sollte wohl ihr Frühstück werden. Nachdem er alles auf den Tisch gestellt hatte, kam er zu ihr und schnitt den Kabelbinder durch.

Sie rieb sich das Handgelenk. Die Stelle war wund und musste dringend versorgt werden. Als sie gerade um ein Stück Mullbinde bitten wollte, hörte sie plötzlich ein Geräusch aus dem Flur. An seiner Reaktion sah sie, dass er es ebenfalls bemerkt hatte.

Er wartete kurz ab, lauschte konzentriert. Dann machte er eine blitzschnelle Bewegung zu einem der Regale, ertastete etwas und holte eine allem Anschein nach selbst gefertigte Armbrust herunter sowie einen metallenen Köcher. Aus Letzterem fingerte er einen Pfeil heraus, spannte ihn ein und öffnete so bewaffnet vorsichtig die Tür zum Flur. Erst nur einen Spalt, dann, nachdem er sich vergewissert hatte, dass sich dort niemand befand, zog er sie ganz auf.

Sie hoffte so sehr, dass die beiden Polizisten zurückgekehrt waren, die letzte Nacht die Gegend um den Bunker herum erfolglos abgesucht hatten. Doch warum sollten sie zurückkommen? Die beiden hatten nicht den kompetentesten Eindruck vermittelt. Aber wer weiß, vielleicht hatten sie ja Verstärkung dabei.

Sie folgte X in den Flur. Schon allein um sicherzugehen, sich dieses Mal auch wirklich bemerkbar zu machen. Er war fast an der Bunkertür, und je näher sie ihm kam, desto deutlicher wurde, woher das Geräusch stammte. Es war eine Art Fauchen und kam definitiv von außen.

Er wollte sein Ohr an die Stahltür pressen, doch bevor er das Metall berührte, zuckte er zurück. In seinem Gesicht spiegelte sich das blanke Entsetzen.

Gleich darauf sah sie es auch: Durch das zentimeterdicke Metall der Tür arbeitete sich langsam eine kleine, blaue Flamme und hinterließ dabei eine Schneise mit pechschwarzen Rändern.

17

Eisfeld verfluchte denjenigen, der die Info über die vermisste Katharina Stellkamp an die Presse durchgestochen hatte. Nicht nur weil es ihre Arbeit deutlich erschwerte, sondern auch weil sie es nun mit einem zu Recht sehr aufgebrachten Kriminaldirektor zu tun hatte, der sie und Blessing sofort nach ihrer Rückkehr ins LKA zu sich zitierte. Grund: Katharinas Eltern hatten sich angekündigt.

Als Eisfeld und Blessing zusammen mit Umut Oktay Tamms Büro betraten, saßen die beiden bereits auf der Besuchercouch. Marion Stellkamp in einem kurzen Rock und schwarz-weiß gestreiften Damenblazer, Richard Stellkamp in dunklem Anzug, kariertem Hemd und Krawattentuch. Trotz der äußerlichen Gefasstheit der beiden sah Mara an den nervösen Augenbewegungen, wie aufgewühlt sie waren. Kein Wunder, schließlich war ihr seit zehn Jahren vermisstes und von vielen längst für tot gehaltenes Kind wieder aufgetaucht.

Neben dem Sofa stand ein großer, breiter Mann in einem dreiteiligen Nadelstreifenanzug und mit nach hinten gegelten Haaren. Mara kannte sein Gesicht aus den Medien. Es war Dr. Gallmann, ein prominenter Anwalt, der bekannt dafür war, seine Meinung lautstark zu vertreten. Nach einem demonstrativ zur Schau gestellten Seufzer der Erleichterung – worüber auch immer – ergriff Gallmann das Wort. »Da wir nun endlich vollzählig sind, würde ich ganz gerne im Namen meiner Mandanten ausdrücken, wie sehr uns die aktuelle Informationspolitik des LKA – oder besser gesagt: das völlige Fehlen einer solchen – missfällt. In der heißen Phase der Ermittlungen vor nunmehr zehn Jahren und auch danach haben meine Mandanten die Polizei in wirklich jeder erdenklichen Weise unterstützt. Obwohl – wie mittlerweile unstrittig sein dürfte – die Ermittlungsführung die reinste Katastrophe war. Dass meine Mandanten von neuen, Hoffnung gebenden Ermittlungsergebnissen aus der Presse erfahren müssen, anstatt diese direkt von der Polizei zu bekommen, ist gelinde gesagt ein Skandal.«

Tamm nickte stoisch. »Gut, ich denke, Sie haben gesagt, was Sie sagen mussten, Herr Dr. Gallmann. Für den weiteren Verlauf des Gesprächs würde ich vorschlagen, dass wir auf gegenseitige Angriffe verzichten, nach vorne blicken und uns auf die nüchternen Fakten konzentrieren.«

Keiner nickte. Es schüttelte aber auch niemand den Kopf, was Tamm, ganz der Berufsoptimist, als Zustimmung wertete. Dann wandte er sich direkt an Richard und Marion Stellkamp. »Sie müssen entschuldigen, dass wir nicht sofort Kontakt zu Ihnen aufgenommen haben, aber die Ergebnisse haben sich seit gestern förmlich überschlagen. KHK Eisfeld und KHK Blessing können Ihnen dazu gleich mehr sagen. Dem Umstand, dass die Presse von alldem erfahren hat, werden wir nachgehen und die oder den Verantwortlichen zur Rechenschaft ziehen.«

Die Stellkamps nahmen Tamms Ansprache mit mehr oder weniger ausdrucksloser Miene hin, was Tamm aber nicht im Geringsten zu irritieren schien. Mit einem Kopfnicken übergab er an Eisfeld.

Mara kam der Aufforderung gerne nach und fasste die wichtigsten Erkenntnisse kurz zusammen, merkte aber bereits nach den ersten Sätzen, dass sich eine ungewohnte Nervosität in ihr breitmachte, die sich beim Anblick der versteinerten Gesichter der Eltern noch verstärkte. »Wir haben Fingerabdrücke Ihrer Tochter in dem besagten Haus gefunden. Das Ergebnis der DNA-Analyse erwarten wir in den nächsten Stunden, ich gehe aber davon aus, dass sie unsere Annahme bestätigt. Aktuell ist der Entführer mit seinen Geiseln entweder zu …«

»Äh, Moment mal bitte.« Gallmann war plötzlich alarmiert. »Was heißt denn hier Geiseln? Plural! Ich dachte, wir reden von einer einzigen Geisel. Hat der etwa noch weitere Frauen in seiner Gewalt? Ein Mädchenhändlerring, oder was hat man sich da vorzustellen?«

Mara ärgerte sich über sich selbst. Die Existenz eines Kindes hatte sie eigentlich noch nicht preisgeben wollen. Dieser Typ machte sie auf eine ungute Art nervös. »In der Gewalt des Entführers befindet sich eine weitere weibliche Person, ja. Die Identität konnte aber noch nicht geklärt werden. Wir …«

»Frau Eisfeld!«, unterbrach sie Gallmann abermals. »Sagen Sie uns doch einfach, was Sache ist. Meine Mandanten haben in den letzten Jahren wahrlich genug gelitten. Weitere rhetorische Nebelbomben müssen sie nun wirklich nicht über sich ergehen lassen. Meinen Sie nicht?«

Eisfeld hielt inne und blickte erst den Anwalt an, dann die Stellkamps und schließlich abwechselnd zwischen Tamm und Oktay hin und her, bis beide mit einem Nicken ihr Einverständnis signalisierten, die gewünschte Information herauszugeben.

»Zwei Personen sind in der Gewalt des Entführers. Die eine ist Ihre Tochter Katharina. Von der zweiten nehmen wir an, dass sie Katharinas Kind ist.«

Kaum hatte Mara den letzten Satz ausgesprochen, herrschte absolute Stille im Raum. Marion Stellkamp verbarg das Gesicht in ihren Händen. Richard Stellkamp legte schützend den Arm um die Schultern seiner Frau. Selbst der rabiate Anwalt wirkte angefasst.

Blessing hatte den Stellkamps während Eisfelds Ausführungen ein Foto von Dirk Pankewitz gereicht, das Richard Stellkamp nun erneut in die Hand nahm und lange anstarrte. Dann wandte er sich das erste Mal direkt an Eisfeld und sprach mit belegter Stimme: »Wie alt ist das Kind?«

»Es ist ein Mädchen, und wir vermuten, dass sie vier bis fünf Jahre alt ist.«

Richard Stellkamp nickte gedankenverloren. »Eine Enkelin also.«

Seine Frau sah ihn erschrocken an. »Nein, Richard, keine Enkelin! Sondern das Kind eines Vergewaltigers!«

»Ein Kind ist ein Kind«, erwiderte er leise, ohne den Blick zu heben.

Nachdem sich Katharinas Eltern und deren nadelgestreifter Anwalt verabschiedet hatten, tranken Eisfeld und Blessing einen Espresso aus Tamms sündhaft teurer Siebträgermaschine und ließen das Gespräch Revue passieren. Richard Stellkamp, der eine Gebäudereinigungsfirma mit Hunderten Mitarbeitern besaß, hatte mehrfach angeboten, die Polizei mit Manpower zu unterstützen, was Eisfeld aber natürlich abgelehnt hatte. Was sie jetzt am wenigsten gebrauchen konnten, war eine Hetzjagd, die Pankewitz in die Enge trieb. Die Folgen für das Leben von Mutter und Kind wären unabsehbar. Im schlimmsten Fall könnte es mit einem erweiterten Suizid enden. Eisfeld hoffte inständig, dass ihre Argumente Richard Stellkamp überzeugt hatten und er nicht auf eigene Faust irgendwelche Aktionen startete.

Auf dem Weg zurück zu ihren Büroräumen kamen Eisfeld und Blessing an einem gekippten Fenster vorbei. Aufgeregtes Stimmengewusel war zu hören. Eisfeld sah nach draußen. Unten traten gerade die Stellkamps aus dem LKA-Gebäude und wurden sofort von mehreren Reportern bedrängt. Dr. Gallmann versuchte, seine Mandanten mit aggressivem Gebaren vor dem Überfall zu schützen und ihnen energisch einen Weg durch die Menge zu bahnen.

»Gallmann sieht nicht nur aus wie ein Türsteher, er hat auch die Technik drauf«, bemerkte Eisfeld trocken.

Blessing öffnete ein Fenster und lehnte sich nach draußen. »Sie müssen den Stellkamps hierher gefolgt sein. Oder der Termin bei Tamm wurde ebenfalls durchgestochen.«

Eisfeld nickte nachdenklich. Sie hatte schon den ganzen Vormittag darüber nachgegrübelt, wer für die Informationsweitergabe an die Presse verantwortlich sein könnte, war aber zu keinem Ergebnis gekommen. Der Kreis der Personen, die direkt an den Ermittlungen beteiligt waren, war einfach zu groß. Hinzu kamen diejenigen, die davon über den bestens funktionierenden Flurfunk erfahren hatten. Für einen kurzen Moment hatte sie Banners in Verdacht gehabt, den Gedanken aber verworfen. Auch wenn der Kollege nach dem Gespräch gestern sicherlich Rachegedanken gegen sie hegte, würde er nicht mit Pressevertretern zusammenarbeiten. Nicht mal, um ihr zu schaden. Dafür hatten sie ihn damals wegen seiner desaströsen Ermittlungsführung dann doch zu hart rangenommen, als dass er das mit seinem Stolz vereinbaren konnte.

Mit einem Mal entdeckte Mara ein bekanntes Gesicht unten

in der Menge. »Der ARGUS hatte die Geschichte vermutlich wie immer zuerst, oder?«

»Ja, ich denke schon.«

»Dann lassen Sie uns doch mal runtergehen und schauen, ob sie uns nicht ihre Quelle verraten wollen.«

Obwohl Blessing diesem Vorhaben, seinem Gesichtsausdruck nach zu urteilen, kaum Erfolgsaussichten einräumte, machten sie sich auf den Weg nach draußen, was aufgrund des verwinkelten LKA-Gebäudes mit seinen vielen Anbauten einige Minuten in Anspruch nahm.

Als sie unten ankamen, hatten es die Stellkamps und ihr Anwalt längst zu ihrem Wagen geschafft und waren abgefahren. Die Gruppe der Pressevertreter und Schaulustigen war dabei, sich aufzulösen. Ein Radioreporter nahm O-Töne von Passanten auf, ein Kamerateam drehte noch Schnittbilder, der Rest packte zusammen.

Eisfeld tippte einem Mann in grünem Parka, der gerade einen silbernen Koffer mit Equipment in einen roten Minivan lud, von hinten auf die Schulter. Als der sich umdrehte, erstrahlte sein eben noch abgekämpft und mürrisch wirkendes Gesicht.

»Mara!«

»Lando! Lange nicht gesehen.«

Sie umarmten sich und ließen auch das obligatorische kumpelhafte Rückenklopfen nicht aus.

Lando Lewandowski, der seinem Namensvetter Robert wie aus dem Gesicht geschnitten war, ohne aber eine verwandtschaftliche Verbindung zu dem polnischen Stürmerstar zu haben, musterte sie von oben bis unten. »Bist dünn geworden?«

»Haha, die Waage sagt was anderes. Ist noch der Babyspeck.«

»Ei, wusste ich gar nicht. Mit dem Schauspieler?«

Mara nickte, wollte das Thema Matti aber keinesfalls vertiefen. »Ja, Sami ist mittlerweile vier. Aber seit er da ist, komm ich kaum mehr zum Trainieren. Und du?«

»Ich jeden Abend. Brauch ich als Ausgleich für den Sch… hier.«

Mara zog die Brauen nach oben. »Nicht gut beim Fernsehen?«

»Fernsehen ist ein bisschen zu hoch gegriffen. Ist ja alles nur für die ARGUS-Website. Bisschen ›Jugend forscht‹ noch, aber wenigstens ist die Bezahlung okay.«

Mara lächelte und machte eine kurze Pause, um den Übergang zu ihrem eigentlichen Anliegen nicht allzu holprig zu gestalten.

»Du, ich will dich eigentlich auch gar nicht lange aufhalten, nur eine kurze Frage: Der ARGUS wusste doch heute als Erster, dass in den Katharina-Fall Bewegung gekommen ist, oder?«

Lando schien das abrupte Ende des Small Talks dennoch zu überfordern. Zumindest deutete Mara sein Augenflackern in diese Richtung.

Sie trat einen Schritt näher und senkte ihre Stimme. »Ich weiß, Quellenschutz und so, aber wenn du mir trotzdem einen kleinen Tipp geben könntest, woher die Info kam, würdest du mir echt wahnsinnig helfen. Bleibt natürlich unter uns.«

»Also … ich kann dazu echt nichts sagen …«

»Komm schon, Lando, ich bin mir sicher, dass du was weißt. Du weißt immer alles. Vielleicht nicht offiziell, aber irgendwie hast du sicher mitbekommen, wer eure Quelle ist.«

Landos Augen wanderten hin und her, ein deutliches Zeichen, dass es in seinem Kopf ratterte und er überlegte, wie er sich nun verhalten sollte. Doch plötzlich veränderte sich seine Körperhaltung, die Schultern kippten leicht nach vorne, und er schien jemanden direkt hinter Mara entdeckt zu haben.

Eisfeld drehte ihren Kopf und erblickte die ARGUS-Reporterin, die am Morgen von der Stellkamp'schen Villa berichtet hatte. Mit lauerndem Ausdruck und einem Lächeln, das sich nicht in ihren Augen widerspiegelte, kam sie auf sie zu und streckte ihr die Hand entgegen.

»Karlotta von Busse. Freut mich.«

Mara schlug zögerlich ein. »Mara Eisfeld.«

»Weiß ich doch, Frau Eisfeld. Gratulation zur neuen Stelle. War auch überfällig, dass endlich mal eine Frau eine Mordkommission übernimmt und den Altherrenverein hier ein bisschen aufmischt.«

Mara lächelte freundlich, blieb aber reserviert.

Von Busse sah sie weiterhin mit einem Lächeln an, das ihr unerschütterliches Selbstbewusstsein verriet, um dann, nach einer effektvollen Pause, weiterzusprechen: »Und genau darüber würde ich gerne mit Ihnen sprechen.«

»Worüber?«, erwiderte Mara überrascht.

»Über die Möglichkeit einer Kooperation. Ich meine, es ist ja schon außergewöhnlich, dass Sie an Ihrem ersten Arbeitstag Bewegung in einen Fall gebracht haben, in dem zehn Jahre lang absolut nichts passiert ist.«

»Das ist nicht unbedingt mein Verdienst«, bemerkte Eisfeld wahrheitsgemäß.

Von Busse winkte ab. »Ich habe überhaupt keine Zweifel, dass Sie den Fall in kürzester Zeit lösen und mittelfristig zum neuen Star des LKA aufsteigen werden … Und diesen Prozess würde ich gerne begleiten. Vielleicht auch ein wenig pushen.« Karlotta von Busse zwinkerte Eisfeld komplizenhaft zu. »Ich stelle mir das so vor: Sie halten mich auf dem Laufenden, geben immer mal wieder kurze Einschätzungen zum Stand der Dinge ab, gewähren uns Einblicke in die Ermittlungen, die andere nicht bekommen, und am Ende – nach erfolgreichem Abschluss – dann die große Titelgeschichte mit Exklusivinterview. Vielleicht sogar als Doppelinterview mit Katharina. Das Opfer und ihre Retterin.«

Eisfeld sah die Reporterin mit zu schmalen Schlitzen verengten Augen an. »Verlockend. Aber warum überhaupt? Sie haben doch schon eine verlässliche Quelle im LKA.«

Von Busse wirke erstaunt. »Haben wir? Da kann ich gar nichts zu sagen. Wenn, dann wäre das Sache vom Chef. Aber selbst dann gilt: Vier Ohren hören mehr als zwei. Außerdem möchte ich Sie ja nicht als Informantin, sondern als jemanden, der von uns genauso profitiert wie wir von Ihnen. Denken Sie doch mal weiter, was danach noch kommen könnte. Einladungen in Talkshows, zu Podcasts, vielleicht ein Buchvertrag. Alles zusätzliche Einnahmequellen. Oder sind Sie mit Ihrer Besoldungsstufe zufrieden? Ich kann mir nicht vorstellen, dass man damit große Sprünge macht. Schon gar nicht, wenn man Familie hat.«

Eisfeld wiegte den Kopf hin und her. »Hört sich prinzipiell gut an. Nur: Das ist leider nichts für mich.«

»Und warum, wenn ich fragen darf?«

Mara sah sie einige Sekunden lang an.

»Na ja, es ist nun mal so, dass der ARGUS sein Geld mit Hetze und Bloßstellung verdient, und wenn ich da mitmischen würde, könnte ich nicht mehr ruhig schlafen. Aber Schlaf ist mir nun mal sehr wichtig.«

Karlotta von Busse reagierte betont gleichgültig, doch sah man ihr an, dass die Zurückweisung sie traf. »Schade, Frau

Eisfeld, wirklich schade. Aber bedenken Sie bitte, dass wir so oder so über den Fall und Ihre Arbeit berichten werden. Wie wohlwollend wir das tun, lag bis eben noch in Ihrer Hand, nun aber nicht mehr …«

»Drohen Sie mir?«, fragte Eisfeld amüsiert.

»Nichts läge mir ferner«, erwiderte die ARGUS-Reporterin lächelnd, drehte sich um und ging.

18

Mutig, sich am ersten Arbeitstag gleich mal mit der größten Boulevardzeitung des Landes anzulegen«, sagte Blessing mit sorgenvoller Miene, als sie zurück zum LKA-Gebäude gingen.

Eisfeld zuckte mit den Schultern. »Mutig vielleicht, aber ob es so klug war, würde ich bezweifeln. Mein diplomatisches Talent ist leider etwas unterentwickelt. Aber na ja, so sind die Fronten wenigstens geklärt, und jeder weiß, woran er ist. Rankuscheln können sich andere. Im Übrigen ist es schon der zweite Arbeitstag, auch wenn es sich wie ein einziger, nicht enden wollender anfühlt.«

Blessing wollte etwas erwidern, doch Eisfeld zog ihr vibrierendes Handy aus der Tasche und gab ihm zu verstehen, sich den Satz für später zu merken.

Auf dem Display stand »Anna«. Mara konnte dem Namen kein Gesicht zuordnen. Vielleicht die Mutter eines von Samis Kita-Freunden? Sie ging ran.

»Eisfeld.«

»Hallo, Mara, hier ist Anna. Du erinnerst dich vielleicht an mich. Wir haben uns mal auf einem Sommerfest bei uns im Hof kennengelernt. Ich habe die Wohnung im Hinterhaus ganz oben.«

»Na klar erinnere ich mich«, log Mara. »Was kann ich für dich tun?«

»Ich wollte eigentlich nur kurz fragen, ob ihr schon einen

Nachmieter für eure Wohnung habt? Eine Freundin von mir sucht nämlich …«

»Äh, nein, haben wir nicht«, antwortete Mara zögerlich. »Aber ehrlich gesagt suchen wir auch gar keinen.«

»Ach so, entschuldige. Ich habe deinen Mann vorhin gesehen, wie er mit ein paar Leuten Möbel in einen Lieferwagen geräumt hat, da dachte ich, ihr zieht vielleicht um …«

Mara verschlug es kurz die Sprache. Doch sie fing sich schnell wieder und antwortete mit fester Stimme: »Nein, wir ziehen nicht um, wir renovieren nur, weißt du.«

Anna lachte verlegen. »Ach, hätte ich mir auch denken können. Dann hat sich das ja erledigt. Entschuldige die Störung. Bis zum nächsten Sommerfest dann.«

»Ja, klar. Kein Problem. Tschüss«, sagte Eisfeld und drückte den Anruf weg. Sie dachte kurz nach und rief dann Matti an, erreichte jedoch nur seine Mailbox. »Ich bin's, hey. Ruf mich doch mal bitte kurz an, ja?«

Als die 9. Mordkommission wenig später zur täglichen Teambesprechung beisammensaß und Dietrich stichpunktartig die neuesten Erkenntnisse zusammenfasste, konnte Eisfeld sich weder auf das Gesagte konzentrieren noch selbst einen klaren Gedanken fassen.

Sie hatte Matti inzwischen weitere vier Mal angerufen, und er hatte jeden einzelnen Anruf ignoriert. Ein Gefühl von Ohnmacht lähmte sie.

»Keine Spur von dem Paketlieferwagen. Kein Treffer bei KESY, keine Geschwindigkeitsübertretung an einer Radarfalle. Aber: Es gibt Neuigkeiten aus dem Labor. Die DNA aus Pankewitz' Haus kann, wie schon erwartet, eindeutig Katharina Stellkamp zugeordnet werden. Ebenfalls geklärt werden konnte, dass das Mädchen die gemeinsame Tochter von Dirk Pankewitz und Katharina Stellkamp ist.«

Obwohl Dietrich nach außen hin immer einen eher spröden und abgeklärten Eindruck erweckte, schien ihr das eben Gesagte doch sehr nahezugehen. Nach einer kurzen Pause fuhr sie fort: »Die zweite Leiche auf Pankewitz' Grundstück konnte dank ihres Zahnstatus inzwischen identifiziert werden. Es handelt sich um die seit knapp elf Jahren vermisste, damals einunddreißigjährige Friseurmeisterin Lillian Sandler.«

Dietrich warf mittels Beamer ein Foto der Frau an die Wand. Ihr Gesicht wies eine Reihe auffallender Übereinstimmungen mit dem von Katharina Stellkamp auf. Ebenfalls blonde, lange Haare, gleiche Augenfarbe, und auch die Höhe der Wangenknochen war ähnlich.

»Die Sektion der Leiche ist noch nicht abgeschlossen. Professor Hopf lässt aber ausrichten, dass er dir gegenüber, Mara, zwar angegeben hatte, dass das gebrochene Zungenbein auf Strangulation schließen lässt, er aber betonen möchte, dass bisher nicht geklärt ist, ob das durch Fremdeinwirkung passiert ist oder durch Suizid. Fest steht aber, dass sie sich ebenfalls in dem Kellerverlies aufgehalten hatte. Die KT hat DNA-Spuren sichergestellt, die das eindeutig belegen. Vermutlich ist sie also ein früheres Opfer von Dirk Pankewitz.«

Während Dietrich das ausführte, tauschte sie das Bild von Lillian Sandler gegen ein anderes aus. Das Foto, das nun über den Beamer an die Wand projiziert wurde, zeigte in erkennungsdienstlicher Manier einen bulligen, arabischstämmigen Mann mit Glatze, Vollbart und einer auffälligen Narbe unter dem rechten Auge.

»Dieser sympathische Herr hier ist das Ergebnis einer Suchanfrage in unserer DNA-Datenbank. Murat Arafat Adabi.

Deutscher Staatsbürger mit einer Reihe an Vorstrafen: Drogenhandel, schwere Körperverletzung, Nötigung, Beleidigung, Widerstand gegen die Staatsgewalt. War eine Weile im Knast. Seit sechs Monaten wieder draußen und jetzt angeblich im Import-Export-Business tätig. Seine DNA weist eine 64-prozentige Übereinstimmung mit der DNA unseres toten Jungen auf. Was bedeutet: Er ist der Vater, Bruder oder Sohn unseres Toten. Wenn man davon ausgeht, dass Herr Adabi nicht in der Zeit reisen kann, kommt aufgrund des Alters eigentlich nur die Geschwistertheorie infrage.«

»Gute Arbeit«, sagte Eisfeld. »Wissen wir, wo er wohnt?«

»Wir wissen, wo er gemeldet ist«, erwiderte Dietrich und reichte ihr einen Zettel.

Mara, der es mittlerweile gelungen war, ihr Gedankenkarussell zu stoppen, war zu einem Entschluss gekommen. Sie steckte den Zettel ein und machte sich zur Verwunderung der anderen Anwesenden daran, die Besprechung frühzeitig zu verlassen. Vorgeblich, um Murat Adabi die Todesmeldung zu überbringen, in Wahrheit aber, um sich Klarheit in einer anderen Sache zu verschaffen: Sie musste unbedingt herausfinden, was es mit Mattis angeblichem Auszug auf sich hatte. Das konnte doch nicht sein. Oder besser: durfte nicht sein. Matti hatte ihr gestern erst von dieser neuen Wohnung erzählt. Er konnte doch nicht jetzt schon alles in trockenen Tüchern haben und umziehen. So blieb ihr ja gar keine Chance mehr, es ihm auszureden.

Blessing, für den Mara auf die Schnelle keine passende Ausrede eingefallen war, schloss sich ihr an.

Keine zwanzig Minuten später brachte sie den Dienstwagen vor ihrem Zuhause zum Stehen, stellte den Motor aus, schnallte sich ab und stieg aus.

»Ich bin gleich wieder da.«

Während sie die Straße überquerte, erreichte das Wechselbad der Gefühle, das schon die ganze Zeit in ihr tobte, eine neue Eskalationsstufe. Entweder würde sie gleich feststellen, dass sie einem Missverständnis aufgesessen war, und große Erleichterung verspüren, gefolgt von einem Gefühl der Scham, weil mal wieder ihr Kopfkino mit ihr durchgegangen war, oder aber sie würde die Bestätigung dafür bekommen, dass sie mit ihrem berufsbedingten Pessimismus auch im Privaten richtiglag.

Kaum hatte sie die Wohnungstür aufgeschlossen, bemerkte sie die ersten Veränderungen. Der kleine Nierentisch im Flur, ein Erbstück von Mattis Großmutter, den sie bisher als Ablage für Briefe und Zeitschriften benutzt hatten, war genauso verschwunden wie der runde Spiegel mit Bastumrandung, der aussah wie eine Sonne.

Während ihres Rundgangs durch die Wohnung vermisste Mara noch diverse andere Einrichtungsgegenstände, die sich nicht mehr an ihrem angestammten Platz befanden. Geschirr, Decken, ein Teppich, ja selbst einige von Samis Spielsachen fehlten. Auch das Zelt im Garten, in dem Matti die letzten Wochen geschlafen hatte, war weg.

Ihr halbes Leben war ihr entrissen worden. Ohne Vorwarnung. Ohne dass sie an diesem Vorgang auch nur ansatzweise beteiligt worden war. Sie fühlte sich innerlich leer. Nicht mal Wut oder Trauer wollte aufkommen.

Sie setzte sich an den Küchentisch, und mit einem Mal überkam sie das drängende Verlangen nach einer Zigarette, worüber sie sich wunderte, denn sie rauchte seit fast fünf Jahren nicht mehr. Auf dem Höhepunkt ihrer Nikotinkarriere mit einem durchschnittlichen Verbrauch von eineinhalb Schachteln pro Tag hatte sie bei der Nachricht, dass sie schwanger war, von jetzt auf gleich aufgehört. Und es war ihr nicht einmal sonderlich schwergefallen. Das Verantwortungsgefühl für das neue Leben in ihr war stärker als die Sucht gewesen. Die Erinnerungen an die Berichte über Nikotinbabys, die sie irgendwann gelesen hatte, hatten ihr Übriges getan. Kleine Wesen, die in den Tagen nach ihrer Geburt zitterten, schwitzten, schrien und schlecht tranken, weil sie auf Entzug waren.

Mara hielt inne. Warum musste sie jetzt ausgerechnet an Nikotinbabys denken? Sie hatte aktuell doch wirklich andere Sorgen.

Nachdem sie sich die Tränen aus den Augen gewischt hatte, stand sie auf, goss sich ein Glas Wasser ein, trank es in einem Zug leer, verließ dann die Wohnung und stieg in ihren Dienstwagen.

»Sie sind ganz bleich. Ist Ihnen nicht gut?«, fragte Blessing besorgt.

»Er ist ausgezogen.«

»Wer?«

»Matti.«

»Matti ist Ihr Ehemann, nehme ich an?«

»Kein Brief, keine Nachricht. Nichts. Nach fünfzehn Jahren. Und Sami hat er auch mitgenommen.«

»Ihren Sohn?«

Maras Augen wurden erneut feucht.

Blessing war deutlich anzumerken, dass er nicht wusste, wie er mit der Situation umgehen sollte. Unbeholfen legte er die Hand auf ihre Schulter, zog sie allerdings schnell wieder weg, als Mara heftig gegen das Lenkrad schlug.

»Dieses Sackgesicht! Mann, das gibt's doch nicht!«

»Wissen Sie denn, wo er hin sein könnte?«

»Er hat irgendwas gesagt, dass er über irgendwen eine Wohnung gefunden hat. Wer war das gleich noch mal?« Sie scrollte durch das Adressverzeichnis ihres Handys. »Jessica! Ja, in Jessis Haus war eine Wohnung frei.«

Da in diesem Moment Blessings Telefon vibrierte und er Anstalten machte, den Anruf entgegenzunehmen, stieg Mara aus. Sie wählte Jessicas Nummer und wartete, dass jemand abhob. Als selbst nach dem zehnten Klingeln niemand ranging, rief sie ein weiteres Mal bei Matti an. Aber auch dieser Versuch wurde direkt an die Mailbox weitergeleitet. Sie unterdrückte den Impuls, die Beleidigungen, die ihr auf der Zunge lagen, auch wirklich auszusprechen, und legte auf.

Nachdem sie sich einigermaßen beruhigt hatte, setzte sie sich zurück ins Auto. Blessing beendete gerade sein Telefonat und sah Mara ernst an.

»Dietrich. Zwei Brandenburger Kollegen haben heute Nacht eine Person kontrolliert, bei der es sich um den zweiten jungen Mann handeln könnte, der in Pankewitz' Haus eingestiegen ist.«

»Das ist doch großartig.«

»Ja. Nicht ganz so großartig ist allerdings, dass den Kollegen dieser Sachverhalt erst gerade eben aufgefallen ist und sie jetzt natürlich nicht wissen, wo sich der junge Mann aktuell aufhält.«

Eisfeld verdrehte die Augen.

»Immerhin haben wir jetzt seinen Namen: Leif Jolig«, sagte Blessing und klappte sein iPad auf. »Er war in Begleitung eines Junis Abwini, den die Kollegen als ziemlich einschüchternd wirkenden Zeitgenossen beschreiben. Kontrolliert wurden sie an einer Tankstelle. Dietrich hat die Koordinaten geschickt.«

Eisfeld sah zu, wie Blessing eine Karten-App öffnete und die Tankstelle lokalisierte. Sie befand sich im Nirgendwo, umgeben von Wald.

Mara kräuselte die Stirn. »Ganz schön weit draußen. Hm. Schau doch mal, ob einer unserer Bunker in der Nähe ist.«

Blessing öffnete die Liste, die sie am Tag zuvor erstellt hatten, und ging sie einmal oberflächlich durch, bis er auf einen Eintrag stieß, der seine Aufmerksamkeit erregte. Er kopierte die Koordinaten in die Karten-App und blickte Mara über den Rand seiner Brille an. »Ja. Circa drei Kilometer von der Tankstelle entfernt.«

Mara zog eine Augenbraue hoch. »Ist der überprüft worden?«

»Ja.«

»Durch die beiden Kollegen, die auch Leif Jolig kontrolliert haben?«

Blessing zuckte mit den Schultern. »Durchaus möglich. Muss zumindest die gleiche Schicht gewesen sein.«

Eisfeld nickte und kniff die Augen zu schmalen Schlitzen zusammen. »Also: ein Bunker, der möglicherweise als Versteck von Pankewitz und seinen Geiseln dient. Ganz in der Nähe ein Einbrecher, dessen Kumpel von ebendiesem Pankewitz kurz zuvor erschlagen worden ist. Klingt für mich, als wäre der eine dem anderen auf den Fersen. Oder haben Sie eine andere Erklärung, was Leif Jolig mitten in der Nacht in der brandenburgischen Pampa treiben könnte?«

»Nein, nicht wirklich«, erwiderte Blessing. »Heißt dann aber auch, dass dies unsere erste Spur in Richtung Pankewitz' Aufenthaltsort ist.«

»Erste und einzige«, pflichtete Eisfeld ihm bei, legte den Gurt an und startete den Motor.

19

Das metallische Hämmern ging ihr mit jedem Schlag durch Mark und Bein. Sie zuckte immer wieder unwillkürlich zusammen, obwohl sie sich innerlich dagegen sträubte. Seit gefühlt zwei Stunden wurde die Bunkertür nun schon von außen mit den verschiedensten Werkzeugen bearbeitet, weigerte sich aber beharrlich, dem Drängen nachzugeben.

Um sie herum herrschte absolute Dunkelheit. X hatte das Deckenlicht gelöscht, nachdem er aus Tisch, Bettgestellen und Matratzen eine Art Barrikade errichtet hatte, hinter der sie nun alle drei kauerten und angespannt warteten, was als Nächstes passieren würde. X hatte die Armbrust im Anschlag, und obwohl er äußerlich gefasst wirkte, wusste sie, dass er aufgewühlt war und panische Angst davor hatte, dass es für ihn bald kein Entkommen mehr geben würde. Trotz ihrer eigenen Angst freute sie sich darüber und hoffte, dass seine Befürchtungen dieses Mal wahr wurden.

Plötzlich kehrte Ruhe ein. Die Schläge verstummten. Zwar ging in ihren Ohren das Hämmern weiter, so sehr hatte sich das Geräusch in ihr festgesetzt, aber sie wusste, dass es eine Täuschung war. Sie bemerkte jedoch bald, dass die Ruhe trügerisch war. Sachte drang ein neues Geräusch herein. Ganz dumpf und leise. Es waren Schritte. Schritte auf Beton. Schritte, die sich näherten.

Sie hatten es geschafft. Sie waren in den Bunker eingedrungen.

Plötzlich wurde die Tür aufgerissen. Dann sprang mit dem charakteristischen Brummen jahrzehntealter Leuchtstoffröhren das Deckenlicht an.

Der Mann, der den Raum betrat, war groß und bullig. Mit schwarzem Vollbart, Glatze und grimmigem Blick. Er hielt eine Waffe in der Hand und sah sich lauernd um. Hinter ihm trat ein zweiter Mann ein. Ein deutlich jüngerer, fast noch ein Junge. Sie kannte ihn. Er war derjenige, der gestern die Tür zu ihrem Verlies geöffnet und dann sofort wieder geschlossen hatte. Doch was tat er hier? Das ergab alles keinen Sinn.

Viel Zeit zum Überlegen hatte sie ohnehin nicht, denn mit einem Mal ging es Schlag auf Schlag. X hatte nur auf diesen Moment gewartet. Er zielte, atmete ruhig aus und drückte ab. Begleitet von einem scharfen Pfeifen durchschnitt der Pfeil die Luft, flog quer durch den Raum und bohrte sich in die Schulter des Bärtigen.

Der blickte kurz auf den Fremdkörper, anschließend wieder in Richtung ihrer provisorischen Verteidigungsanlage, und für einen kurzen Moment dachte sie, er würde gleich ohnmächtig werden, doch das Gegenteil war der Fall. Er fing an zu brüllen, zog den Pfeil mit einem schnellen Ruck heraus, warf ihn achtlos weg und rannte auf sie zu. Mit seinen riesigen Pranken griff er sich ein Bettgestell, wuchtete es zur Seite und tat das Gleiche mit einer der Matratzen. Daraufhin fiel die ganze Konstruktion in sich zusammen.

Ella schrie.

Währenddessen spannte X mit hastigen Bewegungen den nächsten Pfeil ein. Doch bevor er erneut anlegen konnte, stürmte der Bärtige auf ihn zu, packte ihn mit der einen Hand am Hals und zerrte ihn aus dem Lager. Mit der anderen Hand entriss er ihm die Armbrust und schleuderte sie von sich weg.

Als sie auf dem Boden aufkam, zerbrach sie in mehrere Stücke. Danach schlug er X zweimal hart ins Gesicht und anschließend noch einmal in den Magen, woraufhin der keuchend in sich zusammensackte.

Ella konnte den Anblick, wie ihrem geliebten Vater dies angetan wurde, nur schwer ertragen. Sie wandte sich ab und weinte bitterlich.

Nachdem der Bärtige einige Sekunden verschnauft, seinen Nacken gedehnt und sich den Schweiß von der Glatze gewischt hatte, zog er einen Stuhl heran und hievte X mit einer schnellen, wuchtigen Bewegung darauf. Anschließend forderte er den Jungen – der bisher nur an der Tür gestanden hatte und ganz offensichtlich nicht wusste, was genau seine Rolle bei der ganzen Aktion sein sollte – auf, ihn mit den herumliegenden Kabelbindern zu fixieren, was dieser auch sofort tat.

Ella und sie kauerten nach wie vor hinter den Resten der Barrikade und wagten kaum, sich zu rühren. Während sie ihrer Tochter beruhigend über den Kopf strich, überlegte sie fieberhaft, was die neue Situation nun für sie zu bedeuten hatte. Doch bevor sie zu einem Ergebnis kam, drehte sich der Junge um und kam auf sie zu. Ihre erste Reaktion war, sich noch tiefer zu ducken. Doch dann sah sie, dass er scheu lächelte und in seinen Augen echte Anteilnahme aufblitzte.

»Ihr braucht keine Angst mehr zu haben. Es ist alles gut. Ihr seid jetzt frei. Ihr könnt gehen, wohin ihr wollt.« Er streckte ihr die Hand entgegen, als wolle er ihnen aufhelfen.

Doch der Bärtige fuhr ihm dazwischen. »Nix frei. Die zwei bleiben schön hier.«

Der Junge schien darüber genauso überrascht zu sein wie sie selbst. »Aber was sollen wir denn sonst mit ihnen machen? Natürlich lassen wir sie frei …«

»Nein, wir erschießen sie. Sind ja Zeugen«, erwiderte der andere ruhig, während er sich seiner Lederjacke entledigte.

»Was!? Nein!«, rief der Junge entsetzt. »Hier wird niemand erschossen! Das kommt überhaupt nicht infrage. Ein paar Schläge für den Postboten, okay, er hat schließlich Hamudi auf dem Gewissen. Aber das war's dann auch. Hier gehen alle lebend wieder raus.«

Der Bullige, der sich mittlerweile die Ärmel seines Sweaters nach oben geschoben und einen Stuhl in die Nähe seines Gefangenen herangezogen hatte, lachte kurz auf. »Bist du bescheuert? Wir sind doch nicht Amnesty International. Das sind Zeu-gen! Was verstehst du daran nicht?«

»Zeugen für was denn?«, erwiderte der Junge gepresst. »Für zwei Mal aufs Maul geben? Ich glaube, die beiden sind dir sogar dankbar dafür. Die verraten nix. Stimmt's? Ihr verratet nix?«

Sie war unschlüssig, ob nun ein Nicken für »Ja, wir verraten nichts« oder ein Kopfschütteln für »Nein, wir verraten nichts« die richtige Reaktion war, aber bevor sie das entscheiden konnte, redete der Junge weiter auf den anderen ein.

»Der hat sie gefangen gehalten! Gekidnappt wahrscheinlich. Die waren schon in seinem Keller. Wir haben die befreit.«

Der Bärtige fuhr sich mit der Hand über den kahl rasierten Schädel und schien angestrengt nachzudenken. »Befreit, sagst du?«

»Ja, logo. Wir sind Helden. Unsere Bilder sind bestimmt bald auf den Covern von sämtlichen Zeitungen. Wir werden berühmt, Murat, äh, Junis.«

Der Bärtige sah ihn plötzlich mit hasserfülltem Blick an. »Alter, was soll die Scheiße? Du hast meinen Namen gesagt.«

»Sorry, war keine Absicht«, erwiderte der Junge kleinlaut, aber das schien den anderen nicht zu besänftigen.

»Ja, sorry, sorry. Sorry für'n Arsch! Ich hab weder Bock, dass irgendwer meinen Namen weiß, noch, dass deine und meine Fresse auf irgendeinem Titelblatt auftaucht. Dann kommen doch gleich wieder alle aus ihren Löchern gekrochen und heulen rum. Uuuuh, den kenne ich doch, der hat mir mal das Schlüsselbein gebrochen. Uuuuh, und mir das halbe Ohr abgeschnitten. Kein Bock drauf. Echt nicht. Deshalb: Geh mal schön zur Seite. Wir bringen das jetzt hinter uns.«

Daraufhin zog er seine silberglänzende Waffe aus dem Hosenbund und vollführte damit eine schwungvolle Bewegung zur Seite, die dem Jungen signalisieren sollte, aus dem Weg zu gehen.

Ihr Herz schlug wie wild. Sie drückte Ella fest an sich. Die Kleine zitterte. Was für ein Albtraum. Von den Händen des einen Psychopathen in die des nächsten. Sie hoffte nur, dass es schnell ging, dass weder Ella noch sie lange leiden mussten.

Doch anscheinend war ihre Zeit noch nicht gekommen. Überrascht nahm sie wahr, dass der Junge der Aufforderung des anderen nicht Folge leistete. Im Gegenteil: Er verschränkte nun demonstrativ die Arme vor der Brust und blieb standhaft. Ein menschlicher Schutzschild für sie und Ella.

Das rührte sie. Es war lange her, dass sich jemand für sie eingesetzt hatte.

Den Bärtigen hingegen schien das zu belustigen. Er grinste höhnisch. »Komm, mach die Biege. Sonst schieß ich dir ins Bein.«

Der Junge wankte, wich aber nicht.

Der Bärtige wartete einige Sekunden, dann verschwand das Grinsen aus seinem Gesicht, als hätte man einen Schalter umgelegt, und er machte seine Drohung tatsächlich wahr. Er schoss.

Sie sah Mündungsfeuer. Millisekunden später folgte ein ohrenbetäubender Knall. Die Kugel durchbohrte den Oberschenkel des Jungen, trat auf der Rückseite wieder aus, flog weiter und zerschmetterte die Lehne eines Stuhls, der Teil ihrer Barrikade war und nur wenige Zentimeter von Ellas Kopf entfernt stand.

Der Junge wurde seitlich nach hinten gerissen. In der Drehung sah sie sein schmerzverzerrtes Gesicht und den weit geöffneten Mund. Er schrie. Aber sie konnte seinen Schrei nicht hören. Alles, was sie wahrnahm, war ein lang gezogener Fiepton in ihren Ohren. Gleichzeitig lag ein immenser Druck auf ihrem Trommelfell.

Sie blickte zu Ella, die die Arme über dem Kopf verschränkt hatte und die Augen zusammenkniff.

Der gefesselte X hatte keine Möglichkeit, seine Ohren zu schützen. Mit gequältem Gesichtsausdruck ruckte sein Kopf hin und her.

Ihr Blick wanderte zu dem Bärtigen, der reglos und mit ausdrucksloser Miene dastand, so als hätte ihm der brutale Schalldruck nichts anhaben können. Doch ganz schien das nicht zu stimmen, denn seine Augen waren glasig geworden.

Trotz Schusswunde stand der Junge wieder an gleicher Stelle und machte keine Anstalten, sich von dort wegzubewegen. Auch dann nicht, als der Bärtige seine Waffe ein weiteres Mal auf ihn richtete.

Sie sah, wie seine rechte Hand zur Gesäßtasche wanderte, er ein Springmesser herauszog und es aufschnappen ließ. Dann machte er auf dem unverletzten Bein einen Satz zur Seite, bekam einen Stuhl zu fassen und schleuderte ihn auf den Bärtigen. Er nutzte das Überraschungsmoment, machte einen weiteren Satz nach vorne und versuchte, mit dem Messer die

Hand zu treffen, die die Waffe hielt. Beim zweiten oder dritten Mal war er erfolgreich. Die Klinge durchtrennte eine Sehne. Der Bärtige ließ die Pistole fallen.

Einen Augenblick lang mussten sich beide Männer neu orientieren. Der Bärtige sah zuerst, wo die Waffe gelandet war, und wollte sich danach bücken, doch der Junge war geistesgegenwärtig genug und kickte sie weg.

Die Pistole glitt über den Betonboden und kam vor den Resten der Barrikade zum Liegen. Einen knappen Meter vor ihr.

Ohne einen Moment zu zögern, griff sie nach der Waffe. Als der Bullige auf sie zustürmte, richtete sie sie auf ihn. Doch der ließ sich dadurch nicht beeindrucken, wirkte sogar regelrecht belustigt.

Kurz bevor er sie erreichte und ihr die Waffe entreißen konnte, drückte sie ab.

Der Rückstoß war gewaltig. Er schleuderte ihre Schulter, ja ihren ganzen Körper mit einer ungeheuren Wucht nach hinten. Aber auch der Angreifer hatte diese Wucht zu spüren bekommen, wurde wie durch eine unsichtbare, hinter ihm befestigte Leine erst ausgebremst, dann zurückgerissen und lag nun reglos auf dem Boden. Blut rann unter seinem Hinterkopf hervor.

Sie traute sich nicht, genauer hinzusehen oder gar das Ausmaß seiner Verletzung in Augenschein zu nehmen. Sie bebte am ganzen Leib. Ihre Hände zitterten. In beiden Ohren fiepte ein lang gezogenes, unangenehm hohes Pfeifen, das nicht abebben wollte. Doch ein Gedanke schälte sich heraus: Das hier war ihre Gelegenheit zur Flucht.

Sie nahm Ella auf den Arm, ging an X vorbei, der schrie und schrie, was sie nur gedämpft hörte, ging hinaus in den Bunkerflur und dann durch den langen Gang in Richtung Tageslicht. Als sie ins Freie trat, die kühle Waldluft spürte, fühlte sie sich so glücklich und befreit wie selten in ihrem Leben.

Es war nun endgültig vorbei. Sie und Ella waren frei.

Wenig später stolperte der Junge die Treppen nach oben. Humpelnd, blutend und mit sichtlichen Schmerzen kam er ihr entgegen.

»Wir müssen so schnell wie möglich weg von hier.« Entschlossen steuerte er auf das alte Auto zu, das direkt vor dem Eingang stand, und setzte sich hinein. Ella und sie nahmen auf dem Beifahrersitz Platz.

Der Junge tastete den Bereich unter dem Lenkrad ab, dann das Armaturenbrett. Als er die Sonnenblende herunterklappte und auch dort nicht fand, wonach er suchte, wirkte er mit einem Mal wieder sehr angespannt. Der Autoschlüssel war noch im Bunker.

Bei dem Gedanken, ein weiteres Mal dorthinein zu müssen, verkrampfte sich ihr ganzer Körper. Sie wollte X nicht mehr sehen, sie wollte nie mehr in seine Nähe. Panik breitete sich in ihr aus.

Der Junge bemerkte das und lächelte ihr beruhigend zu. »Mach dir keine Sorgen. Ich regle das.«

Damit hievte er sich aus dem Sitz und humpelte zurück, die Treppen hinunter und in die Dunkelheit des Bunkers.

Sie blickte ihm nach. Und wartete. Eine Minute, zwei.

Ella, die auf ihrem Schoß langsam unruhig wurde, hatte die Kurbel für das Seitenfenster entdeckt und begann, daran herumzuruckeln. Gerade als sie ihr zeigen wollte, wie man damit das Fenster öffnen konnte, ertönte ein dumpfer Knall aus dem Bunker.

20

Kurz nach ihrem Eintreffen im LKA erreichte Eisfeld und Blessing die Nachricht, dass ein Spaziergänger einen mit Ästen verdeckten gelben Lieferwagen in einem Waldstück nur wenige Kilometer entfernt von der Tankstelle, an der Leif Jolig kontrolliert worden war, gefunden hatte. Dies bestärkte sie darin, sich bei der Suche nach Pankewitz auf dieses Gebiet zu konzentrieren und besagten Bunker noch einmal selbst zu kontrollieren.

Fünfunddreißig Minuten später standen sie auf dem Dach des LKA-Gebäudes und sahen zu, wie ein Helikopter ziemlich exakt auf dem großen H des Helipads aufsetzte. Kriminaldirektor Tamm hatte die Nutzung der Hubschrauberstaffel bewilligt – obwohl sie überhaupt nicht darum gebeten hatten –, da er aufgrund des großen Medieninteresses an dem Fall sichergehen wollte, dass die leitende Ermittlerin rechtzeitig zum Einsatzort kam. Zudem hatte er mit den Kollegen vom LKA Brandenburg telefoniert und eine zwar auf wenige Tage befristete, dafür aber zunächst uneingeschränkte Ermittlungsbefugnis ausgehandelt.

Der Co-Pilot stieg aus und öffnete die hintere Tür. Eisfeld und Blessing liefen mit eingezogenen Köpfen hin, kletterten in den Hubschrauber, setzten die dicken Kopfhörer auf, die für sie bereitlagen, und begrüßten die Besatzung. Wenige Sekunden später hoben sie ab.

Während sie das LKA hinter sich ließen und über die Straßenschluchten mit den winzigen Autos und noch winzigeren

Menschen flogen, versuchte Eisfeld das Chaos in ihrem Kopf zu ordnen. Um Matti und alles, was mit seinem überstürzten Umzug zusammenhing, würde sie sich später kümmern. Sie musste ihre privaten Probleme jetzt ausblenden.

Blessing saß kerzengerade auf seinem Platz, hatte den Kopf aber seitlich angelehnt und blickte rechts am Co-Piloten vorbei durch die Frontscheibe, um dort einen festen Punkt am Horizont zu fixieren.

»Wie geht's Ihnen, Blessing?«, fragte Mara nach einer Weile.

»Recht gut, danke«, log Blessing, in dessen Gesicht sich schon wieder ein leichter Grünstich bemerkbar machte. »Es hätte schlimmer kommen können.«

Mara musste kurz auflachen. »Ja? Wenn wir kopfüber fliegen würden?«

»Oder wenn Sie am Steuerknüppel säßen«, antwortete Blessing erstaunlich schlagfertig, schloss dann aber schnell wieder den Mund, um dem sich ankündigenden Brechreiz zuvorzukommen.

»Sie sind ja eine richtige Wundertüte der guten Laune, Blessing«, zog ihn Eisfeld weiter auf, aber mit der gebotenen Vorsicht, denn noch schien nicht entschieden, ob Blessing den Kampf gegen seinen rebellierenden Magen auch wirklich gewinnen würde.

Dreißig Minuten später steuerte der Helikopter auf einen silbernen Transporter und einen schwarzen Geländewagen zu, die am Rande eines Feldes parkten. Neben den Fahrzeugen standen einige SEK-Beamte in voller Montur und warteten. Einige rauchten, andere machten Dehnübungen.

Nachdem sie auf dem Acker in unmittelbarer Nähe aufgesetzt hatten, teilte der Pilot Eisfeld und Blessing mit, dass der Helikopter hier bis zu ihrer Rückkehr warten würde und auch für etwaige Luftunterstützung bereitstünde. Dann stiegen sie aus und liefen gebückt zu den beiden Fahrzeugen.

Blessing fluchte bereits nach den ersten Schritten. Seine rahmengenähten Schuhe waren für diesen Outdoor-Einsatz gänzlich ungeeignet. Eisfeld trug seit Jahren robuste, aber bequeme knöchelhohe Schnürstiefel und freute sich auch jetzt wieder über diese kluge Kleiderwahl.

Der Einsatzleiter stellte sich ihnen als Gregor vor, seinen Nachnamen verriet er nicht, ihn fragte aber auch niemand danach. Kurz darauf saßen sie mit ihm und einem weiteren SEK-Beamten, der weder Vor- noch Nachnamen preisgab, in dem schwarzen Geländewagen und fuhren los. Zunächst mit hundertfünfzig Stundenkilometern über die Landstraße, vorbei an einer einsamen Shell-Tankstelle, dann mit nur unwesentlich gedrosselter Geschwindigkeit in einen Wald und dort über mehrere Wirtschaftswege.

Mara sah aus den Augenwinkeln, dass Blessing nach wie vor einen erbitterten Kampf gegen seinen Magen führte, doch jetzt war selbst ihr nicht mehr nach lockeren Sprüchen zumute. Nicht nur weil sie ordentlich durchgeschüttelt wurde, sondern weil die Anspannung darüber, was sie gleich erwartete, stieg.

Als das Ende des Feldweges in Sicht kam, wurden Geländewagen und Transporter langsamer und kamen schließlich zum Stehen. Die Motoren wurden gestoppt, und die Insassen des Transporters stiegen aus. Es waren insgesamt sechs Männer. Zu ihnen gesellte sich der Beamte, der auf dem Fahrersitz des Geländewagens gesessen hatte. Zu siebt schwärmten sie nun in die Umgebung aus.

Gregor reichte Eisfeld einen kleinen Monitor nach hinten, auf dem die Bilder der Körperkamera eines der Männer zu sehen waren. Blessing beugte sich zu ihr herüber. Allerdings war das

Programm recht monoton. Bäume und Laub, so weit das Auge reichte. Eisfeld befürchtete schon, dass sie an der falschen Stelle suchten. Von einem Bunker war weit und breit nichts zu sehen. Doch dann wurden die Männer langsamer und bemühten sich noch mehr, so wenige Geräusche wie nur möglich zu produzieren. Sie näherten sich einem Auto, das mitten im Wald abgestellt war. Ein schwarzer Pontiac Firebird mit Berliner Kennzeichen.

»Falls wir den beschlagnahmen, übernehme ich die Überführung«, sagte Blessing, ohne die Augen vom Monitor zu nehmen und auch ohne jeglichen Anflug von Ironie oder das geringste Anzeichen, dass dies scherzhaft zu interpretieren war.

Nach einer kurzen Überprüfung des Pontiac setzten die Männer ihren Weg fort. Plötzlich kam eine Treppe ins Bild, die in die Erde führte. Ganz unten konnte man eine Metalltür erkennen, die massive Beschädigungen aufwies. Sie war zerbeult und offenbar mithilfe eines Schweißbrenners, der noch danebenstand, bearbeitet worden.

Ein Teil der Männer sicherte nun die Umgebung, der andere Teil, zu dem auch der Mann mit der Kamera gehörte, ging die Treppe hinunter. Der vorderste SEK-Beamte drückte vorsichtig gegen die Tür. Sie schwang auf. Die Männer traten ein und sicherten nach und nach alle Räume. Je weiter sie in den Bunker vordrangen, desto schlechter wurde die Bildqualität.

Mara sah Hilfe suchend zu Gregor, doch der zuckte nur mit den Achseln. »Strahlenschutzbunker.«

Als die Männer den letzten Raum am Ende des Hauptkorridors betraten, riss der Stream gänzlich ab.

»Verdammt«, fluchte Eisfeld. Kurz entschlossen wollte sie die Wagentür öffnen und sich ebenfalls auf den Weg zum Bunker machen, doch Blessing hielt sie zurück.

»Wir sollten warten, bis alles gesichert ist.«

Gregor gab ihm recht. Er versuchte, per Funk mit den Männern vor Ort zu kommunizieren, konnte aber nicht verstehen, was sein Gesprächspartner sagte, denn auch diese Verbindung war gestört.

Mara hielt es nicht mehr aus. Mit einem Ruck stieß sie die Tür auf, sprang hinaus und lief los. Blessing musste sich erst abschnallen, bevor er ihr folgen konnte.

Eisfeld war egal, ob ihre Kollegen sie für emotional und unprofessionell hielten. Sie musste da jetzt hin, und zwar sofort.

Gregor, der kurze Zeit später zu ihr aufschloss und mit scheinbarer Leichtigkeit neben ihr herjoggte, hielt sich die Hand ans Ohr, um besser zu verstehen, was über Funk gesprochen wurde. »Objekt ist gesichert.« Danach ließ er sich wieder zurückfallen, vermutlich um Blessing nicht allein im Wald zurückzulassen.

Als Eisfeld an der steinernen Treppe ankam, die zur demolierten Bunkertür hinunterführte, wunderte sie sich, wie schnell ihr Herzschlag war. Sie spürte das Pochen deutlich am Hals. Da sie in Sachen Ausdauer eigentlich recht gut trainiert war, konnte es nicht von dem kurzen Sprint herrühren, sondern musste ihrer Aufregung geschuldet sein. Mit schnellen Schritten nahm sie Stufe um Stufe und betrat den Bunker.

Die meisten der SEK-Männer schienen sich im hinteren Bereich aufzuhalten. Die Räume, die Mara passierte, waren karg eingerichtet, ausgestattet mit zwei bis drei Stockbetten aus Metall sowie einigen Metallspinden, einem einfachen Tisch und ein paar Stühlen. Alles wirkte heruntergekommen. Farbe blätterte von den Wänden. Der Boden war von einer feinen Staubschicht überzogen.

Je näher sie dem hintersten Raum kam, desto mehr hatte sie das Gefühl, dass nicht nur sie sich langsamer bewegte, sondern auch die Zeit selbst verlangsamt war. Fast wie in Zeitlupe. Außerdem kam es ihr so vor, als würde sie sich von außen betrachten, sich selbst dabei beobachten, wie sie einen Schritt vor den anderen setzte, um die Ecke bog und das, was sie dort sah, Einzelbild um Einzelbild in sich aufnahm.

Ein sehr muskulöser, bärtiger Mann mit kahl rasiertem Schädel lag auf dem Boden. Während die Züge seiner linken Gesichtshälfte noch klare Konturen aufwiesen, war die andere Seite quasi nicht mehr existent. Blut und Hirnmasse klebten an der Wand hinter ihm und waren stellenweise bereits getrocknet. Trotz seiner Entstellung erkannte Mara in ihm den Mann, dessen Gesicht Dietrich am Vormittag an die Wand projiziert hatte: Murat Arafat Adabi, der Bruder des Toten aus Pankewitz' Haus.

Der schmale Körper eines weiteren Toten lag unnatürlich verdreht mit den Beinen auf der Matratze eines Stockbettes und dem Kopf auf dem Fußboden. Allem Anschein nach ein junger Mann. Sein Gesicht konnte Eisfeld nicht sehen, dafür aber die Schusswunde an seinem Hals. Gerade als sie näher herantreten wollte, gab einer der drei SEK-Männer im Raum den Blick auf eine Person frei, die mit Kabelbindern an einen Stuhl gefesselt war. Sie hatte eine Plastiktüte über den Kopf gestülpt, die ein anderer SEK-Mann gerade entfernte, was ihm aber sichtlich Mühe bereitete, denn sie war zusätzlich mit Klebeband fixiert. Als es ihm endlich gelang, erstarrte Mara.

Das Gesicht der Frau war geschwollen, ihr langes Haar blutverklebt. Sie sah abgemagert aus und war nicht bei Bewusstsein. Obwohl sie in ihrem jetzigen Zustand wenig Ähnlichkeit mit der Person auf den Bildern der Überwachungskameras hatte, war Eisfeld sicher, dass sie Katharina Stellkamp vor sich hatte.

Sie hatten sie gefunden. Endlich. Im selben Moment dämmerte ihr jedoch, dass es womöglich zu spät war.

Mit zunehmender Beklemmung beobachtete Mara, wie der SEK-Mann seinen rechten Handschuh auszog und nach Katharina Stellkamps Puls suchte.

Er hielt einige Sekunden inne. Reglos.

Dann drehte er seinen Kopf und gab Eisfeld mit einem Blick zu verstehen, dass er keinen fand.

21

Eisfeld fühlte sich hilflos. Sie konnte nichts tun. Sie konnte nur zusehen, wie die beiden SEK-Männer – deren zusätzliche Abzeichen an den Westen verrieten, dass sie die Einsatzsanitäter des Teams waren – ihre Arbeit an der mittlerweile am Boden liegenden, leblosen Katharina Stellkamp verrichteten. Der eine führte eine Herzdruckmassage durch, der andere beatmete sie in den Reanimationspausen.

Blessing hatte sich in der Zwischenzeit der beiden Leichen angenommen. Die Körpertemperatur, die er mangels Thermometer nur grob schätzen konnte, verriet ihm in Verbindung mit dem Gerinnungsgrad des Blutes, dass zumindest der Jüngere seit höchstens einer Stunde tot war. In den Taschen der beiden fand er Personalausweise, die er an Eisfeld weiterreichte. Der eine Tote hieß wie vermutet Leif Jolig, 21 Jahre alt, geboren in Berlin. Der andere führte zwei Ausweise mit sich. Einen ausgestellt auf den Namen Junis Abwini, den zweiten auf Murat Arafat Adabi. Foto, Geburtsdatum und die restlichen Angaben waren jeweils identisch.

Ausgiebig studierte Mara die drei Ausweise. Oder besser: Sie erweckte den Anschein, das zu tun. In Wahrheit war sie mit ihren Gedanken ganz woanders.

Seit zehn Jahren war diese junge Frau, die da leblos und blutüberströmt vor ihr lag, eingesperrt gewesen. Zehn lange Jahre hatte sie unbeschreibliches Leid über sich ergehen lassen müssen, und dann, kurz vor ihrer Befreiung, schlug das

Schicksal noch einmal erbarmungslos zu. Wie ungerecht das alles war.

Vor allem aber verfluchte Mara sich selbst. Nach der Sache mit dem Lieferwagen war es nun das zweite Mal, dass sie versagt hatte. Sie hätte dieses Versteck hier früher aufspüren müssen, sie hätte effektiver arbeiten müssen.

Sie spürte, wie Blessing leicht ihren Arm berührte und sie damit ins Jetzt zurückholte.

»Wenn wir davon ausgehen, dass Pankewitz zum Todeszeitpunkt des Jungen im Bunker war, kann er noch nicht allzu weit sein. Wir sollten also keine Zeit verlieren.«

Eisfeld nickte und wollte ihm gerade Richtung Ausgang folgen, da meldete sich einer der Sanitäter zu Wort.

»Warten Sie. Wir haben ein Flimmern.«

»Atmung setzt jetzt auch wieder ein«, ergänzte der andere.

Mara machte auf dem Absatz kehrt und kniete sich neben die zu Bewusstsein kommende Katharina Stellkamp.

»Ich glaube, sie hatte Glück«, sagte der erste Beamte. »In der Tüte war ein Loch, so war sie wohl nicht die ganze Zeit ohne Sauerstoff.«

Mit einem Mal öffnete Katharina die Augen. Ganz langsam und auch nur einen schmalen Schlitz breit. Benommen musterte sie die drei Menschen, die über sie gebeugt waren. Die beiden SEK-Beamten betrachtete sie mit einem neutralen Ausdruck. Als ihr Blick jedoch zu Mara wanderte, schien es, als gäbe es einen Moment des Wiedererkennens. Ihre Lippen bewegten sich. Doch die Laute, die aus ihrem Mund drangen, waren mehr ein Hauchen als gesprochene Worte und zu schwach, um sie zu verstehen.

Mara beugte sich über Katharina, um mit dem Ohr näher an ihren Lippen zu sein.

Einige weitere erfolglose Versuche, doch dann endlich: »Ella.«

Mara begriff sofort, wer gemeint war. Und auch, dass es ein Auftrag an sie war. Sie nahm Katharinas Hand, hielt sie, drückte sie und gab ihr zu verstehen, dass sie ihr Möglichstes tun würde.

Dann schloss Katharina die Augen. Die Kraft wich aus ihrem Körper.

Mara sah Hilfe suchend zu den Sanitätern. »Ist sie noch da? Lebt sie noch?«

»Ja, sie lebt noch«, antwortete der Mann, der die Herzdruckmassage durchgeführt hatte. »Aber sie hat wieder das Bewusstsein verloren. Kreislauf ist schwach, aber stabil. RTW ist unterwegs und Notarzt auch. Der muss entscheiden, ob sie transportfähig ist. Die Kopfverletzungen sind massiv.«

Eisfeld hielt nach wie vor Katharinas Hand, als Blessing ihr von hinten auf die Schulter tippte. »Kommen Sie.«

Mara löste ihren Griff und legte Katharinas Hand vorsichtig ab, stand dann auf und folgte ihrem Kollegen mechanisch nach draußen. Kaum hatte sie den Bunkereingang hinter sich gelassen und war die Steintreppe hinaufgestiegen, wurden ihre Gedanken wieder klarer. Die kühle Waldluft, die sie tief in ihre Lungenflügel sog, half.

Sie sah sich um. Die übrigen SEK-Männer standen in Grüppchen herum. Ein paar hatten ihre Helme abgenommen. Neu hinzugekommen war ein Streifenwagen. Die beiden Insassen – ein korpulenter und ein großer, schlaksiger Polizist – schälten sich behäbig aus den Sitzen. Zeitgleich trafen ein RTW und ein Notarztwagen ein, deren Besatzungen deutlich agiler waren. Sofort nach der Ankunft sprangen sie aus den Fahrzeugen und ließen sich in den Bunker zu ihrer Patientin lotsen.

»Pankewitz und das Kind sind wahrscheinlich zu Fuß unterwegs«, sagte Blessing, der kurz verschwunden war und nun wieder neben ihr stand. »Gregor sagt, das hier ist die einzige Zufahrtsstraße zu dem Gebiet und sie hätten unten, wo sie in die Bundesstraße mündet, eine Kamera stehen. Außer einem Traktor mit einer alten Frau hat die Stelle in der letzten Stunde niemand passiert.«

»Heißt: Entweder wird er sich im Wald versteckt halten, zurück zu seinem Lieferwagen gehen oder sich zur nächsten Ortschaft durchschlagen.«

»Eher Letzteres. Zurück zu seinem Fahrzeug würde Stunden dauern, und es ist auch viel zu auffällig.«

Eisfeld nickte. »Ja, auch wenn er sich eine Weile draußen versteckt hält, wird er das mit einem vierjährigen Kind nicht ewig durchziehen können. Früher oder später wird er sich ein Fahrzeug organisieren oder anderweitig versuchen, die Region zu verlassen. Bedeutet für uns, dass wir das unterbinden müssen. Also das ganze Gebiet hier großflächig abriegeln. Und am besten den Wald durchkämmen.«

Blessing kratzte sich am spärlichen Bart und rückte seine Brille zurecht. »In der Theorie wäre das sicher optimal, keine Frage. Aber ich habe schon mal ein bisschen telefoniert, und es ist so, dass die Kollegen hier momentan einen gewissen Personalengpass haben. Die sind nämlich alle in Südbrandenburg im Einsatz, irgendeine Großrazzia, keine Ahnung, was. Bis die Kräfte von dort abgezogen und bei uns sind, wird es eine Weile dauern. Wir haben also uns beide, Gregor und seine Leute und die zwei Kollegen, die gerade angekommen sind. Das war's.«

»Okay. Dann ist das eben so«, gab sich Eisfeld pragmatisch und trommelte alle Anwesenden zu einer Lagebesprechung zusammen, auch wenn sie insgeheim die Befürchtung hatte, dass Pankewitz ihnen mit dieser dünnen Personaldecke ein weiteres Mal entwischen würde.

Gregor und seine Truppe – mit Ausnahme der beiden Einsatzsanitäter, die noch bei Katharina waren – versammelten sich innerhalb von wenigen Sekunden um den schwarzen Pontiac. Die beiden neu hinzugekommenen Schutzpolizisten ließen sich deutlich mehr Zeit. Behäbig und lustlos kamen sie den Hügel heraufgetrottet. Während der Korpulentere ausgiebig gähnte, steckte sich der andere eine Zigarette an. Eisfeld war vom Verhalten der beiden irritiert. Sie sah sie scharf an, verkniff sich aber eine Bemerkung.

»Also, ich fasse mal zusammen«, begann sie schließlich. »Wir suchen nach wie vor nach Dirk Pankewitz. Aller Wahrscheinlichkeit nach ist er von hier aus zu Fuß weiter in den Wald hinein. Er ist vermutlich bewaffnet, und bei ihm ist ein circa vierjähriges Mädchen, seine Tochter. Name Ella. Wir gehen davon aus, dass sie sich – wenn überhaupt – nur kurz im Wald verstecken werden …«

Der fülligere der beiden brandenburgischen Streifenpolizisten, der sich mittlerweile als Polizeiobermeister Mirko Dachs vorgestellt hatte, gähnte erneut. Dieses Mal ließ sich sein Kollege – Polizeiobermeister Clemens Nüber – davon anstecken und riss ebenfalls den Mund weit auf.

Eisfeld konnte bei beiden das Zäpfchen sehen. Zunehmend genervt machte sie eine Sprechpause, wartete, bis beide ihre Kiefer wieder zugeklappt hatten, und fuhr erst dann fort: »Auf Luftunterstützung würde ich vorerst verzichten, um Pankewitz nicht aufzuschrecken und unseren Vorteil nicht zu verspielen. Er weiß ja nicht, dass wir so nah an ihm dran sind.«

»Der Laubwald ist hier ohnehin zu dicht, um von oben irgendwas zu erkennen«, schaltete sich jetzt auch Gregor ein, der gerade dabei war, eine Karte des umliegenden Gebiets auf der Motorhaube des Pontiac auszubreiten.

»Ja, das kommt natürlich noch dazu. Aus Mangel an zusätzlichem Personal sind wir zumindest für die nächsten Stunden erst mal auf uns allein gestellt.«

Sie nickte Gregor zu.

»Wir sind hier«, begann er und kringelte ihren Standort mit einem roten Filzer auf der Karte ein. »Das heißt, wir hätten als mögliche Ziele im näheren Umkreis diese fünf Ortschaften. Allesamt mit einer Einwohnerzahl von unter dreihundert, manche auch deutlich weniger.« Er machte weitere fünf rote Kringel auf der Umgebungskarte und las die entsprechenden Namen vor. »Branzow, Werder, Brock, Güterburg und Koplin.«

»Mit den beiden Kollegen, die noch im Bunker sind, sind wir zwölf Leute«, stellte Eisfeld nach einem schnellen Blick in die Runde fest. »Bis Verstärkung da ist beziehungsweise bis wir das Gebiet weiträumig durch Straßensperren absichern können, müssten wir uns also in Teams aufteilen, sodass jedes Team eine Ortschaft übernehmen kann und wir so wenigstens eine grobe Abdeckung erreichen. Aber ich denke, wir haben eine reelle Chance, ihn zu schnappen und das Mädchen in Sicherheit zu bringen. Vorausgesetzt natürlich, wir stellen uns nicht ganz dämlich an.«

Beim letzten Satz sah sie wieder die beiden brandenburgischen Schutzpolizisten an, dieses Mal allerdings unbewusst. Die schienen das Gesagte dennoch auf sich zu beziehen.

»Gibt's irgendein Problem?«, fragte Polizeiobermeister Mirko Dachs pikiert.

Mara schüttelte milde lächelnd den Kopf.

»Na, dann ist ja gut«, sagte Dachs, und Kollege Nüber musste grinsen.

»Aber ich hätte ein Problem«, sagte Blessing, rückte seine Brille zurecht und legte den Kopf leicht schräg. »Waren Sie beide zufällig auch an der Überprüfung des Bunkers gestern Abend beteiligt?«

»Nicht nur daran beteiligt«, sagte Dachs herausfordernd. »Wir haben sie sogar eigenverantwortlich und ganz ohne Hilfe durchgeführt.«

»Und zum Zeitpunkt der Überprüfung war hier noch niemand?«

»Natürlich nicht. Sonst hätten wir es dem LKA Berlin ja gemeldet.«

Nübers Gesicht verriet, wie sehr ihn die Stichelei seines Kollegen amüsierte.

Blessing blieb unbeeindruckt. »Vermutlich waren Sie beide es dann auch, die Leif Jolig kontrolliert haben und denen dabei aber nicht aufgefallen ist, dass nach ihm gefahndet wurde? Obwohl sein Bild schon Stunden zuvor an alle Dienststellen gegangen war?«

Dachs' bockiges Selbstbewusstsein begann merklich zu bröckeln. »Das ist uns in der Tat etwas zu spät aufgefallen«, versuchte er die Sache herunterzuspielen. »Kann ja mal vorkommen. Wo gehobelt wird, fallen nun mal Späne.«

»Klar, kann schon mal vorkommen«, erwiderte Blessing scharf. »Nur liegt der Gesuchte, den Sie nicht erkannt haben, nun mit durchschossener Halsschlagader dadrinnen, neben seinem Kumpel, der einen Kopfschuss abbekommen hat. Und die Geisel, die wir eigentlich befreien wollten, ist ebenfalls so gut wie tot. Aber, hey: Kann ja mal vorkommen. Wo gehobelt wird, fallen nun mal Späne.«

Eisfeld war über Blessings unerwarteten emotionalen Ausbruch mindestens ebenso erstaunt wie die beiden brandenburgischen Kollegen, die sich jetzt deutlich kleinlauter gaben und etwas vor sich hin murmelten, von dem Mara nur den Wortfetzen »als ob das unsere Schuld wäre« verstand.

22

Dachs und Nüber wurden aus der für sie unangenehmen Situation erlöst, als plötzlich ein weiteres Fahrzeug um die Kurve bog und die Anhöhe herauffuhr. Ein roter Minivan, der Eisfeld seltsam bekannt vorkam. Wenige Sekunden später wusste sie auch, wo sie ihn schon einmal gesehen hatte, nämlich exakt in dem Moment, als die ARGUS-Reporterin Karlotta von Busse ausstieg und triumphierend zu ihnen herüberwinkte.

»Das ging schnell«, stellte Blessing mürrisch fest. »Unser Maulwurf hat wohl wieder zugeschlagen.«

Polizeiobermeister Clemens Nüber und sein gleichrangiger Kollege Mirko Dachs setzten sich in Bewegung und liefen überraschend zügig zu Karlotta von Busse und ihrem Mitarbeiter Lando Lewandowski, der inzwischen ebenfalls ausgestiegen war und nun auf Anweisung seiner Vorgesetzten die herbeieilenden Polizisten filmte. Was weiter geschah, bekam Mara nicht mehr mit, denn der Name auf dem Display ihres vibrierenden Handys versetzte sie in Spannung: Matti!

Sie entfernte sich einige Schritte von den anderen, nahm sich vor, unter allen Umständen ruhig zu bleiben, und ging ran. »Ja?«

»Hallo, Mara, ich bin's«, hörte sie ihren Ehemann sagen. »Ich wollte mich endlich mal melden …«

»Okay.«

»Also, du hast es ja schon mitbekommen …«

»Ja.«

»… und ich kann auch verstehen, dass dich das jetzt etwas aufwühlt …«

»Ach ja? Kannst du?« Mara spürte, wie sich in ihr etwas zusammenbraute.

»Ja. Und ich verstehe auch, dass du sauer bist. Aber es ist wirklich die beste Lösung gewesen. Glaub mir.«

»Die beste Lösung, ja?« Sie atmete einmal bewusst ein und aus, doch das half nicht, ruhiger zu werden. »Dass du hinter meinem Rücken unsere Wohnung zur Hälfte leer räumst, in der wir über ein Jahrzehnt als Paar, als Familie zusammengelebt haben, und das auch noch, ohne mir vorher auch nur ein Sterbenswörtchen zu sagen, nennst du die beste Lösung? Ja?!«

»Mara, ich habe dir doch gestern erzählt, dass ich eine Wohnung gefunden habe«, erwiderte Matti hörbar um einen sachlichen Ton bemüht. »Außerdem war es eine ganz spontane Aktion und nicht vorher geplant. Kai hat seinen Transporter heute nicht gebraucht, und so konnte ich ihn mir ausleihen. Und Tarek und Jochen hatten Zeit, mir zu helfen. Wirklich kein großes Ding. Es hat sich einfach angeboten.«

»Du hast immer für alles eine plausible Erklärung«, hielt Mara genervt dagegen. »Klar, gab halt einen Transporter heute. Aber vielleicht mal vorher mit mir darüber sprechen, nee, das geht natürlich nicht. Von ›Wohnung gefunden‹ bis ›Ich bin dann mal weg‹ hätte man vielleicht auch etwas mehr Zeit als zwölf Stunden vergehen lassen können, um der anderen Partei die Möglichkeit zu geben, den Übergang irgendwie zu verarbeiten. Zu begreifen. Besonders dann, wenn die andere Partei gerade eine neue Stelle angetreten hat, eine Führungsposition mit viel Verantwortung, und noch dazu mitten in einem Fall steckt, der viel Aufmerksamkeit von allen Seiten auf sich zieht, die Partei also gerade echt viel Stress hat. Darüber hätte man sich vielleicht mal Gedanken machen können, anstatt immer sein Ding durchzuziehen ohne Rücksicht auf Verluste. So sieht's nämlich aus!«

Matti schwieg einen kurzen Moment. Die Stille hielt so lange an, dass sich Mara genötigt fühlte, einen kurzen Blick auf das Display zu werfen, um sich zu vergewissern, dass die Verbindung noch bestand. Das tat sie. Der Timer zählte stumm die Sekunden.

»Bist du noch da?«, fragte sie dennoch.

»Ja, bin ich ... und ... ja, ich muss dir recht geben. Ich habe nicht nachgedacht. Oder besser gesagt, viel zu wenig nachgedacht. Ich habe deine Situation zu wenig berücksichtigt, und das tut mir leid. Okay?«

Mara spürte, wie ein großer Teil der Anspannung aus ihrem Körper wich. »Okay.«

»Okay.« Auch Matti klang erleichtert. »Jetzt hätte ich beinahe noch gesagt, es kommt nicht wieder vor, aber das wäre wahrscheinlich unpassend, oder?«

Beide mussten kurz auflachen.

»Mann, Matti. Scheiße ...«, sagte Mara. Dann versagte ihr die Stimme, und Tränen schossen ihr in die Augen. Sie vermisste ihn jetzt schon und alles, was mit ihm ging, all das Schöne, das nun nicht mehr möglich war. Die Gespräche zwischendurch, die Kabbeleien, die Erinnerungen, die gegenseitigen Versicherungen, dies und jenes auf jeden Fall noch einmal zu wiederholen. Die Erkenntnis, dass ihre Beziehung nun endgültig beendet war, es keine Hoffnung gab, das Ruder noch einmal herumzureißen, wie sie es sich die letzten Wochen vorgegaukelt hatte, erfüllte sie mit einer bleiernen Traurigkeit.

»Wie geht's Sami? Was macht er?«

»Er ist hier und spielt Tiertransport mit den Umzugskartons und seinen Kuscheltieren. Ich habe ihn früher abgeholt heute, damit er sich an die neue Umgebung gewöhnen kann. Aber bis auf die Rotznase geht's ihm gut. Willst du mit ihm sprechen?«

»Später. Ich rufe an, wenn ich mehr Ruhe habe …« Mara stockte und spürte plötzlich, wie die bleierne Traurigkeit in ihr in Bewegung geriet und sich in etwas anderes verwandelte. In Verlustangst. In Angst um ihr Kind.

»Wie soll das jetzt eigentlich weiterlaufen? Ist er jetzt immer bei dir? Wann sehe ich ihn? Wann ist er bei mir? Wie sollen wir das denn alles regeln?«

»Mach dir keine Sorgen, Mara«, sagte Matti ruhig. »Wir bekommen das alles hin. Versprochen.«

Mara wollte ihm gerne glauben, doch sie war sich nicht sicher, ob sie das auch konnte. In diesem Moment bemerkte sie, dass Landos Kamera auf sie gerichtet war, während Karlotta von Busse unaufhörlich in ihr Mikro sprach. Mara hatte einen bösen Verdacht.

»Könntest du mal bitte auf die ARGUS-Seite gehen und mir sagen, was du da gerade siehst.«

»O-kay. Ja klar, kann ich machen. Warte.« Es vergingen einige Sekunden, bis sie Mattis Stimme wieder hörte. »Oh! Ja, da ist ein Fenster mit einem Livestream, und da sieht man dich telefonieren. Wink doch mal.«

»Ähm, ich glaube nicht, dass es eine gute Idee ist, wenn ich als leitende Ermittlerin in der Nähe eines Tatorts scheinbar grundlos in die Kamera winke. Meinst du nicht, du Medienprofi?«

»Stimmt auch wieder«, sagte er und machte eine kurze Pause. »Die Tante erzählt da aber einen Stuss, meine Güte. Hör mal.«

Offensichtlich stellte er den Ton seines Laptops lauter oder ging mit dem Handy näher ran, auf jeden Fall hörte jetzt auch Mara Karlotta von Busses Stimme laut und deutlich.

»… Es wird von mehreren Toten gesprochen. Ob Katharina Stellkamp eine von ihnen ist, will uns die Polizei nicht verraten, genauso wenig, ob der Täter unter den Toten ist. Die leitende Ermittlerin Eisfeld, hier im Bild, wirkt überfordert, oft fahrig. Aber wer soll's ihr verdenken, es ist ihr erster Tag in dieser Po…«

»Es ist mein zweiter«, sagte Mara müde. »Steht da noch Text dabei? Haben sie den genauen Ort verraten?«

»Den genauen Ort nicht, da steht nur ein Weltkriegsbunker in den brandenburgischen Wäldern.«

»Danke, Matti. Ich muss auflegen, wir sprechen später.«

»Ja, pass auf dich auf.«

Nachdem sie das Gespräch beendet hatte, eilte sie zu Blessing, denn sie waren gerade dabei, ihren Vorsprung zu verspielen. Mara hielt es zwar für eher unwahrscheinlich, dass Pankewitz während seiner Flucht durch den Wald die ARGUS-Seite checkte, sicher aber konnte man sich auch da nicht sein. So oder so war Eile geboten.

»Gregor und sein Kollege holen die Fahrzeuge. Sie müssten gleich da sein.«

»Gut«, sagte Mara und sah in diesem Moment, wie Karlotta von Busse unter dem Flatterband hindurchschlüpfte und auf sie zukam. Lando folgte ihr sichtlich widerwillig.

»Frau Eisfeld! Dürfte ich Sie doch noch mal um ein Statement bitten. Die Öffentlichkeit hat ein Recht darauf zu erfahren, was hier konkret passiert ist.«

»Wir werden die Öffentlichkeit informieren, sobald die Ermittlungen abgeschlossen sind oder es gute Gründe gibt, es vorher zu tun. Das wird im Rahmen einer Pressekonferenz sein, zu der alle Pressevertreter eingeladen werden. Exklusivstatements wird es nicht geben. Und jetzt gehen Sie bitte wieder hinter die Absperrung, sonst muss ich Sie festnehmen lassen.«

Von Busse bedachte Eisfeld mit einem Blick, der eine Mischung aus Empörung und Belustigung ausdrückte, schien aber bereit, zu tun, was von ihr verlangt wurde. Doch bevor sie sich umdrehen konnte, erregte etwas anderes ihre Aufmerksamkeit.

Eisfeld folgte ihrem Blick und sah, wie einer der SEK-Beamten aus dem Bunker kam, gefolgt von den beiden Sanitätern, die eine Trage die steinernen Stufen hinaufbugsierten, auf der die immer noch bewusstlose Katharina Stellkamp lag. Der zweite SEK-Mann sowie der Notarzt bildeten das Schlusslicht der Gruppe.

Karlotta von Busse war sofort elektrisiert und instruierte ihren Kameramann. »Lando, schnell! Das brauchen wir unbedingt!«

Eisfelds Puls beschleunigte innerhalb von Sekundenbruchteilen auf einen Spitzenwert. Wenn sie selbst öffentlich vorgeführt wurde, war das eine Sache, aber dass eine bewusstlose junge Frau, die jahrelang unter schlimmsten Bedingungen eingesperrt war, nun in einem der wahrscheinlich verletzlichsten Momente ihres Lebens einem Millionenpublikum dargeboten werden sollte, war nicht zu akzeptieren.

»Lando! Nein! Bitte filme woandershin. Hier in den Wald zum Beispiel. Bilder von Baumwipfeln kann man immer gebrauchen. Oder filme weiterhin mich. Ich kann vielleicht doch noch was sagen, kein Problem.«

»Lassen Sie mal, Frau Eisfeld«, rief Karlotta von Busse zu ihr herüber. »Das ist und bleibt mein Aufgabenbereich. Sie machen Ihren Job, ich meinen.« Dann funkelte sie Lando mit zusammengekniffenen Augen an, weil der immer noch unschlüssig schien. »Los jetzt! Schwenk da rüber. Mach, Mann!«

Lando Lewandowski blickte kurz zwischen beiden Frauen hin und her, dann drehte er sich um und ging ruhig und entspannt zum Van.

»Sorry, Akkuwechsel.«

Karlotta von Busse stand kurz vor der Explosion.

Mara hingegen lächelte zufrieden.

Der Tausch der vermeintlich leeren Akkus gegen frisch geladene dauerte exakt bis zu dem Zeitpunkt, an dem Katharina Stellkamp im RTW verladen war und die Hecktüren geschlossen waren. Somit konnte immerhin noch die Abfahrt des Rettungswagens filmisch dokumentiert werden.

Nach Karlotta von Busses Gesichtsausdruck zu urteilen, war ihr das aber bei Weitem nicht genug.

»Du kannst dir einen neuen Job suchen«, zischte sie Lando zu, als der RTW außer Sichtweite war. »Bei ARGUS haben wir künftig keine Verwendung mehr für dich.«

Mara bekam sofort Schuldgefühle. Dass ihr Freund nun seine Arbeit verlor, wollte sie natürlich nicht. Doch Lando wirkte gar nicht so, als würde ihn das besonders treffen. Er lächelte von Busse süffisant an.

»Gilt die Kündigung ab sofort, und Sie laufen zurück, oder erst, wenn wir wieder in Berlin angekommen sind?«

23

Gregor steuerte den silbernen Transporter über die schmale, kurvenreiche Landstraße, die die Ortschaften Güterburg und Koplin miteinander verband. Eisfeld und Dachs waren die letzten verbliebenen Passagiere an Bord. Die anderen Zweier-Teams waren bereits in den vorangegangenen Ortschaften ausgestiegen und hatten dort Position bezogen oder saßen in dem zweiten Fahrzeug, das unterwegs nach Brock war. Koplin sollte Gregors letzter Halt werden, danach würde er sich zu dem Feld begeben, auf dem der Helikopter stand, und dort abwarten, ob Unterstützung aus der Luft benötigt wurde. Außerdem war es seine Aufgabe, Kontakt zu allen fünf Gruppen zu halten und, falls eine von ihnen Pankewitz aufspüren sollte, alle anderen wieder einzusammeln und den Zugriff vorzubereiten.

Die Stimmung zwischen Eisfeld und Dachs war frostig. Kurz vor Abfahrt hatte es noch eine lautstarke Auseinandersetzung zwischen ihnen gegeben, denn Mara hatte angeordnet, dass Kollege Nüber das Areal rund um den Bunker vor den neugierigen Blicken der mittlerweile eingetroffenen Schaulustigen schützen und Dachs mit ihr ein Zweier-Team bilden sollte. Natürlich hätte sie sich lieber mit Blessing zusammengetan, aber wichtiger als ein harmonischer Nachmittag war dann doch, Pankewitz zu schnappen. Dachs hatte sich zusammengereimt, dass dieses Manöver einzig und allein dem Zweck diente, ihn unter Beobachtung zu halten, und hatte damit natürlich recht. Jetzt saß er mit verschränkten Armen auf der hintersten Bank und hatte die Fahrt über kein einziges Wort gesprochen. Mara hoffte inständig, dass er in den nächsten Stunden nicht komplett die Arbeit verweigerte.

Das abrupte Abbremsen des Transporters setzte ihren Gedanken ein jähes Ende. Sie waren da. Ortsmitte Koplin. Ein kleiner, staubiger Marktplatz an einer S-Kurve der Durchgangsstraße. Weit und breit war niemand zu sehen. Eisfeld und Dachs stiegen aus.

Die nachmittägliche Sonne hatte die Pflastersteine beträchtlich aufgeheizt. Links von ihnen befand sich ein schmuckloser Steinbrunnen ohne Wasser, rechts von ihnen eine Gastwirtschaft, deren Namen man aufgrund der abblätternden Farbe aber kaum lesen konnte. Mara tippte auf »Zur Mühle«. Die vergilbte Speisekarte, die in einem kleinen Kasten neben dem Eingang hing, deutete darauf hin, dass die Wirtschaft nicht nur heute geschlossen hatte. Insgesamt herrschte eine Atmosphäre wie in einem Western kurz vor dem Duell.

Nachdem Gregor weitergefahren war, steuerten Eisfeld und Dachs das erste Wohnhaus an. Koplin hatte laut Dietrich knapp hundertfünfzig Einwohner, die auf ungefähr fünfundachtzig Haushalte verteilt waren und diese wiederum auf gut fünfzig Häuser, Hütten, Höfe und Datschen. Eisfeld rechnete damit, dass sie zwei, drei Stunden benötigen würden, um alle abzuklappern. Doch bereits beim ersten Haus schwante ihr, dass diese Rechnung nicht aufgehen würde.

Direkt an das Gasthaus »Zur Mühle« grenzte ein Grundstück, auf dem allerlei Bleche und Paletten gestapelt waren. Das dazugehörige Haus fügte sich mit seinem abbröckelnden Putz nahtlos in das Gesamtbild des Ortskerns ein. Als Eisfeld und Dachs sich dem Gartentor näherten, kam eine riesige schwarze Dogge angaloppiert und kündigte ihren Besuch lautstark an, bevor sie überhaupt geklingelt hatten. Nach zähen Sekunden, die Eisfeld eher wie Minuten vorkamen, zeigte sich schließlich ein Bewohner des Hauses. Ein älterer Herr mit schlohweißen, langen Haaren und einem dunkelbraunen, altmodisch geschnittenem Jackett öffnete eines der Fenster und rief ihnen etwas zu, was sie aber wegen des Gebells der Dogge nicht verstehen konnten. Eisfeld versuchte ihm zu erklären, was sie von ihm wollten, konnte sich gegen den Lärm aber ebenfalls nicht durchsetzen. Der Mann schloss das Fenster und erschien eine gefühlte Ewigkeit später an der Tür. Zu Eisfelds Entsetzen trug er zwar Hausschuhe und dicke Socken zum Sakko, aber keine Hose. Zum Glück immerhin Unterwäsche. Es dauerte weitere kostbare Minuten, bis er mühsam die sechs Stufen der Eingangstreppe hinuntergestiegen war und schließlich das Gartentor erreicht hatte.

Der Mann auf dem Foto, das Blessing an alle verschickt hatte und das Eisfeld ihm nun zeigte, sagte ihm nichts, genauso wenig war ihm in den letzten Stunden ein vierjähriges Mädchen aufgefallen, das nicht hierhergehörte. Über die Aussagekraft dieser Auskünfte machte Eisfeld sich allerdings wenig Illusionen, denn der Mann schien nicht mal genau zu wissen, in welchem Jahrzehnt sie mittlerweile angelangt waren. Sie würde Dietrich später bitten, jemanden von den örtlichen Behörden vorbeizuschicken, denn der Mann war offensichtlich auf Hilfe angewiesen.

»Ich denke, wir müssen uns doch aufteilen«, sagte Eisfeld, nachdem sie sich einige Schritte vom Haus des alten Mannes entfernt hatten.

Dachs grinste sie mit hochgezogenen Augenbrauen an und wollte gerade zu einer Erwiderung ansetzen, doch Eisfeld kam ihm zuvor.

»Bevor Sie jetzt wieder irgendeinen passiv-aggressiven Spruch raushauen, möchte ich Sie inständig bitten: Tun Sie es nicht. Wir sollten unseren Zwist begraben und uns auf die Aufgabe konzentrieren, die vor uns liegt. Meinen Sie nicht?«

Dachs zuckte mit den Achseln. »Klar. An mir lag es ja von vornherein nicht …«

Eisfeld bemühte sich um ein Lächeln und auch darum, nicht die Augen zu verdrehen. »Also, wenn wir uns aufteilen und jeder die Hälfte der Häuser abklappert, müssten wir in eineinhalb Stunden durch sein. Sie gehen hier weiter, ich nehme die entgegengesetzte Richtung. Sollten Sie etwas Verdächtiges entdecken, rufen Sie mich an. In einer Stunde treffen wird uns zu einer Zwischenbilanz auf dem Marktplatz wieder. Okay?«

»Ist gut, bis nachher«, sagte Dachs und marschierte umgehend los, wobei er trotz seiner Körperfülle erstaunlich leichtfüßig wirkte. Es schien fast so, als würde ihn die Aussicht auf eine Stunde ohne die nervige LKA-Beamtin aus Berlin regelrecht beschwingen.

Mara war sich zwar nicht sicher, ob sie damit wirklich die richtige Entscheidung getroffen hatte, aber jetzt war es ohnehin zu spät. »Und bleiben Sie bitte erreichbar«, rief sie ihm noch hinterher.

»Ja, klar, mache ich.«

Das nächste Haus, das Eisfeld ansteuerte, war ebenso heruntergekommen wie das des alten Mannes, wurde aber offenkundig gerade renoviert. Ein junges Paar mit Baby kam an die Tür, und Eisfeld erfuhr, dass die drei vor ein paar Tagen aus Berlin hierhergezogen waren und sich noch gar nicht so richtig in der kleinen Ortschaft auskannten und deshalb auch nicht wussten, ob irgendetwas anders war als sonst. Eines konnten sie Eisfeld aber versichern: Einen Mann, der aussah wie Pankewitz, oder gar ein vierjähriges Mädchen hatten sie garantiert nicht gesehen. Ähnlich lautende Auskünfte bekam Mara von den Bewohnern der nächsten drei Häuser. Beim vierten blieb die Tür, trotz mehrmaligen Klingelns, verschlossen.

Es handelte sich um ein Haus, an das nachträglich Praxisräume angebaut worden waren. »Dr. Gerlinde Voss – Tiermedizin« stand auf dem Schild an der Tür, ergänzt durch die Sprechzeiten. Mara hatte natürlich damit gerechnet, nicht überall jemanden anzutreffen, sie setzte Frau Dr. Voss deshalb als ersten Eintrag auf ihre Liste mit den Haushalten, bei denen sie es am Ende ihrer Tour noch einmal versuchen wollte.

Auf dem anliegenden Grundstück war jemand mit dem Häckseln von Baumabfällen beschäftigt. Als Eisfeld den Mann ansprach, entpuppte der sich als sehr auskunftsfreudiger Zeitgenosse, der allem Anschein nach über sämtliche Einzelheiten des kürzlich wieder erblühten Liebeslebens seiner Nachbarin Bescheid wusste. Dr. Voss hatte nach dem Tod ihres Mannes lange Jahre allein verbracht, nun aber, praktischerweise kurz vor Rentenbeginn, wieder jemanden gefunden. Einen Buchhändler aus Oranienburg, der Rotwein mindestens so liebte wie sie, ins Theater ging und leidenschaftlich gerne kochte. Der Häckslermann mutmaßte, dass sie im Augenblick bei ihm war, vermutlich war sie abgeholt worden. Er hatte das zwar nicht gesehen, es sei aber in den letzten Wochen häufiger vorgekommen. Nur damit sich Eisfeld nicht über Dr. Voss' grünen Dacia Duster wunderte, der noch in der Einfahrt stand.

Mara hatte sich tatsächlich darüber Gedanken gemacht. Vor allem weil Pankewitz höchstwahrscheinlich verletzt war und es nahelag, sich von einem Profi versorgen zu lassen. Die Erläuterungen des Mannes klangen aber durchaus plausibel.

Mara entschied, zum nächsten Haus weiterzugehen und später wiederzukommen, doch gerade als sie sich abwenden wollte, meinte sie für eine Millisekunde aus den Augenwinkeln den Kopf eines Mannes hinter einer sich leicht bewegenden Gardine zu bemerken. Als sie genauer hinsah, war der allerdings wieder verschwunden.

Mara hielt es für das Beste, so zu tun, als hätte sie nichts bemerkt, und entfernte sich so weit, dass man sie vom Haus der Tierärztin aus nicht mehr sehen konnte.

Über die weiteren Schritte war sie sich allerdings im Unklaren. Auch über das, was sie gesehen hatte, war sie sich mit einem Mal nicht mehr hundertprozentig sicher. War es wirklich der Kopf eines Mannes, oder hatte sie sich getäuscht? War es am Ende vielleicht doch nur eine Katze gewesen, die die Gardine bewegt hatte? Mara war sich bewusst, dass diese vagen Mutmaßungen nicht rechtfertigten, Gregor Bescheid zu geben und das ganze Team hier zusammenzuziehen. Denn wenn sie falschlag, würde sie sich nicht nur vor den Kollegen lächerlich machen – womit sie klarkäme –, sondern Pankewitz durch den Abzug aller Kräfte aus den anderen Ortschaften ein riesiges Schlupfloch öffnen. Nein, sie musste jetzt entweder allein oder mit Dachs zusammen herausfinden, ob an ihrer Vermutung etwas dran war.

Sie wählte Mirko Dachs' Nummer.

Mailbox.

Mara spürte, wie die Wut in ihr aufstieg, erinnerte sich in der gleichen Sekunde aber daran, dass die Abdeckung des Mobilfunknetzes hier wirklich alles andere als optimal war. Das hatte sie schon auf der Fahrt vom Bunker hierher nach Koplin bemerkt. Dachs musste also gar nicht unbedingt selbst für seine Nichterreichbarkeit verantwortlich sein, auch wenn sie ihm das durchaus zutraute.

Egal. Sie öffnete eine Karten-App und sah sich die Satellitenaufnahmen von Dr. Voss' Haus und der näheren Umgebung an. Es dauerte quälend lange, bis alles vollständig geladen war, doch am Ende hatte sie die gesuchten Informationen. Das Haus war von einem weitläufigen Garten umgeben, der sich an der hinteren Seite bis zu dreißig Meter in die Länge zog. Umrandet und eingegrenzt war er von einer Hecke und dichten Sträuchern. Auf dem Grundstück selbst befanden sich jede Menge Bäume und Büsche, sodass Eisfeld eine reelle Chance sah, an das Haus heranzukommen, ohne sofort von dort gesehen zu werden. Vorausgesetzt, der Garten war noch in dem gleichen Zustand wie hier abgebildet.

Nachdem sie sich dem Grundstück von hinten in einem großen Bogen durch das Dorf genähert hatte, kämpfte sie sich an einer geeigneten Stelle durch das Dickicht der Strauchhecke, bis sie aus der Deckung heraus freie Sicht auf Garten und Haus hatte.

Im Gegensatz zu ihrem eigenen vertrockneten Stückchen Land war das hier eine regelrechte Oase. Ein idyllischer, romantisch-verwilderter Zaubergarten mit Obstbäumen, Sträuchern und Blumen. Das Gras war nur teilweise gemäht, an vielen Stellen durfte sich die Natur frei entfalten. Ein kleiner Brunnen plätscherte vor sich hin und erzeugte in Verbindung mit den Klängen eines Windspiels eine beruhigende Atmosphäre. Überall waren Sitzgelegenheiten verteilt. Kleine, verwitterte Holzbänkchen, alte Metallstühle, eine neu wirkende Sonnenliege mit orange-grün geblümter Schaumstoffauflage.

Im Haus selbst waren keinerlei Auffälligkeiten zu erkennen. Vielleicht hatte sie sich doch getäuscht. Wahrscheinlich war die Ärztin bei ihrem Freund und Pankewitz noch im Wald, in einem der anderen Häuser oder, was wahrscheinlicher war, in einer der anderen Ortschaften. Aber jetzt, wo sie schon mal hier war, wollte sie Gewissheit.

Sie überlegte kurz, ob sie ein weiteres Mal versuchen sollte, Dachs zu erreichen, verwarf die Idee aber sogleich wieder. Selbst wenn er dieses Mal abnehmen sollte, wollte sie ihm eigentlich keine Munition liefern, die er gegen sie verwenden könnte, und ihr Leben in seine Hände legen wollte sie gleich dreimal nicht. Aber irgendjemandem musste sie Bescheid geben.

Sie entschied, dass dieser Jemand ihr Stellvertreter sein sollte, und schickte Blessing eine SMS, in der sie ihn darüber informierte, dass sie sich in einer halben Stunde bei ihm melden würde. Für den Fall, dass sie es nicht tat, müsse er sich unbedingt die Tierarztpraxis von Frau Dr. Voss in Koplin näher ansehen. Danach schlich sie sich geduckt und im Schutz der Bäume und Sträucher näher an das Gebäude heran. Zuerst von der Hecke zu einer Johannisbeerstaude, von dort hinter einem kleinen Gewächshaus zu einem prächtigen Flieder und schließlich zur Hauswand, an die sie sich mit dem Rücken presste. Sie hielt einige Sekunden lang inne und lauschte, ob sich im Inneren des Gebäudes etwas tat. Doch dem war nicht so. Alles blieb ruhig. Vorsichtig spähte Mara in das nächstgelegene Fenster.

Im ersten Moment konnte sie rein gar nichts erkennen. Erst nach und nach nahmen die einzelnen Einrichtungsdetails Konturen an. Ein Doppelbett. Darüber ein abstraktes Bild im Stile Mondrians. Zwei Nachttische. Einer leer, auf dem anderen ein Stapel Bücher, eine Bauhaus-Leuchte und eine Flasche Wasser. An der linken Wand ein weißer Kleiderschrank, daneben ein Crosstrainer, über dem einige Kleidungsstücke hingen, und wiederum daneben die geschlossene Schlafzimmertür. Ansonsten war der Raum leer.

Gebückt bewegte sich Eisfeld zum nächsten Fenster. Doch als sie sich dieses Mal aufrichtete und ins Innere sehen wollte, erschrak sie so sehr, dass ihr Herz für einen Schlag aussetzte. Vom Fenstersims starrte sie etwas mit durchdringendem Blick an.

Erst langsam realisierte sie, dass es sich um die täuschend echte Nachbildung einer Eule handelte. Mara atmete erleichtert aus. Unmittelbar danach stellten sich ihre Augen scharf auf das, was sich weiter hinten im Raum befand, und sie zuckte ein weiteres Mal zusammen, wenn auch nicht ganz so heftig. Diesmal war sie sich absolut sicher, eine Bewegung wahrgenommen zu haben, aufgrund ihrer eigenen Spiegelung in der Scheibe hatte sie aber Mühe zu erkennen, was es genau war.

Der Raum war eine Kombination aus Ess- und Wohnzimmer. Ein großes Sofa, ein Flachbildfernseher, ein volles Bücherregal, das eine komplette Wand ausfüllte. Ein großer, massiver Holztisch mit Sitzbänken an den beiden Längsseiten.

Und dann, mit einem Mal, sah Mara, dass ganz am äußeren Rand auf einer der Bänke jemand saß. Ein kleiner Körper. Ein Mädchen von vielleicht vier oder fünf Jahren. Fast völlig reglos. Nur die rechte Hand bewegte sich. Mit einem Buntstift malte das Mädchen sehr konzentriert auf ein Blatt Papier, das vor ihr auf dem Tisch lag. Sie wirkte ganz in ihre Beschäftigung versunken.

Mara überlegte, wie sie die kleine Ella aus dem Haus locken und in Sicherheit bringen konnte, kam jedoch schnell zu dem Schluss, dass es viel zu viele Unwägbarkeiten gab, denn sie wusste weder, wo Pankewitz sich aufhielt, noch, ob er die Ärztin ebenfalls in seiner Gewalt hatte.

Plötzlich bewegte das Mädchen den Kopf und sah ihr direkt in die Augen.

Darauf war Mara nicht vorbereitet. Einen Moment lang befürchtete sie, die Kleine würde anfangen zu schreien und Pankewitz alarmieren. Doch nichts dergleichen geschah. Im Gegenteil: Das Kind lächelte und winkte ihr freundlich zu.

Mara löste sich aus ihrer Erstarrung, lächelte ebenfalls und winkte zurück.

Ella hielt daraufhin das Blatt hoch und zeigte, was sie gemalt hatte. Es war ein großer Vogel mit langem Schnabel und buntem Federkleid. Eine für ein so junges Kind sehr gelungene Zeichnung. Zum Zeichen ihrer Anerkennung reckte Mara den Daumen hoch, verabschiedete sich dann mit einem Winken und tauchte wieder ab.

Allein konnte sie hier wenig ausrichten. Sie musste so schnell wie möglich Gregor und die anderen informieren. Sie presste sich mit dem Rücken an die Außenmauer und zog ihr Handy aus der Tasche. Ein Hinweis auf dem Display informierte sie darüber, dass ihre Nachricht an Blessing nicht abgeschickt worden war. Kein Netz. Sie musste also wieder durch den Garten und eine Stelle finden, wo sie eine Verbindung hatte. Spätestens dort, wo sie vorhin die Karten-App geöffnet hatte, würde es funktionieren.

Gerade als sie loslaufen wollte, um den Garten erneut zu durchqueren, vernahm sie links neben sich ein Geräusch. Sie drehte den Kopf und konnte gerade noch sehen, wie eine dunkle Gestalt auf sie zustürmte. Dann traf sie ein Schaufelblatt mitten im Gesicht, ihr Kopf knallte mit Wucht gegen die grob verputzte Hauswand, und alles um sie herum wurde schwarz.

24

Als Mara zu sich kam, fand sie sich in einem hell erleuchteten Heizungsraum wieder. Es war heiß und stickig. Ein beißender Ölgeruch lag in der Luft. Dicke, isolierte Rohre verliefen entlang der Decke und den Wänden und führten zu dem großen, quaderförmigen Heizkessel neben ihr, dessen vermutlich einst leuchtend orangefarbiger Anstrich mittlerweile verblasst war und der monoton vor sich hin brummte.

Maras Mund fühlte sich trocken an, ja eigentlich ihr ganzer Körper, die Augen brannten, ihr Kopf tat höllisch weh, und sie hatte keine Ahnung, wie lange sie bewusstlos gewesen war.

Als sie sich bewegen wollte, musste sie feststellen, dass das nicht möglich war. Sie war mit Paketband an den Stuhl, auf dem sie saß, fixiert. Ihre Sprunggelenke an den Stuhlbeinen, ihre Oberschenkel auf der Sitzfläche und ihr Oberkörper samt Armen an der Lehne. Darüber hinaus musste ihr ein Streifen Klebeband einmal um den Kopf gewickelt worden sein, der das Stück Stoff hielt, das sie im Mund spürte.

In dem Moment, in dem ihr klar wurde, dass sie nur durch die Nase atmen konnte, ergriff sie Panik. Seit der Pubertät hatte sie damit Schwierigkeiten und musste zumindest hin und wieder den Mund zu Hilfe nehmen, um ausreichend Sauerstoff zu bekommen. Diagnose: gekrümmte Nasenscheidewand. Eigentlich hatte sie dieses Problem längst durch eine OP lösen wollen, doch die Berichte von Bekannten, bei denen sich die Atmung dadurch nicht verbessert hatte, und die Aussicht, dass die Nasenscheidewand erst einmal zertrümmert werden musste, um danach über Wochen wieder zusammenzuwachsen, hatten sie das Projekt immer wieder aufschieben lassen, denn irgendwie ging es ja auch so. Außer man hatte einen Knebel im Mund.

Mara zwang sich, so ruhig wie möglich zu bleiben und sich auf jeden Atemzug einzeln zu konzentrieren. Langsam einatmen, die Luft für eine Weile in der Lunge behalten, dem Körper Zeit geben, den Sauerstoff aufzunehmen, dann langsam wieder ausatmen. Nach zehn Atemzyklen dieser Art hatte sich ihr Puls ein wenig beruhigt.

Doch unmittelbar darauf erfasste sie die nächste Panikwelle, denn ihr wurde bewusst, dass sie sich in der Gewalt eines Mannes befand, dem es nicht nur gelungen war, mindestens eine Frau für mehr als zehn Jahre gefangen zu halten, sondern der auch mutmaßlich für den Tod mehrerer Menschen verantwortlich war. Wobei: War sie überhaupt noch in seiner Gewalt? Vielleicht war Pankewitz längst über alle Berge und hatte sie hier zurückgelassen. Das allerdings würde ihre Zukunftsaussichten noch weiter verdüstern, denn ohne fremde Hilfe von hier zu entkommen, schien völlig aussichtslos, und dass sie gefunden wurde, bevor sie verdurstet war, ebenfalls. Die Tatsache, dass Pankewitz ihr sowohl die Dienstwaffe als auch das Handy abgenommen hatte, war in Anbracht dessen fast schon eine Nebensächlichkeit.

Mara erschrak, als plötzlich etwas von hinten gegen ihren Stuhl schlug. Während ihr Herz wie wild pochte, versuchte sie, den Kopf so weit wie möglich nach hinten zu drehen, bis sie aus den Augenwinkeln eine Bewegung wahrnehmen konnte. Da war noch jemand im Raum.

Kurz darauf ein gepresstes Stöhnen, das sich kaum gegen den Lärm der Heizungsanlage durchsetzen konnte und das

Mara sicherlich entgangen wäre, hätte sie nicht auf ein Zeichen dieser Art gewartet. Um zu signalisieren, dass sie verstanden hatte, wiederholte sie den Laut. Dann begann sie, sich mit kurzen, schnellen Bewegungen von der Sitzfläche abzustoßen, in der Hoffnung, den Stuhl stückchenweise drehen zu können. Das erforderte zwar eine gehörige Kraftanstrengung, doch nach einigen Minuten hatte sie ihre Position so weit verändert, dass sie die Person, die sich direkt hinter ihr befand, sehen konnte: eine etwa sechzigjährige Frau, bei der es sich vermutlich um die Bewohnerin des Hauses, die Tierärztin Dr. Voss, handelte. Sie trug eine rote Brille, hatte mittellange blonde Haare und war, wie erwartet, ebenfalls mit Paketband verschnürt und somit genauso bewegungsunfähig wie sie selbst.

Mara sah in den Augen der Ärztin, dass sie Todesängste ausstand. Sie versuchte deshalb mit leichtem Nicken und vertrauensvollem Blick eine Verbindung herzustellen. Trotz der begrenzten Ausdrucksmöglichkeiten hatte sie das Gefühl, damit erfolgreich zu sein. Dr. Voss schien sich etwas zu beruhigen.

Währenddessen lief Eisfelds Gehirn auf Hochtouren. Welche neuen Möglichkeiten bot die veränderte Situation? Zunächst war die offensichtliche Antwort auf diese Frage: keine. Außer vielleicht der Aussicht darauf, in Gesellschaft zu sterben statt ganz allein. Doch dann fiel ihr etwas auf: Das Klebeband, das um die Taille der Tierärztin gewickelt war, befand sich auf einer Höhe, die sie mit ihrer linken Hand gerade so erreichen konnte. Sollte es ihr gelingen, dessen Ende mit dem Daumennagel aufzuknubbeln und ein Stück davon zu lösen, wäre das zumindest ein Anfang.

Mara ruckelte mit ihrem Stuhl einige Zentimeter näher an die Tierärztin heran und versuchte, ihre Idee, ohne zu zögern, in die Tat umzusetzen.

Dr. Voss, die erst langsam zu begreifen schien, was ihr Gegenüber vorhatte, ließ bald einen sichtbaren Widerwillen gegen dieses Vorhaben erkennen. Mara konnte die Angst ihrer Mitgefangenen zwar durchaus nachvollziehen, davon aufhalten lassen wollte sie sich dennoch nicht. Es gelang ihr, das Ende des Klebebandes so weit zu lösen, dass sie es mit Daumen und Zeigefinger zu fassen bekam. Anschließend zog sie sehr langsam und behutsam daran. Einerseits um nicht Gefahr zu laufen, dass das Band riss, andererseits, um mit ihren inzwischen doch recht feuchten Händen nicht abzurutschen.

Nach zehn Minuten hatte sie Dr. Voss zumindest im Bereich der Taille von Paketband befreit. Ein erster Erfolg. Doch gerade als sie versuchen wollte, ihre Arbeit an einer anderen Stelle fortzuführen, hörte man aus dem Stockwerk über ihnen – trotz des Brummens der Heizungsanlage – Schritte. Das Gebälk quietschte. Kurz darauf wurde eine Tür zugeschlagen.

Mara hielt inne und blickte in Dr. Voss' angsterfüllte Augen. Sie hatten nun Gewissheit, dass Pankewitz noch im Haus war, und dies erhöhte die Dringlichkeit, sich so schnell wie möglich zu befreien.

Eisfeld setzte ihre Arbeit fort. Doch die Hektik, die in sie gefahren war, hatte negative Auswirkungen. Sie zog zu schnell und zu fest an dem Klebeband, und es kam, wie es kommen musste: Es riss.

Unmittelbar darauf hörte man das Rauschen einer Toilettenspülung, und Wasser stürzte durch ein Abflussrohr, das sich irgendwo im Raum befinden musste. Dann wieder Schritte. Dieses Mal auf einem anderen Untergrund. Und: Die Schritte kamen zügig näher.

Noch bevor Eisfeld reagieren konnte, spürte sie, wie die Tür, zu der sie mittlerweile mit dem Rücken saß, aufgerissen wurde. In Dr. Voss' Augen spiegelte sich das blanke Entsetzen.

Jemand packte die Lehne ihres Stuhls und drehte ihn mit einem schnellen Ruck herum, sodass er mitsamt Mara wieder in seiner ursprünglichen Ausrichtung stand.

Es war das erste Mal, dass sie ihn leibhaftig vor sich sah. Er wirkte kleiner, als sie ihn sich vorgestellt hatte. Sein linker Arm war an zwei Stellen verbunden, einmal am Oberarm und einmal am Handgelenk. In seinem Gesicht klebten zwei Pflaster. Ein größeres an der Schläfe und ein schmales über dem Nasenrücken. Darüber hinaus sah Mara, dass eine Gesichtshälfte geschwollen und leicht blau angelaufen war. Dennoch wirkte Dirk Pankewitz entspannt und in sich ruhend. Dass er sie eben bei einem Versuch, sich zu befreien, überrascht hatte, schien ihn nicht weiter zu verärgern, im Gegenteil, Mara meinte, ein leichtes Lächeln um seine Mundwinkel herum wahrzunehmen.

Kurz darauf bemerkte sie auch den Grund für seine gut gelaunte Selbstsicherheit: In der rechten Hand hielt er eine Spritze.

Maras Adrenalinspiegel schoss schlagartig in die Höhe. Ihre Muskeln spannten sich an, in Sekundenbruchteilen war sie energetisch aufgeladen und sprungbereit. Nur half ihr das alles nichts, denn sie war nach wie vor fixiert und nahezu bewegungsunfähig.

Sie wollte schreien, doch auch dies gelang nicht. Durch den Knebel in ihrem Mund drangen lediglich ein paar verkümmerte Laute nach außen.

Pankewitz hatte leichtes Spiel. Er packte ihr Handgelenk, zerriss den Stoff des T-Shirts und jagte ihr die Spritze in den Deltamuskel des rechten Arms.

Wenige Sekunden reichten aus, um das Mittel seine Wirkung entfalten zu lassen. Eine unglaubliche, noch nie gefühlte Wärme durchflutete Maras Körper und entspannte ihn so allumfassend, dass sie fast schon Freude darüber empfand. Da kam Pankewitz mit seinem Gesicht ganz nah an das ihre heran, lächelte und flüsterte eindringlich: »Du warst in meinem Haus. Du warst an meinen Sachen. Du wirst lernen müssen, dass ich das nicht mag. Du wirst lernen müssen, wo dein Platz ist und welche Regeln du zu befolgen hast. Jetzt, wo du mir gehörst, endet dein altes Leben, Frau Polizistin, und ein neues beginnt.«

Dann fiel Eisfeld in ein Meer aus Wärme und Dunkelheit.

25

Auch wenn Gideon Blessing die Jahre an der Seite von Eckart Tamm nicht missen wollte, war er froh über seine Versetzung in die 9. Mordkommission, und er hatte den Eindruck, dass er es mit KHK Eisfeld als Chefin ganz gut erwischt hatte. Nach den anfänglichen Reibereien gestern Morgen hatte sich dann doch herausgestellt, dass sie durchaus loyal, fair und teamfähig war. Einzig ihre Impulsivität und das mangelnde Talent beim Führen eines Kraftfahrzeugs bereiteten ihm etwas Kopfschmerzen. Aber das würde sich schon irgendwie einrenken, da war er sich sicher. Vor allem freute er sich darüber, endlich wieder Polizeiarbeit draußen in der echten Welt leisten zu dürfen. Sie hatte eine ungemein belebende Wirkung auf ihn, und genau das brauchte er. Auch wenn das bedeutete, dass er dringend seine Garderobe überdenken musste. Zumindest ein Paar Schuhe mit grobem Profil für den Outdoor-Einsatz musste er sich zulegen. Der Gedanke an dieses modische Downgrade erfüllte ihn nicht gerade mit der größten Freude, doch die Aussicht, mit glatten Sohlen die nächste glitschige Böschung hinunterzurutschen, um danach im Matsch zu landen, noch weniger.

Simon – Gregors zweiter Mann, mit dem Blessing ein Zweier-Team bildete – klopfte auf der gegenüberliegenden Straßenseite gerade an die Tür eines der letzten zu kontrollierenden Häuser hier in Güterburg. Sie hatten vereinbart, sich aus Effektivitätsgründen aufzuteilen, aber immer in Sichtweite zueinander zu bleiben, damit sie sich im Fall der Fälle gegenseitig sichern konnten. Bei einer Ortschaft, in der sich sämtliche Häuser entlang der Durchgangsstraße aneinanderreihten, war dies sowieso das einzig plausible Vorgehen. Drei Häuser hatten sie noch vor sich, dann waren sie durch. Allerdings hatten sie bisher keinen einzigen Hinweis auf Pankewitz oder die kleine Ella erhalten.

Blessings nächstes Haus war mehr Ruine denn Gebäude. Im Erdgeschoss waren die Fenster mit Brettern vernagelt, im ersten Stock klafften an ihrer Stelle Löcher. Die Außenfassade wirkte marode. Der Besitzer schien das Haus aber ohnehin nicht zu bewohnen, sondern dauerhaft in dem Bauwagen, der ebenfalls auf dem Grundstück stand, Quartier bezogen zu haben. Die schwarz-weiß-rote Reichsflagge, die an einem Mast im Wind flatterte, und der Zwinger mit den zwei aggressiv knurrenden Bullterriern ließen erahnen, dass ihn hier ein eher unangenehmer Zeitgenosse erwartete.

Blessing hatte das Haus fast erreicht, als sein Smartphone brummte. Es war Polizeiobermeister Mirko Dachs. Noch bevor der den konkreten Anlass seines Anrufs schildern konnte, ahnte Blessing, dass sich etwas ereignet hatte, was dramatische Veränderungen nach sich ziehen würde. Und er sollte mit dieser Vermutung recht behalten.

Knapp dreißig Minuten später hatten sich alle Einsatzkräfte, die zuvor auf die fünf Ortschaften verteilt waren, plus Gregor auf dem Marktplatz von Koplin zu einer Lagebesprechung versammelt. Der Helikopter kreiste über der Ortschaft, hielt Ausschau nach verdächtigen Personen und machte nebenbei einen Höllenlärm.

Dachs schilderte ein weiteres Mal, was er Blessing schon mitgeteilt hatte: Eine Dreiviertelstunde lang hatte er am vereinbarten Treffpunkt auf Eisfeld gewartet. Doch sie war nicht aufgetaucht und auch telefonisch nicht zu erreichen gewesen. Blessing registrierte mit Erstaunen, wie aufgelöst der vor Kurzem noch so widerspenstige Kollege mit einem Mal wirkte, und musste ihn mehrfach bitten, sich zu konzentrieren und die Häuser, die Eisfeld überprüfen wollte, auf Gregors Karte zu markieren.

Nachdem das erledigt war, teilte Blessing die Objekte auf die bereits eingespielten Zweier-Teams auf, wobei er sich insgeheim selbst ein wenig darüber wunderte, wie mühelos er in die neue Führungsrolle schlüpfte, die er nun zu spielen hatte. Aber noch mehr wunderte er sich darüber, wie problemlos ihn die anderen in dieser Rolle akzeptierten.

Kurz darauf schwärmten die Suchtrupps aus. Aufgrund der großen Kooperationsbereitschaft der meisten Einwohner ging die Überprüfung zügig voran. Dass ein Großteil der Menschen ohnehin bereits aus ihren Häusern gekommen war, um zu sehen, was in dem sonst so beschaulichen Ort plötzlich vor sich ging, beschleunigte die Sache zusätzlich.

Nach einer guten halben Stunde hatten sie die Anzahl der noch zu überprüfenden Häuser auf fünf reduziert. Bei vier von ihnen öffnete niemand, beim fünften Haus wirkte die betagte Bewohnerin so verängstigt, dass Gregor und Blessing nicht ausschließen konnten, dass nicht doch eine fremde Person im Haus war, obwohl die Frau dies verneinte. Nach einer schnellen Durchsicht der Räume konnte aber Entwarnung gegeben werden. Die Angst der Frau hatte ihren Ursprung wohl im Anblick der vielen bewaffneten Polizisten und von deren martialischem Erscheinungsbild.

Von den vier übrig gebliebenen Häusern konnten zwei der Besitzer telefonisch erreicht werden. Beide willigten ein, dass in ihren Häusern nach Pankewitz und Eisfeld gesucht wurde, doch auch dies war nicht von Erfolg gekrönt.

Blieben zwei Häuser übrig. Eines gehörte einem ehemaligen Pastor, der oft auf Reisen war, wobei aber nicht eindeutig geklärt werden konnte, ob das auch jetzt der Fall war. Bei dem anderen Gebäude handelte es sich um eine Tierarztpraxis.

Bevor Blessing mit Gregor das weitere Vorgehen besprechen konnte, tauchte plötzlich ein roter Minivan mit Berliner Kennzeichen auf, den Blessing in den letzten Tagen für seinen Geschmack schon etwas zu oft gesehen hatte. Als dieser in unmittelbarer Nähe hielt, sprangen Karlotta von Busse und ein junger Mann heraus, der vermutlich der Ersatz für den gefeuerten Lando Lewandowski war.

Die Polizeiobermeister Dachs und Nüber waren zu Blessings Überraschung bereits tätig geworden und spannten Flatterband quer über die Straße, um die Pressevertreter im Zaum zu halten, und das, obwohl sie noch niemand dazu aufgefordert hatte.

Da das Haus des ehemaligen Pastors am nächsten lag, entschieden Blessing und Gregor, sich dieses zuerst vorzunehmen. Beide waren sich einig darüber, dass Gefahr im Verzug bestand und sie nicht auf einen richterlichen Beschluss warten konnten. Also schickte Gregor ein Team aus fünf SEKlern in das Haus.

Wenig später erhielten sie über Funk die Meldung, dass die Männer fündig geworden waren. Im Haus befand sich eine männliche Leiche.

Blessing eilte durch den Vorgarten in Richtung Haus. Noch bevor er die Schwelle übertrat, wehte ihm ein beißend-süßlicher Geruch entgegen, der ihn abrupt ausbremste. Um den Leichengeruch zumindest ein wenig abzumildern, hatte Blessing vorsorglich immer ein leicht parfümiertes Seidentuch in der Jacketttasche, das er sich bei Bedarf vors Gesicht halten konnte. Doch heute half auch diese Gegenmaßnahme nicht. Für seinen strapazierten Magen war das alles zu viel, und er übergab sich in einen Rosenbusch.

Danach ging es ihm deutlich besser, sodass er seinen Weg ins Haus fortsetzen konnte, um sich wenig später über den neben seinem Bett liegenden Mann zu beugen. Alter und Aussehen des Leichnams ließen den Schluss zu, dass es sich um den Bewohner des Hauses handelte. Pastor Michael Gustrow, laut Dokumenten, die sie in einer Schublade im Wohnzimmer fanden, 91 Jahre alt. An der Schläfe hatte er eine Wunde. Blessing konnte auf die Schnelle nicht erkennen, ob sie durch einen Schlag verursacht worden war oder ob der Mann sich den Kopf bei einem Sturz am Tisch angeschlagen hatte. Doch dies spielte für seine Ermittlung ohnehin keine Rolle, denn die Tatsache, dass der Verwesungsprozess bereits eingesetzt hatte, deutete darauf hin, der der Mann seit mindestens vierundzwanzig Stunden tot war. Zu dieser Zeit hatte Pankewitz noch gar keinen Grund gehabt, sein Versteck im Bunker zu verlassen, beziehungsweise war er – nach allem, was sie bisher wussten – zu diesem Zeitpunkt noch nicht mal dort angekommen.

Gregor, der in der Zwischenzeit mit vier seiner Leute zum letzten verbliebenen Haus weitergezogen war, vermeldete über Funk nun auch hier einen Fund.

Blessing beeilte sich, das Haus des Pastors zu verlassen, und legte die wenigen Hundert Meter zur Tierarztpraxis im Laufschritt zurück. Gregor nahm ihn am Eingang in Empfang und führte ihn sofort die Kellertreppe hinunter. Blessing traute sich nicht zu fragen, was ihn dort erwartete, und Gregor machte keine Anstalten, es ihm von sich aus zu sagen. Warum auch? Er würde es ohnehin gleich mit eigenen Augen sehen.

Während Blessing die letzten Stufen hinunterstieg und dem SEK-Leiter durch den engen, verwinkelten Keller folgte, spürte er, wie sich sein Magen erneut zusammenzog. Er hatte heute wahrlich genug schreckliche Bilder gesehen. Er hoffte inständig, dass ihn jetzt nicht ein ähnliches Szenario erwartete wie das wenige Stunden zuvor im Bunker. Das würde die Grenze des Ertragbaren sprengen, vor allen Dingen, wenn seine Chefin Teil eines solchen Szenarios wäre. Doch als Gregor die Tür zum Heizungsraum aufstieß, sah er mit Erleichterung, dass seine Befürchtungen unbegründet waren. Kein Blut am Boden, kein Blut an den Wänden. Dafür eine Frau um die sechzig, die von den Füßen bis zum Mund mit Klebeband verschnürt war. Einer von Gregors Männern war bereits dabei, sie davon zu befreien. Doch das dauerte. Einerseits weil er dabei sehr vorsichtig vorging, um die Frau nicht mit seinem Messer zu verletzen, andererseits weil große Teile ihrer langen Haare ebenfalls mit verklebt waren.

Blessings Blick fiel auf den Stuhl, der direkt vor der mumienhaft verschnürten Frau stand. Auch dort waren Reste von Klebeband zu sehen, doch davon abgesehen war er leer.

26

Mara erwachte, als ihr Kopf gegen etwas Hartes schlug. Was es war, konnte sie nicht ausmachen, denn sie war umgeben von undurchdringbarem Schwarz. Sie hatte keine Ahnung, wo sie sich befand, nur so viel war sicher: Sie war irgendwo eingeschlossen. Ihre Beine waren angewinkelt, sie konnte sich weder ausstrecken noch sonst bewegen. Und das lag nicht nur daran, dass sie nach wie vor mit Paketband gefesselt war.

Den Motorgeräuschen nach zu urteilen, war sie im Kofferraum eines Autos. Da kaum Licht zu ihr drang, schlussfolgerte sie, dass es bereits dunkel geworden sein musste, und das wiederum hieß, dass sie mehrere Stunden lang ohne Bewusstsein gewesen war. Noch während sie darüber nachgrübelte, was sie mit dieser neuen Erkenntnis anstellen konnte, dämmerte sie wieder weg.

Das nächste Mal, als sie zu sich kam, fand sie sich in einem Raum ohne Fenster wieder. Sie lag auf erdigem Boden. Das zumindest konnte sie, trotz der Benommenheit, die ihren Geist nach wie vor in Beschlag hielt, sofort erfassen, auch wenn sie Mühe hatte, ihren Blick scharf zu stellen. Es roch nach Lehm. Aber es war trocken und auch einigermaßen warm.

Als sie sich aufrichten wollte, spürte sie, wie träge und schwerfällig ihr Körper war. Alles fühlte sich taub an. Aber zumindest war sie jetzt nicht mehr gefesselt. Als sie jedoch an sich heruntersah, bemerkte sie, dass sie vollkommen nackt war.

Sofort schoss ihr das Blut in den Kopf, und sie wurde mit einem Mal hellwach, sprang auf, sah sich hektisch um und suchte den Raum nach ihren Kleidern ab. Doch diese waren nirgendwo zu finden.

In der Ecke rechts von ihr lag eine Matratze mit diversen Flecken. Am Kopfende befand sich eine zusammengefaltete dünne graue Decke. Daneben lagen ihr Slip und ihr BH. Beides zog sie eilig an. Doch weitere Kleidungsstücke konnte sie nicht entdecken.

Mara spürte, wie sie Panik erfasste. Ihre Gedanken rasten. Warum war sie nackt? Warum hatte Pankewitz sie ausgezogen? Um sie zu demütigen? Oder hatte er sich während ihrer Bewusstlosigkeit an ihr vergangen?

Mara horchte in sich hinein. Intensive Bilder waren in den letzten Stunden vor ihrem inneren Auge vorbeigezogen. An vieles davon konnte sie sich lebhaft erinnern, aber sie fand keinen Hinweis darauf, ob er ihr Gewalt angetan hatte oder nicht.

Sie begann ihren Körper auf Verletzungen hin zu untersuchen, was unter den gegebenen Lichtbedingungen aber schwierig war. In der Mitte des Raumes hing an der niedrigen Steindecke eine blanke Glühbirne, die es mit ihrer geringen Leistung nicht vermochte, den Raum auch nur ansatzweise zu erhellen. Erst als sie sich direkt darunterstellte, konnte sie die Verletzungen an ihrem Körper sehen. Doch mehr als ein paar kleinere Kratzer und blaue Flecken fand sie nicht, und nichts davon brachte sie der Beantwortung ihrer Fragen näher.

Bevor ihre Gedanken wieder zu rasen begannen und die Panik sie überwältigen konnte, fasste Eisfeld einen Entschluss. Sie musste sich zwingen, ruhig zu bleiben. Wieder mal. Sie musste die Kontrolle behalten, um überhaupt eine Chance zu haben.

Sie sah sich in dem Raum um. Die Wände bestanden aus bloßem Mauerwerk. Alte Backsteine, keiner glich dem anderen in Form und Farbe. In der Ecke links von ihr befand sich ein kleiner Haufen Kohle. Eierbriketts.

Rechts daneben war ihre Schlafstätte, neben der ein zerbeulter Blecheimer stand, sowie eine 1,5-Liter-PET-Flasche mit Wasser und eine Packung Knäckebrot.

Der einzige Zugang zu dem Raum war eine rostige Metalltür. Obwohl Eisfeld davon ausging, dass diese verschlossen war, drückte sie die Klinke. Erwartungsgemäß ließ sich die Tür nicht bewegen.

Dann setzte sie sich auf die Matratze, faltete die graue Decke auseinander und legte sie sich um die Schultern. Sie nahm die Wasserflasche und drehte den Verschluss auf. Das Knacken, das zu hören war, beruhigte sie für einen winzigen Augenblick, denn das hieß, dass er ihr vermutlich nichts ins Wasser gemischt hatte. Im gleichen Moment realisierte sie, wie unsinnig diese Überlegung war. Es spielte in ihrer jetzigen Situation keine Rolle. Er hatte alle Macht über sie und konnte mit ihr tun, was auch immer ihm beliebte.

Plötzlich ging langsam und begleitet von einem lauten Quietschen die Metalltür auf. Mara erstarrte.

Kurz darauf lugte Pankewitz durch den offenen Spalt und grinste sie an. »Na? Ausgeschlafen?«

»Lassen Sie mich frei«, sagte Mara, bemüht darum, ihre Stimme fest klingen zu lassen. Was ihr im Großen und Ganzen gelang. »Je länger Sie mich hier festhalten, desto schlimmer wird es für Sie enden.«

»Soso«, gab Pankewitz mit einem Anflug von Belustigung zurück. »Ich glaube kaum, dass es schlimm für mich enden wird. Aber es kann durchaus sein, dass es das für dich tut, Frau Eisfeld. Oder darf ich Mara sagen?«

Mara gab keine Antwort. Sie war unschlüssig, welche Strategie sie im Umgang mit ihm anwenden sollte. Konfrontativ, defensiv, demütig?

Pankewitz schien gar keine Erwiderung zu erwarten. Er redete einfach weiter. »Ach, ich sage einfach Mara. Wir sind doch jetzt eine Familie. Oder, Mara? Und ich bin hier, damit wir uns ein bisschen besser kennenlernen. Wie findest du das? Erst lernst du mich besser kennen und dann ich dich. Wollen wir es so machen, Mara? Ja? Wollen wir?«

Er packte sie am Arm und zwang sie aufzustehen. »Ich bin übrigens der Dirk. Grüß dich, und herzlich willkommen.«

Mara sah, dass er Handschuhe trug. Nicht mal eine Sekunde später bekam sie einen Schlag in die Magengrube verpasst, der unerwartet hart war. Ihr blieb schlagartig die Luft weg. Kurz darauf breitete sich der Schmerz strahlenförmig in ihrem gesamten Körper aus. Die Handschuhe mussten spezielle Quarzsandhandschuhe sein, anders konnte sie sich die Wucht des Schlages nicht erklären.

»Du weißt, wofür das ist, nicht wahr, Mara? Du weißt es. Und wenn du es nicht weißt, dann hast du sehr viel Zeit, es durch Nachdenken herauszufinden.«

Kaum hatte er den Satz beendet, prasselten weitere Schläge auf sie ein. Sie versuchte sich zu schützen, soweit es ihr möglich war. Vor allem Kopf und Gesicht. Doch trotz jahrelangen Karatetrainings konnte sie Pankewitz nur wenig entgegensetzen. Er wollte sie gefügig machen, sie brechen, und schlug gezielt dorthin, wo sie ungeschützt war. Er traf ihre Nieren, die Milz und erneut den Magen. Dann ließ er von ihr ab.

»Puh, das war jetzt was, hm, Mara? Ganz schön anstrengend, was?« Er öffnete die Tür, drehte sich aber noch einmal um, bevor er den Raum verließ. »Jetzt erholen wir uns, und dann, in ein paar Tagen, wenn wir beide wieder frisch sind, lerne ich dich kennen.«

Er zwinkerte vielsagend und ging. Die Tür fiel hinter ihm mit einem Rums ins Schloss und wurde von außen verriegelt.

Mara schleppte sich zur Matratze, jede Faser ihres Körpers schmerzte. Sie wollte jetzt einfach nur liegen, sich nicht mehr bewegen, sich an einen friedlicheren Ort imaginieren.

Sie schloss die Augen.

Irgendwann überkam sie bleierner Schlaf und erlöste sie zumindest kurzzeitig von ihren Schmerzen.

Als sie das nächste Mal die Augen öffnete, kam ihr der Raum quälend hell vor. Ihr Kopf dröhnte. Doch außer der leistungsschwachen Glühbirne, die nach wie vor über ihr brannte, konnte sie keine neu hinzugekommene Lichtquelle ausmachen. Allerdings musste in der Zwischenzeit jemand hier gewesen sein, denn unweit des Blecheimers stand eine weitere Wasserflasche, daneben lagen eine Packung Schmelzkäse und ein Tablettenblister mit noch sechs Ibuprofen 400. Mara nahm gleich zwei davon und würgte sie mit mehreren Schlucken Wasser hinunter. Dann legte sie sich zurück auf die Matratze und hoffte darauf, dass die Wirkung schnell einsetzte.

Maras Gedanken sprangen willkürlich von einem Thema zum anderen. Sie ließ sie gewähren. Sie dachte an Sami und Matti in ihrer neuen Wohnung, an Blessing, an Katharina Stellkamp. Eine Idee, wie sie sich aus dieser Lage befreien konnte, wollte ihr nicht in den Sinn kommen.

Eine unbestimmte Zeit lang lag sie so da und starrte an die Decke, vielleicht eine Stunde, vielleicht mehr. Dann vernahm sie plötzlich ein Geräusch an der Tür. Eine Art Schleifen von Metall auf Metall. Ganz leise, zaghaft, mit längeren Pausen dazwischen, aber doch so deutlich wahrnehmbar, dass Mara sicher war, es sich nicht einzubilden.

Sie stand auf, griff nach der grauen Decke und wickelte sie sich um den Körper, dann schlich sie zur Tür und presste ihr Ohr gegen das kalte Blech. Und tatsächlich: Auf der anderen Seite tat sich etwas. Da war jemand. Oder etwas. Ein Tier vielleicht. Eine Ratte? Das Geräusch verstummte. Mara wartete einige Zeit, ob es wiederkehrte, doch nichts geschah. Die Anspannung fiel von ihr ab, dafür drängte sich ihr ein Gefühl der Enttäuschung auf. Gegen alle Hoffnung drückte sie noch mal die Klinke nach unten. Zu ihrer großen Überraschung gab die Tür nach.

Maras Herzschlag beschleunigte und steigerte sich innerhalb kürzester Zeit zu einem wilden Pochen. Sie schob die Tür einen Spaltbreit auf und spähte hinaus. Vor ihr befand sich ein mit allerhand Gerümpel zugestellter Gang. Sie konnte nur so weit sehen, wie das mickrige Licht der Glühbirne den Bereich außerhalb ihrer Zelle erhellte, und das war nicht sehr weit.

Plötzlich bemerkte sie ein neues Geräusch. Ein leises Tapsen. Erst auf sandigem oder erdigem Boden, dann auf Stein. Angestrengt starrte sie ins Dunkel. Ganz am Ende des Flurs, dort wo offenbar eine Treppe nach oben führte, befand sich irgendwo eine weitere Lichtquelle. Für einen kurzen Moment tauchte eine Gestalt aus der Dunkelheit auf, warf einen Blick zurück und huschte dann weiter. Ein Mädchen in einem weißen Nachthemd, barfuß, die langen, blonden Haare zerzaust. Ein kleiner Engel.

Hätte sie Ella nicht schon im Haus der Tierärztin gesehen, hätte Mara die kleine Gestalt, die sie ganz zweifellos aus ihrem Gefängnis befreit hatte, für Einbildung gehalten.

Sie folgte dem Mädchen, setzte vorsichtig einen Schritt vor den anderen, raffte die Decke so, dass sie enger am Körper anlag, und achtete penibel darauf, nicht an einem der herumstehenden Schrottteile hängen zu bleiben, um ja keinen Lärm zu verursachen, der sie verraten könnte.

Im Schein der zweiten Lichtquelle angekommen, blickte sie vorsichtig um die Ecke und sah, dass sich dort tatsächlich eine Treppe nach oben befand, an deren oberem Ende eine ähnlich schwache Funzel flackerte wie in dem Raum, in dem sie bis eben noch eingeschlossen gewesen war. Ein kalter Luftzug wehte ihr entgegen.

Langsam, Schritt für Schritt, ging sie die kalten Steinstufen nach oben. Je näher sie dem Kellereingang kam, der nur aus einem alten Vorhang zu bestehen schien, desto lauter wurden die Geräusche, die zu ihr drangen. Sägegeräusche und ein monotones, bedrohlich klingendes Rauschen. Sie konnte sie zuerst nicht zuordnen, doch als sie fast oben angelangt war, wusste sie, dass sie aus einem Fernseher kommen mussten.

Langsam schob sie den Vorhang beiseite. Dahinter offenbarte sich ein Flur. Unebener Boden, Fliesen mit klassischem schwarz-weißen Rautenmuster, eine antike Kommode, vier Paar abgetragene, schmutzige Gummistiefel in zwei verschiedenen Größen, eine Ausziehhilfe für selbige. Sie schien sich in einem alten Bauernhaus oder etwas Ähnlichem zu befinden. Alles um sie herum wirkte speckig, staubig und heruntergekommen.

Die Fernsehgeräusche kamen aus einem Raum, dessen Eingang in der Mitte des Flurs lag, gegenüber einer Treppe, die nach oben führte. Um zur Haustür zu gelangen, musste sie daran vorbei. Es war das Nadelöhr in die Freiheit.

Mara schlich sich näher an die Kante des Türstocks heran und drückte sich gegen die Wand. Wieder schien es keine Tür zu geben und dieses Mal auch keinen Vorhang. Aus dem Fernseher kamen nun statt der Sägegeräusche launige Musik und schnelle Dialoge zwischen einer männlichen und einer weiblichen Stimme.

Sie nahm all ihren Mut zusammen und wagte einen raschen Blick in den Raum. Küchenzeile, Esstisch, Sofa, Fernseher. Der Boden war in dem gleichen Schwarz-Weiß-Muster gefliest wie der Flur. Auf dem Sofa saß Dirk Pankewitz und schlief. Sein Körper wurde nur durch die Armlehne aufrecht gehalten. Sein Kopf ruhte schlaff auf der einen Schulter, und er schnarchte leise. Vor ihm auf dem Tisch zwei leere Flaschen Bier. Neben ihm Ella, die dem Film aufmerksam folgte.

Mara überlegte für einen kurzen Augenblick, ob das jetzt ihre Chance war, Pankewitz zu überwältigen und, falls ja, mit welchem Gegenstand sie sich bewaffnen sollte, doch sie kam zu keinem Ergebnis, denn im selben Moment blickte Ella in ihre Richtung, lächelte und hob ganz kurz eine Hand, um ihr zuzuwinken. Mara winkte zurück und bedeutete ihr dann, dass sie zu ihr kommen sollte, doch Ella schüttelte den Kopf. Mara versuchte es erneut, erhielt aber die gleiche Reaktion. Daraufhin entschied sie, zuerst sich selbst in Sicherheit zu bringen und mit Verstärkung zurückzukehren.

Sie schnappte sich eines der Gummistiefelpaare und wollte gerade in Richtung Haustür gehen, da begann Pankewitz sich zu rühren und schlug unmittelbar danach die Augen auf. Eisfeld erstarrte.

»Was machst du denn noch hier?«, sagte er zu Ella. »Geh mal wieder rauf ins Bett.«

»Ich hab Angst allein.«

»Brauchst du nicht zu haben.«

»Hab ich aber trotzdem. Ich will hierbleiben.«

Pankewitz seufzte. »Noch fünf Minuten. Dann geh ich auch schlafen.«

Im Anschluss daran war einige Sekunden lang nichts weiter zu hören als die Dialoge im Fernsehen. Dann setzte wieder leises Schnarchen ein.

Eisfeld vergewisserte sich, ob sie sich nicht täuschte und Pankewitz auch wirklich eingeschlafen war, bevor sie so schnell und so lautlos wie möglich an der Türöffnung vorbeihuschte.

Der Schlüssel der Eingangstür steckte zum Glück im Schloss. Sie drehte ihn langsam, öffnete dann die Tür und blickte nach draußen. Die Nacht war klar, der Mond zeigte sich in voller Größe und erhellte die Umgebung so weit, dass Mara sich problemlos orientieren konnte. Doch was sie sah, entmutigte sie. Außer zwei alten Wirtschaftsgebäuden zu ihrer rechten und linken Seite waren weit und breit keine anderen Bauten zu sehen. Das Gehöft stand einsam und verlassen inmitten endloser Felder.

Ihr Blick fiel auf die drei Fahrzeuge, die unweit der Eingangstür standen. Ein alter Traktor, ein Kombi und Dr. Voss' grüner Dacia Duster, in dessen Kofferraum sie vermutlich hierhergebracht worden war. Mara zog sachte die Haustür hinter sich zu, schlich zu den Fahrzeugen und überprüfte bei jedem einzelnen, ob sie womöglich nicht abgeschlossen waren. Doch sie hatte kein Glück. Sie musste sich also zu Fuß auf den Weg machen.

Sie schlüpfte in die viel zu großen Gummistiefel, wickelte die Decke noch enger um ihren halb nackten Körper und rannte los. Als sie in der Mitte des staubigen Hofes angekommen war, sprangen plötzlich mehrere Scheinwerfer an und erhellten einen großen Teil des Areals mit gleißendem Licht. Bewegungsmelder. Mara erschrak so sehr, dass ihr Herz für einen Schlag aussetzte. Dann begann sie zu rennen. So schnell sie konnte. Sie kämpfte sich über den staubigen Vorhof, bog hinter einem der Wirtschaftsgebäude links ab und rannte die kleine Straße hinunter, die die einzige Zufahrt zu dem Gehöft darstellte und eigentlich eher ein Feldweg war, bis sie in einiger Entfernung Lichter von einzelnen, vorbeifahrenden Autos sah.

Hoffnung keimte in ihr auf, die ihr den Mut gab, für einen kurzen Moment stehen zu bleiben, Atem zu holen und sich umzublicken. Der Hof lag wieder im Dunkeln. Das Flutlicht war ausgegangen und ihr Verschwinden offenbar noch nicht bemerkt worden. Nachdem sie mehrfach tief ein- und ausgeatmet hatte und sich gerade umdrehen wollte, um die restliche Strecke bis zur Landstraße in Angriff zu nehmen, ging plötzlich das Licht erneut an. Eine Gestalt trat aus dem Haus und blieb zunächst bewegungslos stehen. Doch dann ging sie auf dem Hof hektisch hin und her, blieb erneut stehen, um dann unversehens zu einem der Autos zu rennen.

Mara erstarrte.

Kurz darauf leuchteten zwei Fahrzeugscheinwerfer auf, das leise Aufheulen eines Motors war zu hören, dann verschwanden die Lichtkegel für einen kurzen Moment, um wenig später hinter einem der beiden Wirtschaftsgebäude wieder aufzutauchen. Der grüne Dacia Duster jagte den Feldweg hinunter, eine beachtliche Staubwolke hinter sich aufwirbelnd, und kam mit hoher Geschwindigkeit direkt auf sie zu.

Mara löste sich aus ihrer Starre und rannte. Die Landstraße würde sie jetzt keinesfalls mehr erreichen, denn die war mindestens noch zwei Kilometer entfernt. Der Duster hätte sie in jedem Fall vorher eingeholt. Zu beiden Seiten des Weges erstreckte sich ein riesiges, abgemähtes Getreidefeld, auf dem es aufgrund des hellen Mondlichts allerdings keinerlei Möglichkeiten gab, sich zu verstecken. Zu ihrer Linken war in knapp einem Kilometer Entfernung ein Wald zu sehen. Wenn es ihr gelang, diesen zu erreichen, hätte sie eine Chance, Pankewitz zu entkommen.

Sie verließ den Feldweg und durchquerte das abgeerntete Feld, lief, so schnell sie konnte. Der erdige Untergrund und die viel zu großen Gummistiefel, in denen sie mehrfach umknickte, erschwerten ihr Vorankommen allerdings erheblich.

Hinter sich hörte sie, wie der Dacia auf dem sandigen Feldweg eine Vollbremsung hinlegte. Mara hoffte, dass Pankewitz die Verfolgung von nun an zu Fuß fortsetzen würde, doch als sie sich kurz umdrehte, sah sie, dass der Dacia auf das Feld einbog und sich durch die knöchelhohen Halme pflügte.

Mara versuchte noch schneller zu rennen, doch das gelang nicht, sie hatte das Maximum ihrer Leistungsfähigkeit bereits erreicht.

Trotz des weichen Untergrunds kam das Fahrzeug problemlos voran. Der Abstand zu Eisfeld verringerte sich rasant.

Der Wald war jetzt nur noch geschätzte hundert Meter entfernt. Sie konnte es schaffen. Doch dann blieb sie mit dem rechten Stiefel in einer Bodenunebenheit hängen, war kurz davor zu stolpern, fing sich aber gerade noch und konnte weiterlaufen. Den Stiefel verlor sie bei dem Manöver allerdings. Im buchstäblich letzten Moment erreichte sie den Waldrand und konnte sich ins Dickicht retten.

Sie lief und lief, spürte kaum, wie sie sich an den Ästen verletzte. Doch bald musste sie erneut haltmachen. Denn sie stand vor einer Schlucht, die sich, soweit sie sehen konnte, durch den kompletten Wald zog und unüberwindbar schien. Zu breit, um darüberzuspringen, zu steil, um sie zu durchqueren. Wie weit es nach unten ging, konnte Eisfeld nicht mit letzter Gewissheit feststellen, den Grund der Schlucht konnte sie nur schemenhaft erkennen.

Die Wände der Vertiefung schienen von unterschiedlicher Beschaffenheit zu sein. Teils aus Stein, teils aus Lehm. An einigen Stellen ragten Baumwurzeln heraus, an anderen wuchsen Büsche. Zudem gab es scharfkantig wirkende Felsvorsprünge.

Pankewitz war inzwischen ausgestiegen und kam im Laufschritt auf sie zu. »Endstation, Frau Polizistin.«

Geblendet von den Scheinwerfern des Dacia, die direkt hinter ihm in den Wald leuchteten, sah sie nur seine schwarze Silhouette, war sich aber sicher, dass sein Gesicht zu einer hämisch grinsenden Fratze verzogen war.

Mara stand bewegungsunfähig da. Äußerlich wie gelähmt. Innerlich in Aufruhr. Panisch. Doch mit einem Mal glätteten sich die stürmischen Wellen in ihr. Sie wurde vollkommen ruhig. Ihre Gedanken klar. Sie wusste, was sie jetzt zu tun hatte, egal, welche Konsequenzen diese Entscheidung für sie haben würde, denn eines stand zweifelsfrei fest: Ein weiteres Mal würde sie sich nicht in die Fänge dieses Verbrechers begeben.

Als Pankewitz sich ihr bis auf wenige Meter genähert hatte, drehte sie sich um und sprang.

27

Blessing saß mit Gregor, dessen zweitem Mann Simon sowie den beiden brandenburgischen Kollegen Nüber und Dachs in der lediglich aus zwei Räumen bestehenden Polizeiaußenstelle, in der die beiden Letztgenannten für gewöhnlich ihren Dienst verrichteten. Die Wimpel verschiedenster Fußballvereine, die an den holzgetäfelten Wänden hingen, erinnerten daran, dass die Räumlichkeiten ursprünglich als Klubheim der hiesigen Fußballmannschaft gedient hatten.

Aus Mangel an besseren Sitzgelegenheiten – die beiden Schreibtische und die dazugehörigen wackeligen Bürostühle waren mit Aktenstapeln belegt – drängten sich die Männer auf einer rustikalen Eckbank. Doch trotz der heimeligen Umgebung war die Stimmung angespannt. Es war ein langer Tag gewesen, alle waren erschöpft, ratlos, frustriert. Und in großer Sorge um ihre Kollegin, denn allen war bewusst, dass mit jeder Stunde, die verging, sich die Chance, sie lebend zu finden, drastisch verringerte.

Dabei hatten sie alles Erdenkliche unternommen. Kurz nach Maras Verschwinden war die Hundertschaft der Bereitschaftspolizei, die zuvor noch bei der Razzia in Südbrandenburg im Einsatz gewesen war, zu ihnen gestoßen, und zusammen mit Dachs' und Nübers Kollegen von der örtlichen Polizei hatten sie innerhalb kürzester Zeit Straßensperren und Kontrollpunkte errichtet. Zudem lief die bundesweite Fahndung nach Pankewitz und Dr. Voss' grünem Dacia Duster auf Hochtouren. Risa und das restliche Team in Berlin überwachten den Datenverkehr und suchten im Netz nach Hinweisen auf Pankewitz. Den Gefallen, mit Dr. Voss' gestohlenem Laptop online zu gehen, tat er ihnen bisher allerdings nicht. Und auch sonst waren die Erfolge des großen Personaleinsatzes überschaubar geblieben. Die Straßensperren hatten zwar dazu geführt, dass sie einen Fall von Drogenbesitz in nicht geringer Menge und einen von Wilderei aufdecken konnten, mehr aber nicht. Vor allem keinen konkreten Hinweis darauf, wohin Pankewitz Mara verschleppt haben könnte.

Große Sorge bereitete Blessing zudem Dr. Voss' Vermutung, dass Eisfeld Fentanyl injiziert worden war, ein Mittel, das sowohl in der Tier- als auch Humanmedizin für Narkosen verwendet wurde und achtzigmal stärker wirkte als Morphin. Bei der Dosierung musste man dementsprechend vorsichtig sein, denn eine Überdosierung konnte zu schweren Komplikationen bis hin zu Atem- und Herzstillstand oder dauerhaften Hirnschäden führen, und das nicht nur unmittelbar, sondern auch wenn die Wirkung bereits abgeebbt war.

Ob Pankewitz Eisfeld Fentanyl gespritzt hatte oder ein anderes, womöglich noch gefährlicheres Mittel, wussten sie nicht, denn er hatte Dr. Voss' kompletten Arzneimittelbestand mitgehen lassen. Dazu einige Lebensmittel, Decken, den bereits erwähnten Laptop und natürlich Dr. Voss' grünen Dacia Duster.

»Gut«, brach Gregor schließlich die angespannte Stille und schlug einmal mit der flachen Hand auf den Tisch. »Wir ziehen uns zurück, meine Männer müssen jetzt schlafen. Melden Sie sich, wenn Sie uns brauchen, Gideon.«

Er stand auf und ging mit Simon hinaus auf den Hof, wo der Rest der Truppe in ihren Fahrzeugen vor sich hin döste. Allein in den letzten paar Stunden waren sie zu mehreren falschen Alarmen ausgerückt, die extrem kräftezehrend gewesen waren.

»Gehen Sie auch nach Hause«, sagte Blessing an Nüber und Dachs gewandt, die beide aussahen, als hätte sie den Schlaf von allen am nötigsten.

Polizeiobermeister Mirko Dachs, dessen rechtes Lid bereits seit geraumer Zeit vollständig geschlossen war, nickte zustimmend. »Und Sie?«

Blessing, der wusste, dass er jetzt ganz sicher nicht einschlafen konnte, auch wenn es ihm guttun würde, schüttelte den Kopf. »Ich halte hier die Stellung. Falls sich noch was tut.«

Nachdem Dachs und Nüber eine Decke, ein Kissen sowie zwei frische Handtücher aus einem Schrank geholt und ihm gegeben hatten, gingen sie ebenfalls nach draußen, und Blessing blieb allein mit sich und dem nagenden Zweifel in seinem Kopf.

Obwohl er den ganzen Tag damit zugebracht hatte, die Suche nach Eisfeld zu koordinieren, und sich bei jedem einzelnen Kollegen rückversichert hatte, alles unternommen zu haben, was möglich war, wurde er das Gefühl nicht los, irgendetwas Entscheidendes vergessen zu haben. Etwas übersehen zu haben, was ihm weiterhelfen konnte. Einem Hinweis nicht genügend Beachtung geschenkt zu haben.

Mit einem Mal wurde Blessing klar, dass dieses Gefühl bei Leuten in Führungspositionen immer da war. Zumindest bei solchen, die ihre Verantwortung ernst nahmen. Die ständige Frage, ob es ausreichte, was man geleistet hatte, oder ob es doch zu wenig war. Ob man jemanden im Stich gelassen hatte, dem man helfen hätte können, wenn man sich nur etwas mehr angestrengt hätte. Während seiner Zeit an Tamms Seite war er sich über all das nie so richtig bewusst gewesen, auch in den letzten Tagen als Eisfelds Stellvertreter nicht, erst jetzt, nachdem er selbst in eine Position geraten war, in der es niemanden mehr gab, der seine Entscheidungen korrigieren konnte, holte ihn dieses Gefühl ein.

In diesem Moment realisierte er, dass er das für sein Leben nicht wollte. Er wollte eine derartige Last nicht permanent tragen. Für ein paar Tage war das auszuhalten, aber dauerhaft, eine Karriere lang, auf keinen Fall.

Das Vibrationsgeräusch eines Handys riss ihn aus seinen Gedanken. Er sah sich um. Es kam aus einer kleinen transparenten Plastiktüte, die in der Ablage auf einem der beiden Schreibtische lag. Es war Eisfelds Smartphone, das dort verpackt war. Die KT hatte es ihnen nach der Durchsuchung von Dr. Voss' Haus mitsamt den anderen Sachen, die sie ihr zugeordnet hatten, ausgehändigt: Eisfelds Stiefel, ihren Ledergürtel sowie einen Schlüsselbund und den Dienstausweis.

Das Handy hatte im Laufe des Tages schon mehrfach vibriert, mittlerweile waren aber sämtliche dienstlichen Kontakte über Eisfelds Verschwinden und Blessing als neuen Ansprechpartner für alles, was den Fall Katharina Stellkamp, den toten Jungen in Pankewitz' Haus und das Massaker in dem Bunker betraf, informiert. Gegen Abend waren die Anrufe auf Eisfelds Handy deshalb deutlich weniger geworden. In den letzten Stunden hatte nur ihr Vater einmal angerufen, aber keine Nachricht hinterlassen, und insgesamt dreimal ihr Ehemann Matti mit jeweils einer Mailbox-Nachricht.

Nachdem der ARGUS am späten Nachmittag auf seiner Website darüber spekuliert hatte, wohin die leitende Ermittlerin so plötzlich verschwunden war, und sowohl eine Suspendierung als auch eine Kündigung ihrerseits aufgrund Überforderung ins Spiel gebracht hatte, wusste Blessing, dass er den Anruf bei ihrem Ehemann nicht länger aufschieben durfte. Er musste ihn informieren, was passiert war, auch wenn dies ein unangenehmes Gespräch werden würde. Bisher war einfach nur zu viel zu tun gewesen.

Ein Blick auf das Display bestätigte Blessings Vermutung. Es war Eisfelds Ehemann, der anrief. Doch gerade als er den Anruf annehmen wollte, begann auch eines der Dienststellentelefone zu klingeln. Dankbar über den erneuten Aufschub, nahm Blessing diesen Anruf entgegen. Es war die Leitstelle.

»Eben hat ein Spaziergänger angerufen, der sich darüber beschwert hat, dass er und sein Hund beinahe totgefahren worden sind. Auf einem Feldweg.«

»Und?«

»Der Mann hat das Fahrzeug erkannt. Ein silbergrauer Ford Kombi, der einem älteren Bauern aus der Gegend gehört. Hans Drudow. Der saß aber definitiv nicht am Steuer. Der Fahrer war deutlich jünger. Außerdem sei ein Kind im Auto gewesen.«

Blessing war sofort hellwach. »Wo war das, und wo ist der Halter des Fahrzeugs gemeldet?«

»Die Meldeadresse heißt Bressow 1 und ist ein einsam gelegener Vierseithof circa zehn Kilometer nördlich von Prenzlau. Gesehen wurde der Wagen zwei Kilometer westlich davon.«

Bereits bei den Worten »einsam gelegener Vierseithof« war Blessing aufgesprungen und nach draußen gestürmt. Nüber und Dachs waren jedoch die Einzigen, die noch da waren. Sie standen vor ihren Privatautos, rauchten und unterhielten sich angeregt.

»Rufen Sie Gregor zurück! Wir haben eine Spur«, sagte Blessing atemlos, dann wandte er sich wieder dem Beamten von der Leitstelle zu. »War noch jemand in dem Fahrzeug?«

»Konnte er nicht sagen. Ich hab ihn mehrfach danach gefragt. Sicher gesehen hat er nur den Mann am Steuer und das Kind auf der Rückbank.«

Die Fahrt nach Bressow dauerte eine gute halbe Stunde. Über die Gründe, die Pankewitz bewogen haben mochten, mitten in der Nacht über einen Feldweg zu brettern, konnte Blessing nur spekulieren. Sofern es überhaupt Pankewitz gewesen war, der das Auto von Hans Drudow gesteuert hatte.

Die Tatsache, dass dem Anrufer zufolge neben dem Mann und dem Kind keine weitere Person in dem Fahrzeug gewesen war, versuchte Blessing nicht als negatives Omen zu werten. So schwer ihm das auch fiel. Aber es waren ja auch Erklärungen denkbar, bei denen man nicht vom Allerschlimmsten ausgehen musste. Vielleicht hatte Eisfeld doch auf dem Rücksitz gesessen, und der Anrufer hatte sie einfach nicht wahrgenommen. Oder sie hatte im Kofferraum gelegen. Oder aber Pankewitz hatte sie irgendwo lebend zurückgelassen, und sie würde sich bald melden. Womöglich war ihr sogar die Flucht gelungen. Alle anderen Möglichkeiten, die keinen glücklichen Ausgang erwarten ließen, versuchte er gedanklich zu umschiffen und nicht an sich heranzulassen. Alles, was damit zu tun hatte, dass ihr toter Körper irgendwo versteckt, vergraben oder verbrannt worden war.

Um nicht erneut in eine negative Gedankenspirale zu geraten, nutzte Blessing die verbleibende Zeit bis zur Ankunft an ihrem Ziel und rief nun endlich Eisfelds Ehemann an, um ihn über die Geschehnisse zu informieren. Er versuchte die Situation so neutral und undramatisch wie nur möglich zu schildern und außerdem den Eindruck zu vermitteln, dass sie es zwar mit einer schweren Krise zu tun hatten, die Polizei die

Lage aber insgesamt im Griff hatte und vermutlich kurz davorstand, sie zu lösen. Dennoch war Matti geschockt und machte sich große Sorgen. Blessing sprach ihm sein Mitgefühl aus und hoffte inständig, dass seine Worte nicht so mechanisch rüberkamen, wie sie in seinen eigenen Ohren klangen. Daran musste er unbedingt arbeiten. Er musste lernen, die Empathie, die er zweifelsohne empfand, auch zu vermitteln. Warum gelang ihm das einfach nicht? Damit hatte er schon immer Schwierigkeiten gehabt. Wenn es um Gefühle ging, verkrampfte er.

Der Van, in dem er saß, drosselte plötzlich die Geschwindigkeit, verließ die Bundesstraße und bog auf einen deutlich schmaleren Wirtschaftsweg ein. Gregor zeigte auf eine Ansammlung von Gebäuden, die in einiger Entfernung auf einer kleinen Anhöhe standen und deren Umrisse sich am Horizont abzeichneten. Ein besseres Versteck konnte man sich kaum aussuchen. Es gab keine Nachbarn in unmittelbarer Nähe, und man konnte von dort oben die Umgebung in weitem Umkreis überblicken und somit frühzeitig reagieren, sollten sich doch mal ungebetene Gäste nähern. Vermutlich fuhren sie aus genau diesem Grund ohne Licht, seitdem sie die Bundesstraße verlassen hatten.

Sie waren fast am Ziel. Blessings Nervosität stieg. Während er sich auf den anstehenden Einsatz zu konzentrieren versuchte, bemerkte er etwas aus den Augenwinkeln. Von dem Wirtschaftsweg, auf dem sie fuhren, gingen Reifenspuren ab, die auf das angrenzende Feld führten und dort auf dem weichen Untergrund weiterverliefen. Blessing folgte der Spur mit den Augen, konnte aber trotz des hellen Mondlichtes nicht erkennen, wohin sie führten.

Kurz darauf hatte Blessing diese Beobachtung aber schon wieder vergessen, denn ihre Fahrzeuge kamen vor dem Wohnhaus zum Stehen, Gregors Leute sprangen heraus und machten sich daran, die Gebäude zu durchsuchen.

Im Keller des Wohnhauses fanden sie einen schlecht beleuchteten Raum, in dem sich eine alte Matratze befand und darüber hinaus einige wenige Lebensmittel, ein Blister mit Ibuprofen-Tabletten und eine halb leere Wasserflasche. Gregor und Blessing waren sich einig, dass in diesem Raum mit großer Wahrscheinlichkeit ihre Kollegin gefangen gehalten worden war. Diese Annahme bestätigte sich, als einer der SEK-Männer die Matratze anhob und darunter ein in den trockenen Lehmboden geritztes Wort vorfand: Eisfeld.

Im Erdgeschoss entdeckten die Beamten Dr. Voss' Laptop sowie ein kleines, abgegriffenes Kuscheltier in Form einer Maus. Blessing erinnerte sich, dass er auf den Überwachungsvideos aus dem Haus von Pankewitz gesehen hatte, dass Ella irgendetwas fest mit ihrer Hand umklammerte, allerdings hatte er nicht ausmachen können, was es war. Von der Größe her könnte es diese Maus gewesen sein.

Beide zurückgelassenen Gegenstände und der Umstand, dass es mitten in der Nacht war, deuteten aus Blessings Sicht darauf hin, dass der Aufbruch überstürzt stattgefunden haben musste. Dies und die Tatsache, dass sie auf dem Hof keine einzige Person angetroffen hatten, machten ihn nervös. Nicht nur weil es seine Befürchtung, Mara könnte längst tot sein, weiter befeuerte, sondern auch weil die über achtzigjährigen Bewohner, das Ehepaar Gertrud und Hans Drudow, ebenfalls nicht aufzufinden waren.

Blessing hielt es für unwahrscheinlich, dass die beiden ausgerechnet an dem Tag, an dem ein Schwerverbrecher ihr einsam gelegenes Zuhause als Rückzugsort auserkoren hatte, verreist waren. Der Großteil der Einsatzkräfte vertrat aber genau diese Auffassung, schließlich waren ihnen bei der ersten Durchsuchung des Geländes außer einer Katze, zwei alten Pferden, einem Esel und mehreren Dutzend Hühnern keine weiteren Lebewesen aufgefallen.

Blessing konnte verstehen, dass Gregor und seine Leute nun endlich ihren Schlaf haben wollten, und ließ sie abziehen. Er selbst wollte alles aber noch einmal zumindest oberflächlich absuchen. Zu seiner Überraschung schlossen sich ihm die Polizeiobermeister Nüber und Dachs an, denn sie kannten einen Sohn der Drudows persönlich und hielten es für ausgeschlossen, dass die beiden ihr Anwesen für mehr als ein paar Stunden verließen, allein schon wegen der Tiere, und jetzt im Sommer, wenn es auf dem Hof und Feldern reichlich zu tun gab, schon dreimal nicht.

Aufgrund der Größe des Geländes und der unzähligen, mit Gerümpel vollgestellten Räume kam den drei Polizisten aber bald der Mut abhanden, zu dritt hier irgendetwas zu finden. Blessing wollte seinen Kollegen gerade vorschlagen, die Durchsuchung morgen bei Tageslicht und vor allem mit mehr Personal fortzusetzen, da fiel ihm in einem der Wirtschaftsgebäude etwas auf. Der komplette Boden war mit einer dicken Schicht aus Staub, Sand und anderem Schmutz überzogen, bis auf eine kreisrunde Stelle von etwa sechzig Zentimeter Durchmesser, die nahezu sauber war. Es schien so, als hätte hier bis vor Kurzem noch irgendetwas gestanden.

Blessing sah sich um und entdeckte in einer Nische schließlich ein großes, angerostetes Metallfass mit ähnlichem Durchmesser, das auf einer dicken, aber durch die Feuchtigkeit ziemlich verzogenen Holzplatte stand.

Er kippte das Fass und rollte es zur Seite. Dann zog er die Holzplatte vorsichtig aus der Nische heraus. Darunter kam ein

Loch im Boden zum Vorschein. Blessing vermutete, dass es sich dabei um eine alte Versitzgrube handelte. Da ihm kein beißender Geruch entgegenschlug, ging er aber davon aus, dass sie schon länger nicht mehr in Betrieb war.

Er schaltete die Taschenlampe seines Handys ein und leuchtete in das dunkle Loch. Zwei weit aufgerissene Augenpaare sahen zu ihm herauf, die den beiden Menschen gehörten, die dort unten eng umschlungen, zitternd und verängstigt ausharrten.

28

Die Drudows waren trotz des Schreckens augenscheinlich wohlauf. Kurz bevor der Krankenwagen eintraf, der die beiden dennoch vorsorglich ins nächste Krankenhaus bringen sollte, erzählten sie Blessing, was vorgefallen war: Sie hatten vor dem Fernseher gesessen, als plötzlich ein Mann mit vorgehaltener Waffe in der Wohnküche gestanden hatte, der sie erst aufforderte, sich gegenseitig die Augen zu verbinden, und sie dann zwang, in die alte Grube zu klettern, in der Blessing sie gefunden hatte. Mehr konnten sie nicht berichten. Von einem Kind oder einer Frau hatten sie nichts gesehen.

Darüber, dass Mara Eisfeld hier im Keller gewesen war, konnte es nach dem Fund unter der Matratze keinen Zweifel mehr geben. Allerdings gab es keinerlei Hinweise darauf, wo sie sich jetzt befand, und die drei Polizisten würden in dieser Nacht auch keine Fortschritte mehr in dieser Sache machen, denn sie waren alle mit ihren Kräften am Ende, nicht nur körperlich, sondern vor allem auch geistig. Sie konnten keinen klaren Gedanken fassen und machten sich deshalb nun endlich auf den Rückweg.

Als sie den schmalen Wirtschaftsweg in Richtung Bundesstraße zurückfuhren, bemerkte Blessing erneut die Reifenspuren, die von der Fahrbahn abgingen und sich über das abgemähte Getreidefeld zogen. Diesmal konnte er erkennen, dass sie bis zum Waldrand führten. Dort hinten, ganz klein und kaum mehr auszumachen, war etwas, das das Mondlicht reflektierte. Ein kurzes Aufblitzen.

»Sekunde mal«, sagte er an Clemens Nüber gerichtet, der am Steuer saß. »Könnten Sie bitte kurz anhalten?«

Nachdem Nüber den Streifenwagen zum Stehen gebracht hatte, stieg Blessing aus und ließ seinen Blick konzentriert über das Feld wandern. Die Stelle, wo er das kurze Aufblitzen gesehen zu haben glaubte, konnte er nicht mehr mit letzter Gewissheit bestimmen, allenfalls die grobe Richtung. Aber vielleicht hatte er sich auch ganz einfach getäuscht. Er war müde, erschöpft, hungrig, durstig, ausgezehrt, und es wäre nicht das erste Mal, dass ihm seine Wahrnehmung einen Streich spielte.

Doch seine Intuition war stärker. Er lief zu der Stelle zurück, an der die Schneise ihren Anfang hatte. Sie lag bereits knapp zweihundert Meter hinter ihnen, und er beeilte sich, um Nüber und Dachs nicht noch länger als unbedingt nötig in Anspruch zu nehmen. Als er dort ankam, sah er, was ihm im Vorbeifahren entgangen war: Größe und Profil der Reifenspuren ließen den Schluss zu, dass sie nicht von einem landwirtschaftlichen Nutzfahrzeug stammten, sondern von einem ganz normalen PKW.

Ohne einen Gedanken an seine rahmengenähten Schuhe zu verschwenden, verließ Blessing den Wirtschaftsweg und folgte den Spuren durch das Feld.

Nüber und Dachs, die mittlerweile beide ausgestiegen waren und zu ihm aufgeschlossen hatten, zögerten einen Moment, taten es ihm aber schließlich gleich.

Nach geschätzt einem Kilometer meinte Blessing am Waldrand, der noch in einiger Entfernung lag, ein Fahrzeug erkennen zu können. Er beschleunigte seine Schritte, bis er fast rannte.

Je näher er der Stelle kam, desto mehr wurde seine Vermutung zur Gewissheit. Der Gegenstand, der vorhin das Mondlicht reflektiert hatte, war Dr. Voss' grüner Dacia Duster.

Als er schließlich angekommen war, sah er, dass das Fahrzeug zur Hälfte in Gestrüpp und Dickicht stand, die unmittelbar an den Waldrand grenzten. Blessing umrundete es einmal, soweit das möglich war, öffnete dann alle vier Türen und die Heckklappe. Innenraum und Kofferraum waren bis auf ein paar Abfälle leer. Kein Blut und vor allem kein toter Körper. Für einen Moment durchströmte Blessing ein Gefühl der Erleichterung.

Als er unter den Wagen blickte, erschloss sich ihm auch, warum der Dacia hier zurückgelassen worden war. Ein abgerissener Ast hatte sich durch den Unterboden gebohrt und sich dabei so verkeilt, dass das Fahrzeug nicht mehr ohne Weiteres zurücksetzen konnte. Dass es versucht worden war, konnte Blessing an den Reifen erkennen, die sich einige Zentimeter tief in den nassen, weichen Boden gegraben hatten.

In diesem Moment kamen auch Dachs und Nüber an der Fundstelle an. Trotz ihrer unterschiedlichen Statur waren beide gleichermaßen außer Atem, erkannten aber sofort, um welches Fahrzeug es sich handelte. Polizeiobermeister Nüber verständigte die Kriminaltechnik.

Blessing hatte in der Zwischenzeit eine weitere Entdeckung gemacht. Von der Fahrertür aus führten Schuhabdrücke in das Dickicht des Waldes hinein. Etwa Größe 45, grobes Profil, Wander- oder Trekkingschuhe. Vermutlich die von Dirk Pankewitz.

Blessing leuchtete sich mit seinem Smartphone den Weg und folgte den Spuren in den Wald hinein. Nach wenigen Metern bemerkte er weitere Schuhabdrücke im weichen Waldboden. Rilliges, grobes Profil, aber kleiner als die ersten, vielleicht Größe 40 oder 42. Er setzte seinen Weg fort, bis er nach knapp hundertfünfzig Metern abrupt stehen blieb. Vor ihm tat sich ein Abgrund auf, der mehrere Meter steil in die Tiefe ging und den er beinahe hinuntergestürzt wäre.

Die Abdrücke mit dem rillenartigen Profil endeten hier, die anderen führten von dieser Stelle aus wieder zurück in die Richtung, aus der er eben gekommen war.

Blessing hielt sich an einem Ast fest und blickte in die Tiefe, doch das Licht der Taschenlampe war zu schwach, und er konnte nur wenig erkennen.

»Mara!«, rief Blessing, und seine Stimme überschlug sich dabei. »Mara Eisfeld! Sind Sie da unten?!«

Er lauschte und wartete.

Nichts.

Er startete einen weiteren Versuch, dieser blieb jedoch ebenfalls ohne Erwiderung.

»Wir brauchen ein Seil«, sagte Blessing zu Nüber und Dachs, die inzwischen aufgeschlossen hatten und unmittelbar hinter ihm standen. »Haben Sie eines im Auto?«

Während Nüber zum Wagen zurückeilte, um das Seil zu holen, telefonierte Dachs mit der Feuerwehr, schilderte die Situation und forderte Personal mit entsprechendem Gerät an, das sich in die Schlucht abseilen konnte, um herauszufinden, ob Blessing mit seiner Vermutung richtiglag und sich ihre Kollegin Mara Eisfeld tatsächlich dort unten befand.

Doch bis zum Eintreffen der Feuerwehr wollte Blessing nicht warten. Jemand musste da jetzt runter, und dieser Jemand war er. Sobald Nüber mit dem Seil zurück war, befestigte er es an dem dicksten Baumstamm, den er in der Nähe finden konnte. Nüber und Dachs versuchten, ihn zu überreden, die Sache den Profis von der Feuerwehr zu überlassen, doch als sie sahen, dass er sich das andere Ende des Seils in einer komplizierten, aber professionell wirkenden Technik um den eigenen Körper band, verstummten sie langsam. Blessing fädelte das doppelt genommene Seil zuerst zwischen seinen Beinen hindurch, dann von hinten um den rechten Oberschenkel, anschließend über die Brust zur gegenüberliegenden Schulter und von dort aus diagonal über den Rücken. Das Ende wickelte er sich einmal um die rechte Hand und griff fest zu. So verschnürt näherte er sich dem Abgrund und hangelte sich rückwärts vorsichtig mit kleinen Schritten die Schluchtwand entlang nach unten, wobei er sich abwechselnd kurz abstieß und mit der rechten Hand etwas Seil nachgab.

Die Technik des Dülfersitzes hatte Blessing im Alter von zwölf Jahren während eines zweiwöchigen Wanderurlaubs mit seinen Eltern in den Dolomiten erlernt. Zwangsweise erlernen müssen, genauer gesagt, denn ihr Bergführer hatte sich einen Spaß daraus gemacht, ihn diese altertümliche Bergtechnik so lange üben zu lassen, bis er sie fehlerfrei beherrschte. Blessing hatte diesen Typen gehasst, so wie er bereits damals schon alles gehasst hatte, was auch nur im Entferntesten mit Bergen zu tun hatte. Das war einfach nichts für ihn. Berge engten einen ein und verstellten die Sicht. Warum waren sie nicht einfach ans Meer gefahren wie normale Leute? Er war sich zudem bereits damals zu hundertzehn Prozent sicher gewesen, dass dieser Dülfersitz in seinem weiteren Leben keine Rolle mehr spielen würde. Doch nun, fast zwanzig Jahre später, musste er sich eingestehen, dass er sich in diesem Punkt getäuscht hatte, und war sehr froh darüber, dass sein Muskelgedächtnis so tadellos funktionierte und er die gelernten Handgriffe selbst nach so langer Zeit noch abrufen konnte.

Als er auf etwa halber Strecke angelangt war, bemerkte er, dass ihm langsam, aber sicher das Seil ausging. Er hatte eigentlich gehofft, dass es bis zum Boden der Schlucht reichen würde, doch das war nicht der Fall. Also hielt er sich nur mit einer Hand am oberen Ende des Seils fest und befreite sich mit der anderen aus seiner Konstruktion. Das klappte zunächst erstaunlich gut, doch dann ließ seine Kraft nach. Er konnte sich nicht mehr halten und legte das restliche Stück im freien Fall zurück. Zum Glück war es nur noch eine kurze Strecke, von daher kein Problem, doch als er unten aufkam, rutschte er mit der glatten Sohle seiner rahmengenähten Schuhe auf einer glitschigen Wurzel aus, kippte mit dem Oberkörper nach hinten und schlug mit dem unteren Rücken auf ebendieser Wurzel auf. Ein stromschlagartiger Schmerz durchzuckte seinen Körper.

Stöhnend und benommen richtete er sich auf und sah sich um. Altes Laub, Moos, Pilze, Steine und vor allem Wurzeln in den unterschiedlichsten Längen, Dicken und Beschaffenheiten. Auch den Kadaver eines kleinen Tieres entdeckte er. Was er hingegen nicht sah, war seine Kollegin.

29

Sie hatte sich tief in ihr Inneres zurückgezogen. Die Welt außerhalb ihres Körpers nahm sie seit Stunden kaum mehr wahr. Sie war klein und unwichtig geworden. Was zählte, war die warme Dunkelheit, die sie willkommen geheißen hatte und in der sie sich auch jetzt noch sicher fühlte. Sie war eins mit dem Universum, überall und nirgends zugleich. Die Geräusche, die von außen zu ihr drangen, waren dumpf und leise, gingen ineinander über und bildeten einen einzigen rauschenden Klangteppich.

Eine Weile lang war sie immer tiefer nach unten gesunken. Immer weiter in Richtung Dunkelheit. In Richtung Erlösung. Das, was dort oben passiert war, hatte nichts mehr mit ihr zu tun, hatte keine Bedeutung mehr für sie. Doch inzwischen hatte die Abwärtsbewegung gestoppt, und seitdem schwebte sie in der Leere an immer gleicher Stelle.

Gedanken, klein wie Atome, zogen an ihr vorüber. Sie glitzerten wie Gold, schienen aber keine Bedeutung oder Aussagekraft zu haben, zumindest keine, die sich ihr sofort erschloss.

Mit einem Mal endete jedoch der Moment des Innehaltens. Abrupt begann eine neue Kraft zu wirken und zog sie nach oben. Weg von der Dunkelheit, hin zu den Geräuschen dort draußen. Dem Licht entgegen.

Als sie die Augen öffnete, konnte sie sich im ersten Moment nicht erklären, wo sie sich befand. Ein funktional eingerichtetes Zimmer, zugezogene Vorhänge, gedämpfte Beleuchtung.

An einem schlichten Tisch saßen zwei Personen, die leise miteinander sprachen. Beide kamen ihr auf seltsame Weise bekannt vor, doch ihr wollte nicht einfallen, wo sie sie schon einmal gesehen hatte.

Erst Sekunden später, als sich der Nebel über ihrem Bewusstsein weiter lichtete, nahmen ihre Gedanken langsam eine Form an. Im gleichen Augenblick bemerkte eine der Personen, dass sie wach geworden war, und wies die andere darauf hin. Beide setzten sich an den Rand des Bettes, in dem sie lag. Es waren ein Mann und eine Frau. Sie beugten sich über sie. Der Geruch kam ihr vertraut vor. Bilder aus ihrer Kindheit schossen ihr in den Kopf, und die Erkenntnis, wen sie vor sich hatte, traf sie wie ein Blitzschlag.

Ihre Mama hatte viele Falten um die Augen und die Mundwinkel bekommen. Die Wangen waren eingefallen, die Haare dünn. Sie wirkte, als hätte sie in letzter Zeit nur sehr wenig geschlafen. Auch ihr Papa hatte sich stark verändert. Von dem buschigen, dunklen Haar, das sie als Kind so geliebt und immer mit bunten Spangen und Klammern verziert hatte, war nicht mehr viel übrig. Oben war es licht, an den Seiten kurz geschnitten, und insgesamt war es ziemlich grau geworden.

Warum ihr im ersten Moment nur diese Äußerlichkeiten in den Sinn kamen, konnte sie nicht sagen. Vielleicht war es ein Schutzmechanismus ihres Geistes, der sie davor bewahren sollte, von der Größe des Moments überwältigt zu werden. Allerdings funktionierte dieser Mechanismus nicht zuverlässig. Spätestens als sie die Tränen in den Augen ihres Vaters sah, füllten sich auch die ihren, und sie wurde von einem tiefen Schmerz überwältigt, der es ihr unmöglich machte, auch nur einen Ton herauszubringen.

Ihre Mutter war in ihrer Erinnerung zwar kein ausgesprochen emotionaler Mensch, dennoch hatte sie sie in ihrer Kindheit einige Male weinen gesehen. Ihren Vater hingegen noch nie. Selbst auf der Beerdigung seiner Mutter, ihrer Großmutter, nicht. Er hatte versucht, stark und unangreifbar zu wirken, vor allem ihr gegenüber. Ihn jetzt so verletzlich zu sehen, brach ihr fast das Herz. Für einen kurzen Moment war sie überzeugt davon, dass es ihre Schuld war. Doch dann gelang es ihr, diesen Gedanken abzuschütteln und sich den wahren Schuldigen ins Bewusstsein zu rufen. Denjenigen, der einzig und allein für das Leid ihrer Familie und das vieler anderer Menschen verantwortlich war.

Ihre Eltern strichen ihr mit den Händen über den Kopf. Redeten mit ihr, küssten sie auf die Stirn und die Wange. Vorsichtig und behutsam, als schienen sie zu wissen, dass ihr jede Berührung Schmerzen bereitete.

Sie ließ es geschehen, freute sich darüber, wie glücklich und erleichtert die beiden wirkten. Auch sie war froh über das Wiedersehen nach so langer Zeit, dennoch gelang es ihr nicht, den Augenblick auszukosten. Immer wieder schweiften ihre Gedanken ab zu den Geschehnissen der letzten Tage und Stunden.

Sie musste an den Jungen denken, von dem sie nicht mal den Namen wusste, ohne dessen Einsatz sie jetzt aber nicht hier liegen würde. Er war es, der die Tür zu ihrem Verlies geöffnet hatte. Dass er sie kurz darauf wieder zugeschlagen hatte, war am Ende ohne Bedeutung. Wichtig war: Er hatte die Ereignisse in Gang gesetzt und im Bunker sogar sein Leben für Ella und sie riskiert.

Als sie später in dem alten Auto gesessen und den Schuss von innen gehört hatte, war sie sich zunächst sicher gewesen, dass er geschossen hatte, schließlich hatte er die Waffe des Bärtigen bei sich gehabt. Tatsächlich aber war es X irgendwie gelungen, sich von seinen Fesseln zu befreien. Er hatte den Jungen überwältigt und ihn schließlich getötet.

Auf den Bärtigen hatte sie, ohne zu zögern, geschossen. Ohne vorher darüber nachzudenken, ohne zu grübeln. So als wäre es etwas, was sie schon Tausende Male getan hatte. Warum hatte sie die gleiche Kompromisslosigkeit nicht aufbringen können, als X gefesselt vor ihr gesessen hatte? Warum hatte sie ihm nicht auch eine Kugel in den Kopf gejagt? Er hätte es mehr als alle anderen verdient.

Sie konnte sich ihr Zögern nicht verzeihen, denn sie wusste, dass ein Schuss dem ganzen Leid ein Ende bereitet hätte. Ein für alle Mal. Nichts von dem, was sich danach ereignet hatte, wäre geschehen. Dass X mit blutverschmierter Kleidung und vor Wut flackernden Augen aus dem Bunker gestürmt war, dass er ihr eine Tüte über den Kopf gezogen hatte, dass er wie ein Irrer auf sie eingeprügelt hatte. Aber vor allem, dass er mit Ella fortgegangen war.

Ella. Wo mochte sie jetzt sein? Wie erging es ihr wohl gerade? Würde sie klarkommen ohne Mutter? Konnte X ihr den nötigen Halt geben? Zum Glück hatte Ella nicht mitansehen müssen, wie er sie zugerichtet hatte. Er hatte sie Blätter und Gräser sammeln lassen. Erst als er gesehen hatte, dass die Kleine abgelenkt war, war er zurückgekommen, hatte sie zurück in den Bunker geschleift und dabei gebetsmühlenartig wiederholt, wie sehr er von ihr enttäuscht sei.

Konnte er Ella dennoch ein guter Vater sein? War er in der Lage, sich um sie zu kümmern, sie zu beschützen, sie zu fördern? War seine Liebe für sie groß genug, um das alles zu leisten? Jetzt, wo sie noch ein kleines süßes Mädchen war, bestimmt. Doch wie würde er sich verhalten, wenn sie zum widerspenstigen Teenager heranwuchs, der alles – und ganz besonders ihn – infrage stellte? Wie würde er reagieren, wenn Ella ihn kritisierte? Würden bei ihm dann wieder alle Sicherungen durchbrennen? Würde er dann auch so lange auf sie einschlagen, bis sie das Bewusstsein verlor?

Sie fürchtete sich vor der Antwort. Als sie jedoch gedanklich zurück in die Gegenwart kehrte und in die Gesichter ihrer Eltern blickte, schöpfte sie zumindest etwas Hoffnung. Wenn es möglich gewesen war, sie nach so langer Zeit aus ihrer Gefangenschaft zu befreien, dann würde es auch gelingen, Ella zu befreien. Die Polizistin, die X auf der Spur war, würde das schaffen, sie würde nicht aufgeben. Sie hatte es in ihren Augen gesehen.

30

Obwohl Mara körperlich längst am Ende war, trieb sie sich immer weiter an. Sie musste konzentriert bleiben und vorankommen, einen Schritt nach dem anderen tun. Die Lichtverhältnisse waren hier unten deutlich schlechter als auf dem offenen Feld, doch der Vollmond stand so günstig, dass sie sich einigermaßen orientieren konnte, und inzwischen hatten sich ihre Augen ohnehin an das wenige Licht gewöhnt.

Sie lief nun bestimmt schon eine Dreiviertelstunde in diese Richtung. Zuvor war sie in die andere Richtung gegangen, musste aber umkehren, da sie an eine Stelle geraten war, an der die Felswände so eng aneinanderstanden, dass selbst ihr schmaler Körper nicht mehr durch die Lücke gepasst hatte.

Der Untergrund, auf dem sie sich bewegte, war uneben, feucht und voller spitzer Steine und Wurzeln. Totes Holz, wohin das Auge reichte. Doch ausgerechnet an der Stelle, an der sie nach ihrem Sprung in die Tiefe aufgeschlagen war, hatte sich eine dicke Schicht Moos befunden, was sich als großes Glück erwiesen hatte, denn einen Aufprall an einer anderen Stelle der Schlucht hätte sie kaum überlebt. Schmerzhaft genug war er dennoch gewesen.

Trotz der ungünstigen Bodenbeschaffenheit hatte sie sich inzwischen auch des zweiten Gummistiefels entledigt, da es weniger mühsam war, sich komplett barfuß fortzubewegen. Auch wenn das bedeutete, dass nun beide Füße ungeschützt waren.

Sie hoffte, irgendwann an einen Abschnitt zu kommen, an dem die Schlucht so beschaffen war, dass sie wieder nach oben klettern konnte. Bisher hatte sie allerdings kein Glück, denn entweder bestanden die Wände komplett aus Stein und waren zu steil und zu glitschig oder aber ausschließlich aus Erde, die sich schon beim bloßen Versuch hinaufzuklettern aus der Wand löste.

Von dem Glücksgefühl, aus Pankewitz' Gewalt entkommen zu sein und zudem noch den Sprung in den Abgrund mehr oder weniger unbeschadet überstanden zu haben, war kaum mehr etwas übrig. Die Endorphine hatten sich vollständig abgebaut, und die Schmerzen waren zurück.

Mara fragte sich, wie lange es dauern würde, bis sie vor Erschöpfung zusammenbrach und es ihr so erging wie dem Tier, das in der Nähe ihrer Absturzstelle langsam vor sich hin rottete. Denn finden würde sie hier so schnell niemand. Wer auch? Wer würde hier nach ihr suchen?

Während sie noch diesen Gedanken nachhing, tauchte plötzlich eine Wand aus Erde, Lehm und Felsbrocken vor ihr auf, und innerhalb von Millisekunden begriff sie: Auch dieser Weg war eine Sackgasse.

Das war's, dachte sie resigniert. Hier endete also alles. Hier auf dem Grund einer Schlucht in der brandenburgischen Pampa, oder wo auch immer sie sich gerade befand. Mit sechsunddreißig Jahren. Sie würde einen Ehemann hinterlassen, der sich von ihr nun nicht mehr scheiden lassen konnte, und einen kleinen Jungen, der ohne Mutter aufwachsen musste.

Tränen flossen ihr übers Gesicht, die in den kleinen Schnitten und Aufschürfungen einen brennenden Schmerz verursachten.

Eine sanfte Brise kühlte ihr Gesicht. Mara genoss das angenehme Gefühl für einige Sekunden, bevor sie mit einem Mal begriff, dass das gar nicht sein konnte. Woher kam plötzlich dieser Luftstrom? Den gesamten Weg über hatte sich hier unten kein Lüftchen geregt.

Sie begab sie sich auf alle viere, kroch über den feuchten Boden und entdeckte schließlich eine etwa kopfgroße Öffnung in der Wand, die vermutlich von einem Tier gegraben worden war. Die Luft strömte eindeutig dort heraus. Schwache, sanfte Stöße.

Als sie mit dem Gesicht nah an die Öffnung heranging, stellte sie fest, dass es sich um einen schmalen Tunnel von bestimmt zwei Meter Länge handelte. An dessen Ende konnte sie schwaches Licht erkennen. Entweder lag auf der anderen Seite also ein weiterer, abgeschlossener Teil der Schlucht, aus dem man genauso wenig entkommen konnte – oder aber es gab dort drüben eine Möglichkeit, nach oben zu klettern.

Dass sie herausfinden musste, was zutraf, stand außer Zweifel, auch wenn es im Moment als ein kaum zu bewältigendes Vorhaben erschien. Sie begann, vorsichtig Erde von den Tunnelwänden abzutragen. Anschließend klopfte sie den Bereich, an dem sie das Loch verbreitert hatte, sofort wieder fest, um ja nicht Gefahr zu laufen, dass der kleine Durchgang einstürzte.

Nach einer halben Stunde hatte sie den Durchmesser des schmalen Tunnels auf diese Weise etwa zur Hälfte schulterbreit vergrößert. Um den Bereich weiter hinten zu erreichen, musste sie nun hineinkriechen, oder besser: sich hineinzwängen. Doch allein der Gedanke löste bei ihr eine Panikreaktion aus. Sie hatte das Gefühl, dass sich um ihren Hals eine unsichtbare Hand legte, die langsam zudrückte. Doch trotz dieser Abwehrreaktion ihres Körpers zwang sich Mara zum Weiterzumachen.

Nach einer gefühlten Ewigkeit dann der Durchbruch. Es gelang ihr, sich auf der anderen Seite aus der Tunnelöffnung zu zwängen. Körperlich war sie inzwischen komplett am Ende, doch als sie sich umsah, wusste sie, dass sich die Strapazen gelohnt hatten. Sie befand sich zwar immer noch am Grund einer Schlucht, doch hier in diesem Bereich waren die Wände deutlich weniger steil, sodass es ein Leichtes war, zurück nach oben in den Wald zu klettern.

Als sie oben ankam, stand sie jedoch direkt vor den nächsten Problemen. Zum einen waren die Temperaturen hier deutlich niedriger als unten in der Schlucht, sodass ihr auch die Decke – an die sie sich seit der Flucht aus ihrem Verlies klammerte wie eine Ertrinkende an eine Schiffsplanke – nur wenig Schutz vor Kälte bot. Ein weiteres Problem war, dass sie keine Ahnung hatte, in welche Richtung sie nun gehen sollte. Wo sie auch hinsah, war dichter Wald. Als einziger Orientierungspunkt kam nur der hell leuchtende Vollmond infrage. Sie hatte zwar keine Ahnung, in welcher Himmelsrichtung er stand, dennoch würde sie so zumindest nicht Gefahr laufen, sich im Kreis zu bewegen und wenig später an der gleichen Stelle wieder anzukommen, an der sie gestartet war.

Nach hundert Metern hörte sie ein Knacken neben sich. Sie drehte den Kopf, sah aber nichts. Dann ein Knacken von der anderen Seite. Wieder konnte sie nichts erkennen. Aber da war etwas, sie konnte es spüren. Ein Tier? Wölfe? Gab es nicht wieder Wölfe hier in der Gegend? Und falls ja, konnten die ihr gefährlich werden? Sie hatte etwas darüber gelesen, konnte sich aber nicht an den genauen Inhalt des Artikels erinnern, so wie sie sich eigentlich an gar nichts mehr erinnern konnte. Jeder Gedanke, den sie zu fassen versuchte, verflüchtigte sich.

Sie überlegte, ob sie einfach rennen sollte, merkte aber, dass sie keinerlei Reserven mehr hatte, die sich noch mobilisieren ließen. Doch das schien auch gar nicht mehr nötig zu sein, denn plötzlich entdeckte sie in einiger Entfernung ein kleines, orangefarbenes Flackern, das sich bald darauf als das hell erleuchtete Fenster einer kleinen Waldhütte entpuppte.

Auch wenn es ihr schwerfiel, versuchte Mara die aufkeimende Euphorie im Zaum zu halten. Zu oft hatte sie in den letzten Stunden erleben müssen, wie aus einem Glücksgefühl bittere Enttäuschung geworden war. Sie musste zunächst herausfinden, wer sich in der Hütte befand. Denn auch wenn sie es für unwahrscheinlich hielt, ausgerechnet jetzt an jemanden zu geraten, der beim Anblick einer halb nackten Frau auf ganz andere Gedanken kam, als seine Hilfe anzubieten, so war es doch nicht ausgeschlossen.

Geduckt schlich sie sich an die Hütte heran, spähte durch das Fenster und erkannte, dass ihre Befürchtungen unbegründet waren. Auf dem Holzfußboden vor dem offenen Kamin, in dem drei große Holzscheite brannten, bewegten sich die Silhouetten von zwei Personen. Eine junge Frau und ein junger Mann, beide höchstens Anfang zwanzig, beide mit geschlossenen Augen, beide nackt und beide ganz offensichtlich mit allen Sinnen in ihr Liebesspiel vertieft.

Mara musste fast lachen, so erleichtert war sie. Trotz ihrer eigenen verzweifelten Lage tat es ihr fast ein wenig leid, die beiden stören zu müssen, aber daran führte kein Weg vorbei. Sie klopfte entschlossen an die Scheibe.

»Ich bin hier draußen und brauche Hilfe!«

31

Agnes und Rico waren äußerst hilfsbereite und liebenswerte Menschen. Sie kümmerten sich rührend um Eisfeld, gaben ihr zu trinken, eine Kleinigkeit zu essen und einen Lappen, um sich wenigstens notdürftig von der Erde, die an ihrem Körper haftete, zu befreien. Außerdem ließen sie sie vor dem Kamin Platz nehmen, damit sie sich aufwärmen konnte, und legten ihr eine weitere Decke über die Schultern.

Das Angebot, für sie einen Krankenwagen zu rufen, lehnte Mara jedoch ab. Sie wollte zuerst mit einem ihrer Kollegen sprechen, damit die Suche nach ihr, die ganz sicher bereits auf Hochtouren lief, abgebrochen werden konnte. Die einzige Telefonnummer, an die sie sich momentan erinnern konnte, war allerdings die von Polizeiobermeister Dachs, da es noch nicht allzu lange her war, dass der sie ihr diktiert hatte, und sie zudem aus einer einfachen Zahlenfolge bestand.

Eisfeld gab die Nummer in Ricos Handy ein.

Der Kollege ging sofort ran. »Ja!«

Im Hintergrund war tosender Motorenlärm zu hören.

Eisfeld räusperte sich, bevor sie sprach. »Ich bin's. Mara Eisfeld.«

Zwei Sekunden verstrichen, in denen ausschließlich das Getöse zu hören war, dann meldete sich Dachs' Stimme wieder. »Wer? Entschuldigung, hier ist ein ziemlicher Lärmpegel, ich kann Sie nicht verstehen. Wer ist dran?«

»Mara Eisfeld! KHK Eisfeld!«, rief Mara. Es war ihr unangenehm, ihre Stimme erheben zu müssen. Sie war von Dachs bereits nach wenigen Sekunden genervt. Auch eine Leistung.

Immerhin hatte er sie jetzt verstanden. Aufgeregt informierte er die Kollegen, die offenbar um ihn herum waren. Stimmengewusel. Dann meldete er sich zurück und erkundigte sich nach Eisfelds Befinden.

»Es geht mir gut«, log Mara, denn sie wollte jetzt keinesfalls bemitleidet werden und schon gar nicht von diesem Kollegen. »Ist Blessing in der Nähe? Ich würde gern mit ihm sprechen. Und was ist das überhaupt für ein Lärm!?«

»Wir suchen nach Ihnen!«, rief Dachs, gegen das Getöse ankämpfend. »Blessing hat die Schlucht gefunden, in die Sie gestürzt sind, und ist da runter. Jetzt ist die Feuerwehr da und holt ihn wieder hoch. Er hängt noch an der Winde …«

»Okay.«

»Den Hof, auf dem Sie gefangen gehalten worden sind, haben wir auch gefunden. Aber leider zu spät. Pankewitz und das Kind waren schon weg.«

Eisfeld schloss die Augen. Sie hatte geahnt, dass Pankewitz nicht auf den Hof zurückkehren würde, zu groß war die Gefahr, dass die Verfolgungsjagd durch das Getreidefeld nicht unbemerkt geblieben war. Dennoch hatte sie sich natürlich einen anderen Ausgang erhofft.

»Wo sind Sie denn nun?!«, schrie Dachs, da der Lärm im Hintergrund dabei war, eine neue Höchstmarke zu erreichen. »Ich hole Sie ab!«

»Ich bin hier mitten im Wald. In einem kleinen Ferienhaus, das Storchennest heißt.«

»Storchennest«, wiederholte Dachs. »Kenn ich. Bin gleich da.«

»Das wäre großartig«, sagte Eisfeld und bemerkte zeitgleich, dass die Genervtheit, die sie über Dachs empfunden hatte, inzwischen einem behaglichen Gefühl von Vertrautheit gewichen war.

»Ich müsste, glaube ich, auch in ein Krankenhaus …«

»Machen wir. Kein Problem.«

»Und richten Sie Blessing bitte aus, dass er sich schlafen legen soll. Wenigstens ein paar Stunden. Er hat doch sicher seit gestern kein Auge zugemacht.«

»Nein, hat er nicht, wir alle nicht.«

Fünfundzwanzig Minuten später hielt ein Streifenwagen vor dem Storchennest. Eisfeld verabschiedete sich von Agnes und Rico und setzte sich neben Dachs auf den Beifahrersitz.

»Danke«, sagte sie und blickte ihren Kollegen lange an.

»Für?«

»Fürs Abholen.«

»Das ist doch selbstverständlich«, winkte Dachs lächelnd ab und fuhr los.

Mara schüttelte den Kopf, wollte etwas erwidern, doch ihre Stimme versagte. Und dann liefen ihr plötzlich, ohne dass sie dagegen etwas unternehmen konnte, die Tränen über das Gesicht.

Dachs sah sie sorgenvoll und auch ein klein wenig erschrocken an.

»Entschuldigung«, sagte Eisfeld mit erstickter Stimme. »Entschuldigung, ist gleich wieder vorbei.«

»Sie brauchen sich nicht zu entschuldigen, wirklich nicht. Nach all dem, was Sie vermutlich durchgemacht haben. Trinken Sie lieber was. Da unten liegt eine Thermosflasche mit Tee aus frischer Minze aus dem Garten meiner Schwester. Nehmen Sie. Wärmt Körper und Geist.«

»Danke.« Mara wischte sich die Tränen aus dem Gesicht und holte die Thermosflasche aus dem Fußraum, schraubte langsam den Becher ab, goss sich ein und nahm einen Schluck. Obwohl Minze nicht zu ihren favorisierten Teesorten zählte, konnte sie sich in diesem Moment nichts vorstellen, was ihr jemals besser geschmeckt hätte.

»Danke. Und Entschuldigung für mein blödes Verhalten gestern. War vielleicht ein bisschen zu chefig.«

Dachs warf ihr einen kurzen, erstaunten Blick zu. »Auch dafür müssen Sie sich nicht entschuldigen. Denn vielleicht, ich betone ganz bewusst das Wörtchen ›vielleicht‹, vielleicht war ich an dieser Eskalation auch nicht ganz unbeteiligt.«

Mara huschte ein Lächeln übers Gesicht. »Danke.«

»Bitte. Aber jetzt ist auch mal gut mit Bedanken.«

Mara nickte, lehnte ihren Kopf an die Seitenscheibe und sah in die Dunkelheit. Normalerweise hätte das Vorüberziehen der nächtlichen Landschaft eine beruhigende Wirkung auf sie gehabt, doch jetzt nicht. Ihre Selbstzweifel wuchsen, und eine tiefe Traurigkeit erfasste sie.

Als Dachs die Hauptstraße verließ und in eine Auffahrt einbog, in der ein Krankenwagen stand, hatte sie sich wieder gefangen. Es musste weitergehen, sie musste weiter funktionieren. Zumindest so lange, bis sie Ella gefunden und befreit hatte. Doch zuvor musste sie sich um sich selbst kümmern.

Der Streifenwagen drehte eine Kurve, und noch bevor er die Notaufnahme erreicht hatte, sah Mara eine Frau vor dem Gebäude stehen. Ein kleiner Scheinwerfer war auf sie gerichtet, der ihr Gesicht in der Dunkelheit hell erstrahlen ließ. In der Hand hielt sie ein Mikrofon und sprach in Richtung Kamera. Es war die ARGUS-Reporterin Karlotta von Busse.

»Das gibt's doch nicht«, sagte Eisfeld entsetzt. »Woher wissen die denn bitte, dass ich jetzt hierherkomme?«

»Ich glaube nicht, dass sie das wissen«, sagte Dachs ruhig. »Die sind wegen Katharina Stellkamp hier. Die liegt im dritten Stock.«

»Ach so?«

»Ja, das hat sich sicher mittlerweile herumgesprochen, und so viele Krankenhäuser gibt es in der Gegend auch wieder nicht. Also, gehen Sie in Deckung, ich fahre zum Hintereingang.«

Eisfeld tat, was Dachs vorgeschlagen hatte. Sie rutschte tiefer in den Sitz und verbarg ihr Gesicht hinter der rechten Hand. Während sie das Zweiergespann aus Reporterin und Kameramann passierten, lugte sie zwischen ihren Fingern hindurch und sah, wie Karlotta von Busse mit einem offensichtlich gespielten Ausdruck des Mitgefühls in die Kamera sprach. Mara begann langsam, einen regelrechten Hass auf diese Frau zu entwickeln.

»Wie geht es Katharina?«, fragte sie, als Dachs die Auffahrt zur Notaufnahme verlassen hatte und das Fahrzeug einmal um den gesamten Gebäudekomplex steuerte.

»Laut den Ärzten wohl viel besser. Ihr Zustand ist stabil, und wahrscheinlich wird sie auch wieder vollständig gesund. Zumindest körperlich.«

»Schön zu hören«, erwiderte Eisfeld ehrlich erfreut. »Hat jemand mit ihr gesprochen? Weiß sie, wohin Pankewitz unterwegs sein könnte?«

»Es hat jemand mit ihr gesprochen, ja, aber sie weiß rein gar nichts.«

Eisfeld nickte. Sie hatte mit dieser Antwort gerechnet. »Und wird sie eigentlich von uns bewacht?«

»Ja, ein Kollege sitzt vor ihrem Zimmer.«

»Gut. Den Geiern von eben ist nämlich alles zuzutrauen.«

Kurz darauf hielt der Streifenwagen vor einem kleineren Eingang, der offenbar hauptsächlich von Lieferanten genutzt wurde. Mirko Dachs stieg aus, ging um sein Fahrzeug herum, öffnete die Beifahrertür und half Eisfeld heraus. Dann begleitete er sie nach innen und führte sie durch mehrere Gänge, bis sie die Notaufnahme von der anderen Seite erreichten. Dort wurde Eisfeld sogleich von einer jungen Ärztin in Empfang genommen.

Dr. Preis war klein und zierlich, hatte vertrauenerweckende braune Rehaugen, eine klare, warme Stimme und schien mindestens fünf Jahre jünger zu sein als Eisfeld, dennoch fühlte sich Mara in ihrer Obhut sofort geborgen, was ihr erheblich erleichterte, sich der Ärztin anzuvertrauen. Sie schilderte in knappen, nüchternen Sätzen, was vorgefallen war.

Daraufhin begann Dr. Preis Eisfelds Körper auf Spuren zu untersuchen, die möglicherweise Pankewitz' DNA enthielten, und trug diese mittels eines Wattestäbchens ab. Dies geschah sowohl an den sichtbaren Verletzungen auf ihrer Haut als auch an Vagina und Anus. Trotz ihrer inneren Aufgewühltheit ließ Mara die Prozedur stoisch über sich ergehen, weil sie wusste, nur so Gewissheit darüber zu bekommen, ob sie während ihrer Bewusstlosigkeit vergewaltigt worden war oder nicht.

Im Anschluss daran wurden die Schnittwunden versorgt, die sie sich beim Sprung in den Abgrund zugezogen hatte, sowie ihr linkes Handgelenk bandagiert, dem die Ärztin eine Prellung attestiert hatte. Knochenbrüche hatte Eisfeld wie durch ein Wunder keine davongetragen.

Nachdem die Behandlung abgeschlossen war, durfte sie sich in einen separaten Raum zurückziehen, um sich auszuruhen. Als sie kurz davor war einzunicken, kam Dachs herein. Er war vor einer halben Stunde plötzlich und ohne Verabschiedung verschwunden, und Eisfeld hatte sich schon gewundert, wo er abgeblieben war. Jetzt war er jedenfalls zurück und hielt eine Plastiktasche voll Kleidung in der Hand.

»Ich dachte mir, mit dem, was sie da am Körper haben, wollen Sie sicher nicht den ganzen Tag herumlaufen, und da bin ich mal schnell zu meiner Schwester Doreen gefahren und hab was mitgebracht …«

Mara hatte zwar von Agnes eine rote, deutlich zu kurze Jogginghose und ein weißes Unterhemd bekommen, und zudem hatte sie nach wie vor die Decke aus ihrer Gefängniszelle um die Schultern, aber Dachs hatte recht: Das war natürlich keine Dauerlösung.

»Und Ihr Handy und Ihre anderen persönlichen Sachen aus Dr. Voss' Haus habe ich auch gleich mitgebracht.«

»Vielen, vielen Dank, Sie sind wirklich ein Engel.«

Dachs nickte lässig, es war aber nicht zu übersehen, wie ihn dieses Lob innerlich zum Strahlen brachte. »Dennoch würde ich mich jetzt ganz gerne für heute verabschieden, wenn das für Sie in Ordnung ist. KHK Blessing ist auf dem Weg hierher und wird Sie abholen.«

»Der sollte doch schlafen«, protestierte Eisfeld. Zeitgleich fiel ihr aber ein, dass Dachs nun wirklich der falsche Adressat dafür war, und sie beeilte sich, ihm zu versichern, dass es natürlich absolut in Ordnung war, jetzt nach Hause zu fahren. »Wir sehen uns dann morgen im Laufe des Tages. Und nochmals vielen Dank für alles.«

»Jetzt bedanken Sie sich schon wieder.«

»Ja, scheint ein neuer Teil meiner Persönlichkeit zu sein. Hoffentlich geht das wieder weg.«

Dachs lächelte, verließ den Raum und schloss die Tür hinter sich.

Eisfeld war allein.

32

Nachdem Mara eine Weile still auf der mit Papier überzogenen Behandlungsliege gesessen und die Ruhe um sich herum genossen hatte, gab sie sich einen Ruck und ging den Inhalt der Tasche, die Dachs ihr gebracht hatte, durch. Doch bereits nach wenigen Sekunden verzog sie das Gesicht. Die Sachen von Dachs' Schwester Doreen waren modisch absolut indiskutabel: zwei Jeans mit gechlortem Kuhflecken-Muster, ein enges, bauchfreies Top in Neonorange, eines mit blau-weißen Querstreifen, ein kurzes, grünes Strickjäckchen, ein etwas längeres aus gröberem Material in Schwarz, ein hellgelbes Sweatshirt mit einem großen, aber stark verwaschenen und kaum mehr zu erkennenden Sonnen-Logo und selbst gestrickte Wollsocken. Immerhin gab es noch Unterwäsche in ungeöffneter Originalverpackung.

Mara entschied sich für das orangefarbige Top und zog das hellgelbe Sweatshirt und die schwarze Strickjacke darüber. In Bezug auf die Hosen blieb ihr keine Alternative, als sich mit einer der Kuhflecken-Jeans anzufreunden.

Nachdem sie sich angezogen hatte, ging sie die diversen Anrufe und Nachrichten durch, die in den letzten Stunden auf ihrem Mobiltelefon eingegangen waren.

Als Erstes sollte sie sich bei Kriminaldirektor Tamm melden, das wusste sie. So ging es sowohl aus den beiden Nachrichten, die sie von Umut Oktay erhalten hatte, hervor als auch aus der Nachricht, die ihr Tamm selbst geschickt hatte. Eisfeld hatte dennoch das dringende Bedürfnis, diesen Anruf noch eine Weile vor sich herzuschieben, denn sie befürchtete, dass er sehr unangenehm für sie werden könnte. Sie schrieb deshalb zunächst Matti eine Nachricht und teilte ihm mit, dass es ihr gut ging. Unmittelbar nachdem sie den Senden-Button gedrückt hatte, rief er an.

»Schläfst du gar nicht?«, fragte sie zärtlich.

»Nein, ging nicht«, erwiderte ihr Noch-Ehemann hellwach und mit klarer Stimme. »Ich hab mir solche Sorgen gemacht.«

»Ich weiß. Es tut mir leid. Aber es ist alles in Ordnung.«

»Was ist denn genau passiert?«

»Erzähle ich dir in Ruhe, wenn ich zurück bin, ja? Mir geht es auf jeden Fall gut. Ich bin in einem Krankenhaus, aber ist nichts Schlimmes, eine Prellung am Handgelenk …«

»Ach du Scheiße!«, rief Matti besorgt, drosselte seine Stimme aber sofort. »Ich komme zu dir. Schick mir die Adresse von dem Krankenhaus. Sami und ich holen dich ab. Sobald …«

»Nein, Matti«, unterbrach Mara ihn. »Ihr holt mich nicht ab. Du bleibst schön da, wo du jetzt bist, und passt auf unseren Sohn auf. Das wäre mir im Moment die allergrößte Hilfe. Ganz abgesehen davon ist es mit dem Lastenrad ohnehin zu weit.«

Den letzten Satz konnte sie sich einfach nicht verkneifen und musste innerlich schmunzeln.

»Ich hätte ein Auto gemietet«, sagte Matti kühl.

»Weiß ich doch. Und ich weiß auch zu schätzen, dass du es anbietest. Sehr sogar. Aber ich muss noch arbeiten. Ich melde mich, wenn ich wieder in Berlin bin, okay? Dann reden wir über alles, und du zeigst mir eure neue Wohnung.«

Matti seufzte. »Aber wenn doch noch was ist, meldest du dich. Und natürlich zeige ich dir die Wohnung, wenn du wieder da bist. Du bist hier jederzeit herzlich willkommen. Pass auf dich auf, ja?«

Sie versprach es und legte auf.

Mara war froh, dass Matti sie nicht weiter ausgefragt hatte. Davon, was sie während ihrer Gefangenschaft erlebt hatte, wollte sie ihm – wenn überhaupt – erst erzählen, wenn sie ihm von Angesicht zu Angesicht gegenübersaß. Im Idealfall gleich in Verbindung mit der Mitteilung, dass sie nicht vergewaltigt worden war.

Nun gab es wirklich nichts mehr, was einen weiteren Aufschub des Anrufs bei Kriminaldirektor Tamm rechtfertigen konnte. Sie wählte seine Nummer, und trotz der frühen Morgenstunden, es musste gegen fünf sein, ging er nach nur einem Klingeln ran.

»KHK Eisfeld! Schön, dass Sie sich melden.«

»Ja, Entschuldigung, dass es so spät geworden ist«, sagte Mara, obwohl keinerlei Vorwurf im Unterton des Kriminaldirektors erkennbar gewesen war.

»Ich habe Ihren Anruf erwartet. Denn es ist mir wichtig zu erfahren, ob es meinen Mitarbeitern gut geht. Trifft das bei Ihnen zu?«

»Ja, mir geht es den Umständen entsprechend gut.«

»Da bin ich erleichtert«, sagte Tamm mit seiner sonoren Stimme. Nach einer winzigen Pause fuhr er fort: »Dennoch dürfte Ihnen klar sein, dass ich Sie von dem Fall abziehen muss. Unvorteilhafte Presseberichte, ein unzufriedener Polizeipräsident und natürlich die Tatsache, dass Sie vorschriftswidrig vorgegangen sind und sich dadurch in Gefahr gebracht haben, lassen mir da keine andere Wahl. Zudem sind Sie jetzt ja Opfer und können nicht mehr objektiv ermitteln.«

Mara musste unwillkürlich schlucken. Sie hatte befürchtet, dass Tamm diesen Schritt gehen würde, aber insgeheim gehofft, er würde ihr noch eine allerletzte Chance geben, ihren Fehler wiedergutzumachen. Doch jetzt, wo es ausgesprochen war, überfiel sie mit einem Mal eine große Leere.

»Sie und KHK Blessing kommen bitte, sobald es geht, zurück nach Berlin. Dort erwarten sie andere Aufgaben, ein Fall von häuslicher Gewalt mit Todesfolge zum Beispiel. Banners wird die Ermittlungen an Ihrer Stelle übernehmen. Bitte rufen Sie ihn an, um eine reibungslose Übergabe zu gewährleisten. In Ordnung?«

Mara wollte etwas sagen, doch ihre Stimme versagte. Sie räusperte sich und setzte erneut an. »Ja, in Ordnung.«

»Dann bedanke ich mich und wünsche Ihnen eine angenehme Rückreise«, sagte Tamm und beendete die Verbindung.

Mara legte das Telefon kraftlos neben sich auf der Behandlungsliege ab und wollte gerade aufstehen, um ein paar Schritte zu gehen oder irgendwie anders den Kopf frei zu bekommen, da begann ihr Gerät zu vibrieren. Sie dachte zuerst, Tamm hätte noch etwas vergessen, doch als sie auf das Display sah, stand dort der Name Bertram Banners.

Sie spielte kurz mit dem Gedanken, den Anruf zu ignorieren, entschied sich jedoch anders.

»Eisfeld. Ich wollte Sie gerade anrufen …«

»Na, dann bin ich Ihnen wohl zuvorgekommen, Frau Eisfeld«, sagte Hauptkommissar Banners, gefolgt von einem kehlig-keuchenden Lachen. »Wie so oft, anderen eine Nasenlänge voraus.«

Mara verdrehte die Augen. Banners schien seinen Triumph auskosten zu wollen. Zu welch präpubertären Verhaltensweisen manche Männer jenseits der fünfzig in der Lage waren, und das, ohne sich dafür auch nur im Geringsten zu schämen, erstaunte sie dann doch immer wieder. Dass Banners sich so verhielt, überraschte sie allerdings kaum mehr. Dennoch versuchte sie, sachlich zu bleiben.

»Der Kriminaldirektor wünscht sich eine geordnete Übergabe der Ermittlungsleitung. Wann werden Sie hier sein, damit wir das hinter uns bringen können?«

»Gar nicht«, sagte Banners lässig.

»Wie meinen Sie das?«

»Na, wie ich es sage«, erwiderte der Kollege mit einem Lachen. »Ich werde die Ermittlungen von Berlin aus leiten.«

»Das halte ich für einen Fehler«, erwiderte Mara nach einer kurzen Pause. »Ich bin mir sicher, Pankewitz ist …«

»Frau Eisfeld«, unterbrach Banners sie ruppig. »Es spielt keine Rolle, was Sie für einen Fehler halten oder was Ihre Einschätzungen zu dem Fall sind. Überlassen Sie die Denkarbeit ab jetzt getrost mir. Sie haben doch wirklich genug angerichtet …«

Er ließ den Satz eine Weile in der Luft hängen, und Mara konnte förmlich spüren, wie er die Retourkutsche genoss, die er ihr für die Demütigung vor zwei Tagen in Tamms Büro gab. Es war so offensichtlich und so lächerlich in ihren Augen, dass es ihr gar nicht gelang, darüber wütend zu werden.

»Das Einzige, was Sie wissen müssen«, fuhr er schließlich fort, »ist, dass Sie sich direkt nach Ihrer Rückkehr bei einem meiner Mitarbeiter zu melden haben, damit Ihre Aussage aufgenommen werden kann. Der Form halber.« Damit legte er, ohne ein weiteres Wort zu verlieren, auf.

»Was für eine Gurke«, sagte Mara kopfschüttelnd zu sich. »Was für eine Wurst, meine Güte.«

Zum Lachen war ihr dennoch nicht zumute. Pankewitz hatte Ella immer noch in seiner Gewalt, und die für die Lösung dieses Problems am wenigsten geeignete Person übernahm nun die Ermittlungsleitung. Es war eine einzige Katastrophe.

Ein kurzes Klopfen war zu hören, dann ging die Tür einen Spalt auf, und Blessings bebrillter Kopf lugte herein. Als er sah, dass Eisfeld auf der Liege saß und gedankenverloren vor sich hin starrte, trat er ein. Interessiert wanderte sein Blick an ihr hinunter.

Eigentlich hatte Eisfeld ihn nicht als den Typ Mann kennengelernt, der Frauen auf diese offensichtliche Art vermaß, weswegen sie sich kurz wunderte, doch dann fiel ihr ein, welche Kleidung sie trug.

Blessings einziger Kommentar dazu war ein trockenes »Oh!«.

Mara musste grinsen. »Ja, war auch meine erste Reaktion auf die Leihgabe der Familie Dachs.«

Doch von einem Moment auf den anderen verschwand der Anflug von Erheiterung wieder aus ihren beiden Gesichtern, und das nahezu zeitgleich.

»Wir sind raus. Banners übernimmt.«

Blessing nickte nur. Die Gespräche mit Tamm am gestrigen Nachmittag und Abend hatten dieses Ergebnis bereits angedeutet. »Aber die Leitung der Neunten behalten Sie?«

»Ich nehme es an. Er hat nichts Gegenteiliges gesagt.«

»Dann wird es schon so sein.« Blessing rückte sich die Brille zurecht und sah Eisfeld ernst an. »Ich würde ja jetzt sagen: Machen Sie sich nichts draus, es gibt genug Fälle, die auf uns warten, also Schwamm drüber. Aber ich fürchte, das trägt nicht wirklich dazu bei, dass Sie sich besser fühlen, deswegen lasse ich es lieber.«

Eisfeld nickte. Dass sich ihr Stellvertreter Gedanken über ihre innere Verfassung machte, berührte sie, half ihr aber nicht im Geringsten, sich mit der Tatsache abzufinden, dass man ihr den Fall entzogen hatte.

»Katharina Stellkamp ist auch hier im Haus«, sagte sie schließlich und rutschte von der Behandlungsliege. »Ich will sie noch mal sehen, bevor wir uns auf den Rückweg machen. Kommen Sie mit?«

Blessing schüttelte den Kopf. »Ich habe noch was zu erledigen. Treffen wir uns in einer knappen Stunde vor dem Krankenhaus?«

»Ja, wie kommen wir überhaupt zurück? Ist der Helikopter noch da?«

»Weiß ich nicht, aber ich besorge uns ein Fahrzeug.«

33

Eisfeld fuhr mit dem Fahrstuhl in die dritte Etage, wo sich die Intensivstation des Hauses befand. Als sich die Lifttüren öffneten, sah sie, dass sich unmittelbar vor dem Eingang ein kleiner Warteraum befand. Er war durch deckenhohe Glasscheiben vom Rest des Flurs abgetrennt und ausgestattet mit einigen gemütlichen Sitzgelegenheiten, einem Automaten für Kaffee und Tee, einem für kalte Getränke und einem für Snacks und andere Kleinigkeiten.

Mara wollte den Warteraum passieren, da erkannte sie die Frau, die sich gerade mit frustriertem Gesichtsausdruck an einem der Automaten zu schaffen machte. Es war Katharina Stellkamps Mutter.

Am liebsten hätte Mara sofort kehrtgemacht, denn sie fühlte sich im Moment absolut nicht in der Verfassung, eine Begegnung mit Marion Stellkamp durchzustehen. Doch es war zu spät. Katharinas Mutter hatte sie bereits entdeckt und trat auf den Korridor.

»Frau Eisfeld! Das ist ja eine Überraschung!«

Sie band sich ihren bodenlangen Strickmantel zu und richtete sich eilig die Haare. Ganz offensichtlich hatte sie die Nacht am Bett ihrer Tochter verbracht. Dann zeigte sie mit einem Ausdruck der Besorgnis auf Eisfelds Handgelenkbandage. »Sie sind ja verletzt.«

»Halb so wild«, erwiderte Eisfeld tapfer. »Wie geht's Katharina?«

»Den Umständen entsprechend«, sagte Marion Stellkamp und bekam feuchte Augen. »Aber dank Ihnen ist sie nicht mehr in den Händen dieses Monsters, und vor allem ist sie am Leben.«

»Ein paar andere Kollegen waren daran schon auch noch beteiligt«, erwiderte Eisfeld abwehrend. »Und noch ist es ja nicht vorbei.«

Bei den letzten Worten verfinsterte sich Marion Stellkamps Miene.

»Für mich ist es das.«

Mara sah sie stirnrunzelnd an. »Katharinas Kind ist noch …«

»Das Kind kann bei seinem Vater bleiben«, unterbrach Marion Stellkamp sie eine Spur zu barsch, um sofort danach wieder auf ihren moderaten und freundlichen Umgangston umzuschwenken, der in Maras Ohren nun aber sonderbar falsch und aufgesetzt klang. »Es wäre wirklich das Beste, wenn keiner der beiden jemals wieder in Katharinas Leben auftauchen würde. Lieber jetzt einen klaren Schlussstrich ziehen, als ihr Leben lang an diese schreckliche Zeit erinnert zu werden. Was Katharina jetzt braucht, ist ein Neustart ohne Ballast.«

Mara konnte nicht glauben, was sie da hörte. Aber für eine Gegenrede fehlte ihr schlichtweg die Kraft. Sie wollte diesem Gespräch so schnell wie möglich entkommen. Als sie ansetzte, etwas zu sagen, das zu einer Verabschiedung überleiten würde, bemerkte sie aus den Augenwinkeln eine Bewegung.

Sie blickte zur Seite und entdeckte Richard Stellkamp, der gerade aus der Station getreten sein musste. Er sah müde aus, sein Gesicht war fahl und zerknittert, seine Augen rot, und auch er wirkte entsetzt.

»Was redest du denn da, Marion? Was redest du denn da?«

Marion Stellkamp wandte sich ab, ging wortlos zurück in den Warteraum und stellte sich ans Fenster. Mit dem Rücken zu ihnen.

Richard Stellkamp warf Eisfeld ein entschuldigendes, trauriges Lächeln zu und reichte ihr die Hand. »Vielen Dank für alles, Frau Eisfeld, vielen, vielen Dank. Und schön, dass Sie hier sind. Katharina liegt im zweiten Zimmer auf der rechten Seite. Gehen Sie nur rein. Sie ist nach wie vor sehr schwach.«

Dann folgte er seiner Frau in den Warteraum und sprach leise auf diese ein. Eisfeld hörte noch die Satzfetzen »kaltes Herz« und »so unglaublich hart geworden«, bevor Marion Stellkamps Körper leicht zu beben begann.

Eisfeld ließ den beiden ihre Privatsphäre und öffnete die Tür zur Intensivstation. Dabei stieß sie fast mit einem jungen Arzt zusammen, der ihr eiligen Schrittes entgegenkam. Er entschuldigte sich hastig und verschwand dann im Treppenhaus. Kurz hatte Eisfeld das Gefühl, den jungen Mann schon einmal irgendwo gesehen zu haben, seine auffällige 80er-Jahre-Vintage-Brille kam ihr bekannt vor. Doch wo das gewesen sein könnte, wollte ihr im Moment nicht einfallen.

Sie folgte der Wegbeschreibung von Richard Stellkamp, die allerdings gar nicht nötig gewesen wäre, denn vor der Tür zu Katharinas Krankenzimmer saß, wie von Dachs angekündigt, ein junger, uniformierter Polizist. Eisfeld grüßte ihn und wollte gerade ihren Dienstausweis herausholen, doch der Kollege winkte sie durch. Mara hoffte, dass er das tat, weil er sie erkannt hatte oder von Dachs vorgewarnt worden war, und das nicht bei jedem Besucher so machte. Ihn tatsächlich danach zu fragen, verkniff sie sich aber.

Als sie in das Zimmer trat, fiel ihr als Allererstes das nagelneue und sehr moderne Krankenbett auf, in dem Katharina lag. Keine einzige Schramme war zu sehen, keine Abnutzungsspuren, im Gegenteil, der Lack glänzte wie der eines Neuwagens, kurz nachdem er das Werk verlassen hatte.

Die Rücklehne stand schräg, sodass Katharinas Oberkörper leicht aufgerichtet war. Ihre Augen waren geschlossen, ihr Atem ging regelmäßig. Der Kopf war mit einer Mullbinde umwickelt, was ihn kleiner erscheinen ließ. Das Gesicht war geschwollen, besonders im Bereich des rechten Auges, und an vielen Stellen blau-grün gefärbt. Ein dünner Sauerstoffschlauch führte unter ihrer Nase entlang.

Mara näherte sich zaghaft. Ihr war unwohl bei dem Gedanken, mit einer schlafenden Person allein in einem Raum zu sein. Zudem war sie sich unsicher, ob sie hier überhaupt willkommen war. Den letzten Gedanken wischte sie aber schnell beiseite. Natürlich war sie willkommen. Auch wenn sie es nicht geschafft hatte, den Täter zu schnappen und Ella zu befreien, so hatte sie doch zumindest einen Teilerfolg erzielt. Katharina war frei, nach zehn Jahren unvorstellbaren Leids, und sie würde wieder gesund werden. Das war auch etwas wert. Mehr als das sogar.

Sie gab sich einen Ruck und setzte sich auf einen der Stühle, die neben dem Bett standen. Während sie Katharina betrachtete, musste sie sich eingestehen, dass sie im Grunde ganz froh darüber war, sie nicht in wachem Zustand anzutreffen. Das entband sie von der unangenehmen Aufgabe, ihr zu erklären, dass sie ihr wortlos gegebenes Versprechen nicht einhalten konnte. Dass sie nichts mehr mit dem Fall zu tun hatte und folglich auch nichts mehr dazu beitragen konnte, Ella zu finden, ja es nicht mal mehr durfte.

Direkt neben dem Bett stand ein EKG-Monitor, der leise in steter Regelmäßigkeit piepste und einen Puls von knapp über sechzig Schlägen pro Minute anzeigte. Dies und der sanfte Rhythmus von Katharinas Atem ließen auch Mara zur Ruhe kommen. Doch dann schoss ihr plötzlich ein Gedanke durch den Kopf, der unmittelbar danach ihren gesamten Körper in Spannung versetzte. Ihr war wieder eingefallen, wo sie den jungen Arzt von vorhin schon einmal gesehen hatte beziehungsweise den jungen Mann, den sie wegen des Arztkittels irrtümlich für einen Arzt gehalten hatte. Es war noch gar nicht so lange her. Vorhin vor dem Krankenhaus. Er war der Ersatz für Lando. Karlotta von Busses Kameramann.

Mara sprang auf. Am meisten ärgerte sie sich darüber, dass sie Dachs noch vor den Geiern vom ARGUS gewarnt hatte, aber selbst nicht geschaltet hatte, als es darauf ankam. Und so hatte der Eindringling vermutlich bekommen, was er sich erhofft hatte: ein Foto der geretteten Katharina.

Sie stürmte in den Flur.

»Haben Sie den Arzt, der vorhin hier rauskam, kontrolliert?«, blaffte sie den jungen Polizeibeamten an.

Der sah irritiert von seinem Handy auf. »Den Arzt?«

»Ja, den Arzt!«

Der Kollege wirkte verunsichert und bekam urplötzlich einen hochroten Kopf. »Der vorhin hier war? Äh, nein, den habe ich nicht kontrolliert. Ich bin davon ausgegangen, dass …«

Den Rest des Satzes hörte Eisfeld schon nicht mehr. Sie war bereits in Richtung Ausgang unterwegs, und zwar im Laufschritt, was sie aber spätestens auf der Hälfte der Strecke bereute. In ihrem dürftigen körperlichen Zustand war Rennen eine extrem schlechte Idee. Sie spürte einen stechenden Schmerz in der Bauchgegend, der ihr fast die Luft zum Atmen raubte. Dennoch schleppte sie sich weiter.

Atemlos passierte sie den gläsernen Warteraum, in dem die Stellkamps inzwischen nebeneinander auf zwei Stühlen saßen und mit leerem Blick ins Nichts starrten.

Von den beiden unbemerkt, erreichte sie den Fahrstuhl und trat ein. Sie drückte E für Erdgeschoss, wartete ungeduldig, bis sich die Türen schlossen und die Kabine sich in Bewegung setzte. Nach zähen Sekunden kam der Fahrstuhl endlich unten an. Mara zwängte sich durch die Lücke zwischen den aufgleitenden Metalltüren und sah sich suchend in der Lobby um. Nichts.

Dann rannte sie den Flur entlang in Richtung Notaufnahme – die Hand auf den Bauch gepresst, um die Schmerzen im Zaum zu halten –, durchquerte diesen Bereich und verließ das Gebäude auf der anderen Seite.

An der Stelle, an der Karlotta von Busse vorhin so aufgeregt in die Kamera gesprochen hatte, lag nun lediglich ein Stück Folie am Boden, das ihr Kameramann vermutlich für den Scheinwerfer verwendet hatte. Sowohl er als auch Karlotta von Busse waren nirgends zu sehen.

Eisfeld hielt nach dem roten Minivan Ausschau, konnte ihn aber weder in der Auffahrt noch auf dem Vorplatz entdecken.

Sie wollte gerade wieder nach innen gehen, in der Hoffnung, dort auf jemanden zu treffen, der ihr sagen konnte, wo die beiden ARGUS-Mitarbeiter abgeblieben waren, da sah sie ihn. Der Van kreuzte den angrenzenden Parkplatz und fuhr in Richtung Hauptstraße. Am Steuer der Kameramann, der sich als Arzt ausgegeben hatte, auf dem Beifahrersitz Karlotta von Busse.

Mara rannte die Auffahrt der Notaufnahme hinunter, um sich auf der Straße dem Transporter entgegenzustellen und ihn zum Anhalten zu zwingen. So zumindest der hektisch gefasste Plan. Doch bevor sie am Ende der Auffahrt ankam, fuhr der Van bereits an ihr vorbei. Durch das Seitenfenster konnte Mara sehen, wie von Busse sie mit einem Ausdruck größter Genugtuung anlächelte und dann zu allem Überfluss auch noch die Hand hob und winkte.

Eisfeld war kurz davor zu explodieren.

34

Als Eisfeld nach einer knappen halben Stunde die Website des ARGUS checkte, musste sie feststellen, dass sich ihre Befürchtungen bewahrheitet hatten. Bildschirmfüllend war dort ein Foto der verletzten und in ihrem Krankenbett schlafenden Katharina zu sehen. Darüber prangte in dicken, sensationsheischenden Lettern ein einzelnes Wort: »Gerettet!«

Mara begann den Text zu lesen, der sich darunter befand. »Nach einer dramatischen Rettungsaktion ist die seit zehn Jahren vermisste Katharina S. wieder in Freiheit. Noch ist sie sehr schwach, benötigt Zeit und vor allem Ruhe, um sich von den Nachwirkungen ihrer Geiselnahme zu erholen. Doch ihr Lebenswille ist ungebrochen. Das Erste, wonach sie die Krankenschwestern fragte, war ein Stück Schokolade …«

Mara brach ab. Mehr von diesem Schwachsinn wollte sie nicht lesen. Allein schon aus Selbstschutz. Es wühlte sie zu sehr auf, und es verstärkte die Vorwürfe, die sie sich ohnehin machte. Sie hatte Pankewitz nicht fassen können, Ella nicht befreien können und zudem nicht verhindern können, dass Katharina in der Boulevardpresse vorgeführt wurde. Damit musste sie jetzt erst mal klarkommen.

Nachdem sie ihre Sachen geholt und sich von Dr. Preis und all den anderen, die sich hier so rührend um sie gekümmert hatten, verabschiedet hatte, ging sie wieder nach draußen, um auf Blessing zu warten.

Die Sonne war inzwischen aufgegangen und hatte die Luft bereits jetzt so weit aufgeheizt, dass Mara die schwarze Strickjacke von Doreen Dachs ausziehen musste. Am liebsten hätte sie sich auch des hellgelben Sweatshirts mit dem Sonnen-Logo entledigt, doch nur in Kuhflecken-Jeans und einem bauchfreien Top hier draußen herumzustehen war auch keine Alternative zum Schwitzen.

Sie sah auf die Uhr. Die angekündigte knappe Stunde war fast um, Blessing musste eigentlich gleich hier auftauchen. Also setzte sie sich auf eine der Bänke, die vor dem Krankenhauseingang standen, und wartete. Aus dem Busch direkt neben ihr war aufgeregtes Vogelgezwitscher zu hören. Ein Schwarm Spatzen hatte sich dort eingenistet und ließ sich durch Eisfelds Anwesenheit nicht im Geringsten stören. Doch plötzlich mischte sich ein weiteres Geräusch unter das Zirpen, erst ganz leise, dann mit zunehmender Lautstärke: das Knattern eines Verbrennungsmotors.

Mara dachte zuerst an ein altes Motorrad, doch es war ein Auto, das schließlich um die Ecke bog. Ein schwarzer Pontiac Firebird Baujahr 1978, an dessen Steuer Gideon Blessing saß.

Er brachte den Wagen direkt vor ihr zum Stehen, stieg aus und öffnete die Beifahrertür.

Eisfeld blieb sitzen und sah ihn erstaunt an. »Sie haben Ihre Ankündigung, den Wagen nach Berlin zu überführen, tatsächlich wahr gemacht. Hut ab vor Ihrer Zielstrebigkeit.«

»Was dachten Sie denn?«, fragte der verwundert. »Dass ich das so dahingesagt habe?«

»Ehrlich gesagt: ja. Wobei mir eigentlich hätte klar sein müssen, dass Sie dafür einfach nicht der Typ sind.«

»So ist es.«

Eisfeld erhob sich. »Gut. Dann lassen Sie uns mal los.« Sie hielt die Hand auf, damit Blessing ihr den Autoschlüssel überreichen konnte.

»Netter Versuch«, erwiderte der mit einem leichten Lächeln und umklammerte den Schlüsselbund in seiner Hand noch ein wenig fester.

»Wäre schon besser, wenn ich fahre«, ließ Eisfeld nicht locker.

»Nein. Ich denke, das wäre nicht besser.«

»Kommen Sie schon, Blessing. Auf dem Beifahrersitz können Sie die Fahrt doch viel mehr genießen.«

»Vergessen Sie's.«

Mara stellte den Kopf schräg und sah ihn mit ihrem flehenden Hundeblick an, der sie zumindest bei Matti des Öfteren ans Ziel gebracht hatte. Sie merkte aber schnell, dass sie bei Blessing damit keine Chance hatte, seufzte resigniert und nahm auf dem Beifahrersitz Platz. »Sie sind vielleicht ein harter Knochen.«

»Hinter Ihnen sind belegte Brötchen und Gebäck«, sagte Blessing, als sie im Auto saßen. »Sie haben sicher nicht viel gegessen die letzten Stunden. Ist allerdings alles entweder fleisch- oder zuckerlastig. Gab nichts anderes.«

»Fleisch und Zucker ist genau das, was ich jetzt brauche«, erwiderte Mara, während sie hinter sich griff. Sie nahm sich ein Brötchen mit Wurst und Käse und bot auch Blessing etwas an, der aber dankend ablehnte.

Wenig später verließen sie die kleine Stadt, von der Eisfeld noch nicht mal den Namen wusste, und fuhren mit exakt hundert Kilometern pro Stunde über die mit Linden gesäumte Landstraße. Obwohl sie dieser penibel regelkonforme Fahrstil wahnsinnig machte und sie am liebsten ihr Bein in Blessings Fußraum geschwungen hätte, um das Gaspedal durchzudrücken und den Wagen mal richtig zu beschleunigen, verkniff sich Mara den bissigen Kommentar, der ihr auf der Zunge lag. Um sich abzulenken, suchte sie Zuflucht im Small Talk.

»So! Jetzt, wo wir noch mehr als eine Stunde Fahrt vor uns haben, könnten Sie mir eigentlich auch mal was über sich erzählen, Blessing.«

»In Ordnung. Was schwebt Ihnen vor?«

»Sie könnten mir zum Beispiel verraten, warum Tamm Sie in die Neunte versetzt hat.«

Blessing blickte sie verwundert an. »Na, weil ich es so wollte.«

»Es war also Ihr dringlichster Wunsch, mein Stellvertreter zu werden?«

»Sozusagen, ja … Ich wollte einfach wieder mehr praktisch arbeiten …«

Mara kräuselte die Stirn. »Hm. Dabei war der alte Posten doch top. Nah am Machtzentrum. Sie als rechte Hand vom Chef. Von allen respektiert, von vielen sogar gefürchtet …«

Blessing schien, als wäre ihm Eisfelds Hartnäckigkeit zunehmend unangenehm. Er hatte den Blick starr geradeaus gerichtet, die Hände in exakter Zehn-vor-zwei-Stellung am Steuer, und ignorierte die Autos, die ihn alle naselang überholten, stoisch. Alles in allem wirkte er noch angespannter als sonst.

Eisfeld musterte ihn eine Weile und wartete, ob er noch eine Erläuterung anfügen mochte. Als das nicht geschah, fuhr sie fort: »Ich biete mal was an. Meine ganz persönliche Theorie. Und Sie sagen mir, ob sie stimmt oder nicht. Okay?«

»Ja, okay …«

»Aber nicht, dass Sie mir das dann übel nehmen.«

»Nein, werde ich nicht.«

Mara räusperte sich. »Also: Ich denke oder dachte bis vor Kurzem, dass Tamm Sie in der Neunten platziert hat, damit Sie ihn auf dem Laufenden halten. Darüber, wie ich mich so mache. Welche Fehler passieren und ob ich der Aufgabe überhaupt gewachsen bin. Und falls sich herausstellt, dass ich das aus irgendwelchen Gründen nicht bin, würden Sie praktischerweise schon als mein Nachfolger bereitstehen und könnten mich sofort ersetzen. Nur …«

Blessing sah sie mit einem Gesichtsausdruck an, der eine Mischung aus Schock und Verletztheit sein mochte. Oder einfach pures Erstaunen. Sein Gesicht konnte man einfach nicht gut lesen. »Das denken Sie?«

Mara zuckte mit den Schultern. »Zumindest dachte ich das noch vor zwei Tagen. Lag ich falsch damit?«

»Davon können Sie aber ausgehen«, sagte Blessing mit ungewohnter Vehemenz. »Sie liegen damit nämlich so was von falsch, falscher kann man eigentlich kaum liegen.« Er hatte jetzt richtig Farbe im Gesicht bekommen. Nicht grünlich wie gestern, sondern eher eine, die auf eine überdurchschnittlich gute Durchblutung schließen ließ.

»Okay, okay«, erwiderte Mara beschwichtigend. »War ja auch nur so ins Blaue gesprochen. Eine reine Hypothese. Und nachdem Tamm jetzt Banners eingesetzt hat und nicht Sie, ohnehin eine, die sich kaum mehr halten lässt …«

Sie sah ihn an, um zu überprüfen, ob ihre Worte geholfen hatten, dass er sich ein wenig beruhigte, doch dem war augenscheinlich nicht so. Er schien nach wie vor innerlich sehr aufgewühlt zu sein und mit sich zu ringen.

Nach einer Weile holte er tief Luft und räusperte sich. »In Ordnung, ich sage es Ihnen … Der Kriminaldirektor und ich hatten eine Meinungsverschiedenheit bezüglich der Fortführung unserer Lebensgemeinschaft. So, jetzt wissen Sie's.«

Mara sah ihn erstaunt an. Sie hatte mit vielem gerechnet, nur nicht mit einem privaten Hintergrund.

»Ach so … Das ist natürlich eine Erklärung, an die ich nicht gedacht hatte …«

»Ich würde Sie aber bitten, gegenüber den Kollegen absolutes Stillschweigen zu bewahren«, fügte Blessing mit ernster Stimme hinzu.

»Selbstverständlich«, erwiderte Eisfeld schnell.

Innerhalb der Polizei gab es ähnlich viele offen schwule Beamte wie offen schwule Fußballspieler im Profifußball – vermutlich aus denselben Gründen. Blessings Eingeständnis gegenüber ihr als seiner Vorgesetzten war deshalb ein großer Vertrauensbeweis, und als diesen würde sie ihn auch behandeln.

»Und falls Sie jetzt spekulieren, Eckart hätte seine Machtposition ausgenutzt, um mich jungen Schutzbefohlenen rumzukriegen, dann kann ich Ihnen versichern, dass dem nicht so war. Es war genau andersherum. Ich habe die Sache angebahnt und sie auch wieder beendet.«

Sichtlich entspannter als noch vor einigen Minuten, lehnte Blessing sich zurück. Er wandte seinen Kopf erneut Eisfeld zu und blickte sie herausfordernd an. »Wollen Sie gar nicht wissen, warum ich die Beziehung beendet habe?«

»Na ja, schon«, erwiderte Mara. »Ich bin ja von Berufs wegen neugierig, aber eben auch höflich, elternhausbedingt, und deshalb hab ich nicht gefr…«

»Eckart will mich nicht seiner Mutter vorstellen, als wäre ich irgendeine Affäre!«, platzte es aus ihm heraus, und die Empörung, die er über diesen Umstand empfand, war ihm deutlich ins Gesicht geschrieben. »Unfassbar, oder? Unfassbar!«

Mara suchte nach Worten, die sie darauf erwidern konnte, fand aber keine und nickte nur zustimmend.

»Na ja, ist aber auch egal«, sagte Blessing schließlich. »Mein missglücktes Liebesleben muss jetzt wirklich nicht Thema sein …«

»Wenn es Ihnen hilft, können wir gerne darüber reden. Mich stört das nicht. Und Sie wissen ja, dass es bei mir im Moment auch nicht viel rosiger …«

Eisfeld sprach den Satz nicht zu Ende, denn sie fuhren an etwas vorbei, das unmittelbar ihre gesamte Aufmerksamkeit auf sich zog: ein Werbeschild für einen Vogelpark, das im Wesentlichen aus einem bunt gefiederten Vogel bestand.

Blessing bemerkte die plötzliche Veränderung bei Eisfeld und wartete, dass sie sich zu einer Erklärung durchrang. Da nichts dergleichen geschah, fragte er schließlich doch vorsichtig nach: »Was beschäftigt Sie?«

Eisfeld wiegelte ab. »Ach, nur so ein Gedanke. Vermutlich nicht mal wichtig genug, um ihn überhaupt auszusprechen, geschweige denn sich mit ihm zu befassen. Und außerdem sind wir ja sowieso nicht mehr mit den Ermittlungen betraut …«

Blessing warf ihr einen kritischen Blick zu. »Okay, Spannungsaufbau erfolgreich abgeschlossen, und jetzt sagen Sie einfach, was Sie beschäftigt, KHK Eisfeld. Oder macht es Ihnen Spaß, mich so auf die Folter zu spannen?«

Eisfeld seufzte. »Haben Sie das Schild eben gesehen? Für den Vogelpark?«

»Ja. Vogelpark Krunow. Und?«

»Dieses Schild sah nahezu exakt so aus wie das Bild, das Ella im Haus von Dr. Voss gezeichnet hat. Sie muss es von irgendwo abgemalt haben.«

»Sie meinen, von einem Flyer oder etwas in der Art? Kann mich aber nicht erinnern, so etwas im Haus gefunden zu haben …«

Eisfeld nickte, als würde dies ihre unausgesprochene Theorie unterstützen. »Angenommen, es gab eine Art Flyer. Ella, die bis vor wenigen Tagen in einem Kellerloch eingesperrt war, hat noch nie in ihrem Leben ein Tier in der freien Natur oder einem Zoo gesehen. Aber: Sie interessiert sich sehr für Tiere. Besonders für bunte, so wie alle Kinder in diesem Alter. Und nehmen Sie mal weiter an, sie und Pankewitz kommen an einem dieser Werbeschilder vorbei, wie sie hier in der Gegend sicher überall herumstehen, was würde Ihrer Meinung nach passieren?«

»Ella würde höflich fragen, ob man dorthin gehen könnte, Pankewitz würde ablehnen, und sie würden ihren Weg fortsetzen …«

»Ja, genau das würde nicht passieren. Die Überzeugungskraft eines vierjährigen Kindes kann gewaltig sein. Ich spreche da aus Erfahrung.«

Blessing nickte nachdenklich. »Aber würde Pankewitz das riskieren? Würde er sich überreden lassen, mit Ella in einen Vogelpark zu gehen?«

»Ich weiß es nicht. Aber so brutal und rücksichtslos er gegenüber Katharina und anderen ist, so sanft und nachgiebig verhält er sich gegenüber Ella. Zumindest war das mein Eindruck … Und ob er es riskieren würde: Mit ihr in einen Vogelpark zu gehen und in der Menschenmenge unterzutauchen, ist für ihn sicher risikoärmer, als jetzt durch die Gegend zu fahren und Gefahr zu laufen, in eine Polizeikontrolle zu geraten. In einem Vogelpark vermutet ihn keiner …«

»Keiner außer uns«, ergänzte Blessing und kräuselte die Stirn. »Da es wirklich der einzige Hinweis ist, den wir überhaupt haben, sollten wir das zumindest mal oberflächlich überprüfen, vor allem, weil Kollege Banners dies ganz sicher nicht tun wird. Schon allein weil die Idee von Ihnen stammt. Also: Lassen Sie uns hinfahren.«

Blessing scherte bei der nächsten Gelegenheit auf einen Feldweg aus und wendete. Dann fuhr er zurück und folgte den Schildern, die ihnen den Weg zum Vogelpark Krunow wiesen.

Mara registrierte mit Genugtuung, dass sich die Tachonadel bald häufiger in der Nähe der 120 einpendelte anstatt bei der 100 oder gar darunter.

35

Eisfeld nutzte die Zeit bis zur Ankunft und klickte sich durch den Internetauftritt des Vogelparks Krunow, bei dem es sich um ein insgesamt recht weitläufiges Gelände zu handeln schien. In diversen Volieren wurden Vögel aus aller Welt gehalten, es fanden mehrmals am Tag Schaufütterungen statt sowie Flugshows mit Adlern, Uhus, Falken und Geiern. Für die haptischen Bedürfnisse der ganz jungen Besucher gab es zudem Streichelgehege mit Ziegen, Schafen und Alpakas.

Mara las Blessing die interessantesten Details ihrer Recherche vor und legte dabei große Leidenschaft in ihre Stimme, aber auch einen nicht zu überhörenden ironischen Unterton, der überdecken sollte, dass sie den Glauben an die Sinnhaftigkeit ihres kleinen Ausflugs inzwischen fast vollständig verloren hatte. Allein die Idee, aus einer Kinderzeichnung Pankewitz' Aufenthaltsort ableiten zu wollen, war mehr als abenteuerlich und zeigte sowohl ihre Verzweiflung als auch ihre Unfähigkeit, diesen Fall loszulassen. Sie rechnete es Blessing hoch an, dass er bei diesem Ablösungsprozess so tapfer mitspielte.

Das Verkehrsaufkommen hatte sich seit ihrem Wendemanöver kontinuierlich erhöht. Es war Samstag, früher Vormittag, und ein Großteil der Wochenendausflügler schien das gleiche Ziel zu haben wie sie.

Als sie endlich am Vogelpark Krunow ankamen, verfestigte sich diese Vermutung zur Gewissheit. Der riesige Parkplatz war bereits jetzt gut gefüllt, und es strömten immer mehr Autos auf das Gelände.

Nachdem Blessing eine Parklücke gefunden hatte, stiegen sie aus und blickten sich um. Das letzte Fahrzeug, das Pankewitz zugeordnet werden konnte, war der silbergraue Ford Kombi von Hans und Gertrud Drudow. Doch allein in der Reihe, in der sie jetzt standen, parkten drei Ford Kombis in Silbergrau. Zudem mussten sie damit rechnen, dass Pankewitz die Nummernschilder getauscht hatte.

»Okay«, sagte Blessing entschlossen. »Wir gehen einfach die Reihen durch, machen Fotos von allen infrage kommenden Fahrzeugen und schicken sie Dietrich, damit sie sie mit der Datenbank abgleicht.«

Eisfeld, die sich ihre Entmutigung aufgrund der schieren Masse an Autos nicht anmerken lassen wollte, nickte zustimmend. »Ja. Am besten teilen wir uns auf …«

»Aber ganz sicher nicht«, fiel ihr Blessing ins Wort. »Oder wollen Sie den Fehler von gestern gleich noch mal machen?« Eine Antwort wartete er gar nicht erst ab, sondern gab diese selbst: »Nein, wollen Sie nicht. Besonders weil Sie unbewaffnet sind und auch aus Fehlern lernen …«

»Ist ja gut«, erwiderte Eisfeld augenrollend. »Dann gehen wir eben zusammen.«

Nachdem sie die Reihen abgelaufen hatten und Fotos von allen silbergrauen Ford Kombis nach Berlin geschickt hatten, erhielten sie von Dietrich kurz darauf das ernüchternde Ergebnis: Keines der überprüften Fahrzeuge wies Unregelmäßigkeiten auf oder war gar der gesuchte Ford Kombi der Drudows.

»Tut mir leid«, entschuldigte sich Eisfeld. »Es war eine Schnapsidee und eine fahrlässige Verschwendung unserer Lebenszeit. Lassen Sie uns fahren. Ich will duschen, schlafen und meinen Sohn sehen.«

Blessing kräuselte die Stirn. »Na ja, jetzt, wo wir schon hier sind, gehen wir auch rein und sehen uns dort um, oder?«

Eisfeld schüttelte resigniert den Kopf. »Ach, ich weiß nicht …«

»Doch. Sicher ist sicher. Außerdem will ich ja auch die Vögel sehen!«

»Nicht Ihr Ernst, oder?«, fragte Eisfeld skeptisch.

»Kommen Sie schon. Ein bisschen Entspannung würde auch Ihnen guttun.«

Blessing drehte sich um, ging in Richtung Kassenhäuschen und reihte sich dort in die Warteschlange ein.

Widerwillig folgte Eisfeld ihm, ließ sich aber nach kurzer Zeit von Blessings kindlicher Vorfreude auf das, was sie gleich erwarten würde, anstecken. Noch vor ein paar Jahren wäre sie nicht im Traum auf die Idee gekommen, einen Vergnügungspark, in dem Lebewesen ausgestellt wurden, zu besuchen. Mittlerweile hatte sie ihre Einstellung dazu aber geändert, denn Sami machte kaum etwas glücklicher als genau das. Sich kategorisch dagegen zu verschließen, kam also nicht mehr infrage, und so hatte sie sich innerlich einen Kompromiss zurechtgelegt, der ihre moralischen Bedenken im Zaum hielt: Wenn so etwas »gut gemacht« war, hatte sie nichts dagegen einzuwenden. Was dies konkret bedeutete, hatte sie allerdings nicht definiert und würde das auch noch so lange vor sich herschieben, bis Sami das Zoobesuchsalter hinter sich gelassen hatte. Eine Win-win-Situation für alle.

Als die Tickets gekauft waren und sie den Vogelpark betraten, war Eisfeld sofort überwältigt von dem bunten Geschnatter um sie herum. Blessing kaufte für sie beide ein Eis, mit dem in der Hand sie durch die Parkanlage schlenderten. Sie betrachteten Vögel, staunten, durchquerten irgendwann ein Freigehege und kamen schließlich zu einer Art Amphitheater, wo gerade eine Flugshow mit Adlern, Falken und anderen Raubvögeln stattfand. Die Sitze waren fast restlos besetzt. Die wenigen freien Plätze befanden sich zu allem Überfluss schwer zugänglich in der Mitte der Reihe.

Eisfeld und Blessing waren jedoch motiviert und kämpften sich bis dorthin durch, ganz zum Unmut einiger anderer Zuschauer, die sich über die Störung beklagten, denn schließlich hatte die Show bereits begonnen.

Als sie saßen, musste Mara sich eingestehen, dass ihre Anspannung und Frustration über den Verlauf der letzten Tage fast vollständig verschwunden war und sie sich tatsächlich prächtig amüsierte. Die zurückliegenden Ereignisse hatte sie zwar nicht vergessen, sie nahmen in ihrem Kopf aber deutlich weniger Raum ein als noch wenige Minuten zuvor.

Im begrünten Innenbereich des Amphitheaters waren zwei Falknerinnen mit ihren Schützlingen, den beiden Uhus Klaus und Eckehard, beschäftigt, ließen sie kleine Kunststücke aufführen und referierten für das faszinierte Publikum einige Fakten aus deren Lebenswelt. Warum es Klaus und Eckehard momentan eigentlich schon viel zu warm war, warum sie lautlos fliegen konnten, dass ihre Augen fest verankert seien, sie also nur starr geradeaus blicken konnten, dafür aber in der Lage waren, ihren Kopf um 270 Grad zu drehen. Nicht nur der Vorname des einen Uhus, sondern auch dessen Aussehen ließ Mara immer wieder an Kriminaldirektor Tamm denken. Diese Assoziation behielt sie aber in Anbetracht von Blessings privater Verbindung zu ihm vorsorglich lieber für sich.

Nachdem die beiden Falknerinnen mit Klaus und Eckehard die Bühne verlassen hatten, herrschte zunächst Stille. Dann erklang spannungsgeladene Musik. Erst leise, dann immer dringlicher. Eine gespannte Unruhe lag in der Luft. Wie aus dem Nichts tauchte plötzlich ein riesiger Weißkopfseeadler auf, drehte majestätisch einige Runden in luftiger Höhe, bevor er sich in einen beeindruckenden Sturzflug begab, den er mit einer eleganten Schraube abschloss, um anschließend die Köpfe der Zuschauer in äußerst knapp bemessenem Abstand zu überfliegen.

Ein Raunen ging durch die Menge.

Als der Adler über Mara hinwegzischte, konnte sie seine Krallen sehen, die ihr gehörigen Respekt einflößten.

Mit den Augen folgte sie dem weiteren Weg des Raubvogels, dem sein Falkner den wenig furchterregenden Namen Tobi gegeben hatte. Lautlos und mit einer Leichtigkeit, die man einem Tier mit einer Flügelspannweite von gut zwei Metern nicht unbedingt zugetraut hatte, zeichnete Tobi eine fließende Acht in den blauen Himmel. Als er erneut über die Köpfe der Zuschauer glitt, blieb Maras Blick plötzlich an einer Person auf der gegenüberliegenden Seite des Amphitheaters hängen.

Auch dort waren die Sitzplätze restlos besetzt. Hinter der letzten Reihe hatte sich zusätzlich eine größere Menschenmenge eingefunden, die das Spektakel im Stehen verfolgte. Inmitten dieser stand ein Mann mit Sonnenbrille und tief sitzender Baseballkappe. Auch wenn Mara sein Gesicht nicht deutlich genug sehen konnte, so erkannte sie ihn sowohl an der Körperhaltung als auch seinen Bewegungen. Mit einem Mal war alles wieder da. Alles, was sie durchlebt hatte. Die Schläge, die Demütigungen, die Angst.

Sie sah zu Blessing, der seine Aufmerksamkeit nach wie vor voll auf die Flugshow gerichtet hatte. Applaus brandete auf, an dem er sich beteiligte.

»Da ist Pankewitz«, sagte Mara mit brüchiger Stimme und gegen den Lärm der klatschenden Menge ankämpfend. Sie zeigte unauffällig zur gegenüberliegenden Tribüne. »Direkt geradeaus. Der Mann mit der Sonnenbrille und dem grünen Basecap, hinter der Frau mit dem gelben Kleid.«

Nachdem Blessing ihn in der Menge entdeckt hatte, nickte er zur Bestätigung.

Wie um den letzten Beweis für die Richtigkeit von Eisfelds Vermutung zu liefern, beugte sich der Mann nach unten und hob ein kleines Kind in die Höhe, das man zuvor aufgrund der anderen Menschen nicht hatte sehen können, damit es einen besseren Blick auf das Geschehen hatte: Ella.

Eisfelds Gedanken überschlugen sich. Sie musste Verstärkung anfordern und zuvor Banners verständigen, doch bevor sie eines dieser Vorhaben in die Tat umsetzen konnte, hatte Pankewitz sie ebenfalls entdeckt. Für einen kurzen Moment erstarrte er, dann flüsterte er Ella etwas ins Ohr. Keine zwei Sekunden später waren sie in der Menschenmenge hinter ihnen verschwunden.

»Verdammt!«, fluchte Eisfeld und sprang auf. Sie wollte so schnell wie möglich hinterher, doch das Vorankommen gestaltete sich schwierig. Diejenigen, die sich zuvor schon über ihr Zuspätkommen beschwert hatten, wollten sich auch jetzt nicht stören lassen und gaben sich besonders schwerfällig, als Eisfeld und Blessing an ihnen vorbeidrängten.

Als es ihnen irgendwann doch gelang, die Tribüne zu verlassen, und sie grob die Richtung ansteuerten, in die Pankewitz verschwunden war, mussten sie bald feststellen, dass es ein schier aussichtsloses Unterfangen war, ihn inmitten der zahllosen Menschen, die sich inzwischen auf dem Gelände befanden, wiederzufinden.

Eisfeld zog den faltbaren Plan des Areals, den sie zusammen mit den Eintrittskarten bekommen hatten, aus der Gesäßtasche und warf einen schnellen Blick darauf.

»Er wird sich hier drin nicht lange aufhalten, jetzt, wo er weiß, dass wir ihn gesehen haben. Es gibt einen Hauptausgang und zusätzlich noch mindestens fünf Notausgänge …«

»Wir sollten zum Parkplatz«, sagte Blessing. »Er wird zu seinem Fahrzeug wollen. Oder sich dort eines kapern.«

»Und wenn er einen der Notausgänge nimmt?«

»Um den Park herum ist im Prinzip nur Acker oder Wald. Theoretisch kann er auch wieder zu Fuß flüchten, hat ja schon mal geklappt. In diesem Fall hätten wir ohne Luftunterstützung keine Chance. Wenn er aber zum Parkplatz unterwegs ist, dann schon …«

»Gut, dann zum Parkplatz«, sagte Eisfeld und rannte los. Blessing folgte ihr.

Im Laufen kramte Eisfeld ihr Handy aus der Tasche und rief Gregor an. Der ging sofort ran, Eisfelds Bitte, so schnell es geht zum Vogelpark Krunow zu kommen, musste er allerdings ablehnen, da er bereits wusste, dass sie und Blessing von dem Fall abgezogen waren und nun ausschließlich Banners die SEK-Unterstützung anfordern konnte.

Eisfeld legte auf und versuchte unmittelbar danach ebendiesen zu erreichen. Doch es nahm keiner ab, und die Mailbox war nicht eingeschaltet. Oder der Kollege hatte Eisfelds Nummer blockiert, was sie nicht überrascht hätte. Nach dem zehnten Klingeln legte sie auf.

Mittlerweile waren sie am Hauptausgang angekommen. Mara bemerkte, dass der Bereich mit Überwachungskameras ausgestattet war. Sie überlegte, ob sie den Geschäftsführer bitten sollte, die Aufnahmen der letzten Minuten sehen zu dürfen, verwarf die Idee aber direkt wieder. Das würde nur unnötig Zeit kosten.

Dann standen sie auf dem Parkplatz.

»Wir gehen vor zur Schranke«, sagte Eisfeld und ging voraus.

36

Die Zufahrt zum Parkplatz war gleichzeitig die Ausfahrt. Für beide Richtungen gab es eine kleine Schranke, die beim Einfahren durch das Ziehen eines Parktickets und beim Ausfahren durch das Einstecken desselben geöffnet werden konnte. Letzteres natürlich nur, wenn die Parkgebühren zuvor am dazugehörigen Automaten beglichen worden waren.

Neben den Schranken stand ein kleines Holzhäuschen, das vermutlich ein Überbleibsel aus der Zeit war, als die Parkgebühren noch per Hand kassiert wurden. Dennoch saß darin ein junger Mann mit blauer Weste, oder besser, er lag dort mehr oder weniger über zwei Stühle verteilt und langweilte sich.

Eisfeld und Blessing zeigten ihre Dienstausweise.

»Wir müssen die ausfahrenden Fahrzeuge kontrollieren«, sagte Blessing, während Eisfeld einen erneuten Versuch unternahm, Hauptkommissar Banners zu erreichen. »Ich würde Sie deshalb bitten, dafür zu sorgen, dass die Schranke erst geöffnet wird, wenn wir unser Okay geben. Können Sie das tun für uns?«

Der junge Mann sah Blessing zuerst ungläubig an, dann wandelte sich sein Ausdruck in Spott. »Ist das ein Witz? Weil wenn das ein Witz ist, ist er nicht sonderlich gut. Ausweise, auf denen LKA Berlin steht, ernsthaft? Wir sind hier in Brandenburg, Mark Brandenburg, da haben die aus Berlin schon mal gar nichts zu melden.«

»Wir haben natürlich eine Ermittlungsbefugnis für die *Mark Brandenburg*«, sagte Blessing lächelnd und trat einen

Schritt näher an das Parkplatzwächterhäuschen heran, öffnete sein Sakko und gewährte dem jungen Mann einen Blick auf das Schulterholster, in dem seine Dienstwaffe steckte. »Aber vielleicht überzeugt Sie das ja mehr?«

Anstatt einer Antwort zuckte er nur mit den Schultern, der Anblick der Waffe schien ihm aber doch Respekt einzuflößen, denn er nahm jetzt sogar seine Füße von dem zweiten Stuhl.

»Gut«, sagte Blessing zufrieden. Doch gerade als er sich wieder Eisfeld zuwenden wollte, meldete sich der junge Mann erneut zu Wort.

»Problem ist aber: Ich kann die Schranke gar nicht unten lassen, wenn der Kunde sein gültiges Ticket bereits eingesteckt hat. Ich kann nur die Schranke öffnen, wenn sie sich trotz eines gültigen Tickets ausnahmsweise mal nicht öffnet. Kommt aber selten vor …«

»Und was machen Sie nachts oder wenn der Park geschlossen ist?«

»Dann schalten wir den Strom aus.«

»Und wo ist der … Schalter dafür?«

»Hier«, sagte der Westenmann und zeigte auf einen kleinen Kasten, der hinter ihm an der Wand hing.

Blessings Augen verengten sich zu kleinen Schlitzen. »Dann tun Sie doch mal so, als wäre jetzt Nacht, und wenn ich Ihnen zuwinke, ist wieder Tag. Können wir das so machen?«

Der junge Mann mit der blauen Weste zuckte erneut mit den Schultern. »Ja, können wir schon, kein Problem.«

»Gut«, sagte Blessing und atmete hörbar aus.

Seitdem sie an der Schranke angekommen waren, hatte niemand das Gelände verlassen wollen, was nicht weiter verwunderlich war, denn der Vogelpark hatte erst seit einer guten

Stunde geöffnet. In diesem Moment näherten sich ihnen jedoch gleich zwei Fahrzeuge. Ein blauer VW-Bus neueren Baujahres mit getönten Scheiben und ein älteres, aber sehr gepflegt wirkendes, cremefarbenes Wohnmobil.

Blessing stellte sich an die Fahrerseite des Kleinbusses und zeigte seinen Dienstausweis vor.

Eisfeld war nach wie vor am Telefon und versuchte jetzt, den neuen Dezernatsleiter Umut Oktay zu erreichen. Es war bereits ihr zweiter Versuch, und dieses Mal ging er ran. In knappen Sätzen schilderte sie die Situation und fragte, wie sie nun weiter vorgehen sollten.

»Ihr macht, was ihr vor Ort für notwendig haltet. Ich spreche mit Tamm und kümmere mich auch darum, dass das SEK kommt.«

»Danke, Oktay.«

»Seid vorsichtig, ja?«

»Wir bemühen uns.«

Damit legte sie auf und sah zu Blessing, der in der Zwischenzeit die Überprüfung des Kleinbusses abgeschlossen hatte. Außer der Fahrerin befand sich niemand in dem Fahrzeug. Diese hatte ihren Mann und die vier Kinder nur hier am Vogelpark abgeliefert und war nun auf dem Weg ins Büro, um ein paar Stunden zu arbeiten, damit sich die Familie den Tag im Vogelpark auch leisten konnte. Sie sagte das zwar auf eine Art, die vermitteln sollte, dass sie einen Scherz machte, nachdem Blessing aber vorhin die Preise für Eintritt, Snacks und Getränke mit eigenen Augen gesehen hatte, zweifelte er den Wahrheitsgehalt dieser Aussage in keiner Weise an. Er gab dem jungen Parkplatzwart ein Zeichen, damit dieser die Schranke öffnete, winkte den Bus durch, trat an das Wohnmobil heran und wies sich auch hier aus.

Der Fahrer war ein älterer Mann mit schlohweißen Haaren, aber einem nahezu faltenfreien, kräftig gebräunten Gesicht. Daneben saß eine Frau etwa gleichen Alters und Bräunungsgrades. Sie hatte kurze rote Haare und trug eine verspiegelte Fliegersonnenbrille. Die beiden wirkten ernst. Oder ängstlich. In jedem Fall angespannt. Allerdings waren das die meisten Leute, wenn sie in eine Polizeikontrolle gerieten.

»Guten Morgen. Sind Sie beide allein, oder sind noch weitere Personen mit an Bord?«

»Wir sind allein«, antwortete der Mann gepresst.

»Hat es Ihnen nicht gefallen?«

Die Augen des Mannes begannen zu flackern. »Wie meinen Sie das? Was gefallen?«

Blessing versuchte einen Blick in den hinteren Teil des Wohnmobils zu erhaschen, was ihm aber nicht gelang. Der Vorhang, der die Fahrerkabine vom Rest des Fahrzeugs trennte, war fast vollständig zugezogen.

»Laut Ihres Parktickets sind Sie erst vor gut zehn Minuten auf das Gelände gefahren, und jetzt wollen Sie es schon wieder verlassen, deshalb meine Frage …«

»Ach so. Ja, es hat uns nicht gefallen«, sagte der Mann schnell.

Seine Frau pflichtete ihm nickend bei. »Wir haben es uns anders überlegt.«

Eisfeld war im Laufe des kurzen Gesprächs zwischen Blessing und dem Ehepaar einmal um das Wohnmobil herumgegangen, aber auch ihr war es nicht möglich gewesen, ins Innere zu sehen. Jedes einzelne Fenster war mit silberner Reflexionsfolie blickdicht versiegelt.

»Gibt es einen Grund, warum all Ihre Fenster zu sind?«, fragte sie, als sie wieder neben Blessing stand.

»Machen wir immer so«, kam die Frau ihrem Mann dieses Mal zuvor. »Sonnenschutz. Heizt sich hinten sonst zu schnell auf. Wir haben es gern kühl.«

Während seine Frau sprach, wirkte der Mann am Steuer seltsam in sich gekehrt, so als hätte man ihm den Stecker gezogen oder als wäre er in den Stand-by-Modus versetzt worden. Er vermied jede unnötige Bewegung, sein Blick war gesenkt.

Eisfeld wurde das Gefühl nicht los, dass hier irgendetwas nicht stimmte. Sie nickte Blessing kurz zu, dann wandte sie sich wieder an die beiden Wohnmobilinsassen.

»Ich würde Sie beide jetzt bitten auszusteigen, damit wir uns Ihr Fahrzeug etwas genauer ansehen können. Dauert auch nicht lange.«

Die Frau schnallte sich unverzüglich ab, um Eisfelds Bitte Folge zu leisten. Doch bevor sie ihre Hand am Türgriff hatte, eskalierte die Situation. Alles ging blitzschnell.

Der Vorhang hinter dem Fahrer öffnete sich ein winziges Stück.

Aus der Dunkelheit, die dahinterlag, schälte sich der Lauf einer Waffe heraus.

Trotz der Geschwindigkeit, in der sich alles abspielte, erkannte Eisfeld sofort, dass dieser zu einer Heckler & Koch SFP 9 gehörte, der Standardwaffe der Berliner Polizei. Ihre Dienstwaffe.

Geistesgegenwärtig machte sie einen Ausfallschritt zur Seite, packte Blessing am Arm und zog ihn mit sich.

Millisekunden später blitzte direkt hinter dem Kopf des Fahrers Mündungsfeuer auf, gefolgt vom charakteristischen Knall einer abgefeuerten Neun-Millimeter-Pistole. Ein Geräusch, das so gar nichts mit dem satten Ton zu tun hatte, den man bei Schießereien in Filmen hörte, sondern eher an Platzpatronen erinnerte. An der verheerenden Wirkung änderte dies jedoch nichts.

Die Kugel traf Blessing. Sein Körper wurde mit Wucht nach hinten gerissen, dann ging er rücklings zu Boden.

»FAHR!«, brüllte jemand aus dem hinteren Teil des Wohnmobils. »FAHR! SONST KNALL ICH DEINE FRAU UND DICH AUCH AB!«

Der gut gebräunte ältere Herr stand sichtlich unter Schock, reagierte dennoch sofort.

Der Motor heulte auf. Die Reifen fanden zunächst keine Bodenhaftung auf dem sandigen Untergrund und drehten durch. Doch dann schoss das Fahrzeug plötzlich nach vorne und durchbrach die Schranke. Deren abgerissene Einzelteile flogen rechts und links zur Seite.

Als das Wohnmobil auf die Bundesstraße einbog, nahm es die Kurve so rasant, dass es für einen Augenblick den Anschein hatte, als würde es zur Seite kippen. Doch das geschah nicht. Mit einer weiteren Beschleunigung verschwand es kurz darauf hinter den Bäumen, die den Straßenrand säumten.

Eisfeld eilte zu Blessing und kniete sich neben ihn. In dem Bereich zwischen linker Schulter und Brustmuskel klaffte im Stoff des Sakkos ein Loch. Das Wort »Herzgegend« poppte in ihrem Kopf auf. Als sie das Sakko vorsichtig öffnete, sah sie, dass Blessings Hemd bereits großflächig mit Blut getränkt war. Das war nicht gut. Ganz und gar nicht gut.

Hinter ihr trat der junge Parkplatzwart aus dem Häuschen. Sein Gesicht war leichenblass. Er wirkte schockiert und vollkommen verloren.

Zwei Frauen, die dem Geschehen am nächsten gewesen waren, fingen plötzlich an zu schreien. Einige Personen rannten weg, andere kamen näher an den Bereich der Schranken heran. Eine ängstliche Unruhe lag über dem ganzen Platz.

Eisfeld zog eilig das gelbe Sweatshirt von Doreen Dachs aus, knüllte es zu einem Ballen zusammen und presste diesen auf die Wunde, in der Hoffnung, die Blutung wenigstens einigermaßen unter Kontrolle bringen zu können.

Blessing sah sie kraftlos an. »Folgen Sie ihm!«

Eisfeld schüttelte den Kopf. »Ich bleibe bei Ihnen.«

»Nein, fahren Sie hinterher! Sonst entkommt er uns wieder!«

Er zog umständlich seine Waffe aus dem Halfter und reichte sie Eisfeld.

»Steht aber Wiedersehen drauf. Also nicht wieder verlieren.«

Eisfeld lächelte schwach, zögerte kurz, nahm dann die Waffe an sich, von Blessing lösen wollte sie sich aber dennoch nicht.

»Holen Sie ihn sich! Los!«

37

Eisfeld winkte den immer noch planlos in der Gegend herumstehenden Parkplatzwärter zu sich und wies ihn an, den zusammengeknüllten Sweater weiter auf Blessings Brust zu drücken, und zwar so lange, bis ein Notarzt eingetroffen war und die Behandlung übernehmen konnte. Dann löste sie sich von Blessing und sah sich um.

Vor der Einfahrt zum Parkplatz hatte sich inzwischen eine beträchtliche Autoschlange gebildet. Zurück zum Firebird zu laufen und ihn aus diesem Chaos herauszumanövrieren, fiel als Option aus. Zu mühsam und vor allem zu zeitaufwendig. Es musste sich also wohl oder übel jemand von seinem Fahrzeug trennen.

Ihr erster Blick fiel auf einen hellbraunen Opel Zafira, aus dem sie ein älteres, eingeschüchtert wirkendes Ehepaar anblickte. Mara steuerte entschlossen auf die beiden zu, zeigte ihren Dienstausweis und forderte sie zum Aussteigen auf, was diese auch sofort und ohne größere Diskussionen taten. Sie setzte sich in den Wagen und fuhr los, nahm die Kurve nach der Ausfahrt ebenfalls scharf, schlitterte über den Rollsplitt, erreichte die Bundesstraße und jagte den Motor hoch. Der Zafira beschleunigte besser als erwartet.

Kurz darauf rief sie erneut Gregor an und schilderte die veränderte Situation. »Wir brauchen in jedem Fall auch den Helikopter. Pankewitz hat Ella und mindestens noch zwei weitere Geiseln in seiner Gewalt.«

Während Eisfeld telefonierte, zog sie in einem riskanten Überholmanöver an drei PKWs sowie dem vorausfahrenden Sattelschlepper vorbei. Knapp vor einem entgegenkommenden Reisebus mit aufgeregt morsender Lichthupe scherte sie wieder ein und sah so gerade noch das Straßenschild, das einen Verkehrsknotenpunkt mit mehreren Abzweigungen ankündigte.

Bisher war von dem Wohnmobil keine Spur zu sehen, und dort vorne würde sich die Wahrscheinlichkeit, es einzuholen, noch weiter verringern. Es gab fünf Richtungen, die Pankewitz eingeschlagen haben konnte: die Bundesstraße, auf der Mara sich momentan befand, eine Autobahn, die sie gleich überqueren würde, und noch eine weitere Bundesstraße, die kurz danach kam.

Für welche Richtung hatte sich Pankewitz entschieden?

Der digitale Tachometer des Zafira zeigte 168 km/h. Eisfeld drosselte die Geschwindigkeit abrupt, um noch einen Blick rechts und links zu erhaschen, denn inzwischen befand sie sich auf der Brücke, die über die Autobahn führte. Sie sah eine Vielzahl an Fahrzeugen unter ihr hinwegströmen, dazwischen auch einige Wohnmobile, jedoch keines, das dem gesuchten Typ auch nur ähnelte.

Sie fuhr weiter geradeaus, bis sie nach wenigen Hundert Metern auf die nächste Überführung gelangte. Wieder bremste sie ab, blickte sich um, doch wieder entdeckte sie das gesuchte Wohnmobil nirgends.

Eisfeld fluchte und schlug einmal fest gegen das Lenkrad. Es war vorbei, sie hatte Pankewitz erneut verloren.

Sie überlegte, was sie jetzt tun sollte. Gregor anrufen? Vielleicht konnte der Helikopter zumindest die Autobahn übernehmen und abfliegen. Sie würde die eingeschlagene Richtung fortsetzen. Blieb nur noch die Bundesstraße, die sie eben gekreuzt … Ihre Gedanken wurden jäh unterbrochen, denn plötzlich sah sie es.

Das cremefarbene Wohnmobil befand sich auf der Bundesstraße rechts unter ihr und musste bis eben noch durch den Sattelschlepper, der unmittelbar hinter ihm fuhr, verdeckt worden sein.

Eisfeld wollte eine Vollbremsung einlegen, ein schneller Blick in den Rückspiegel hielt sie davon aber im letzten Augenblick ab. Ein Sprinter klebte nah an ihrem Heck, und dessen Fahrer konnte unmöglich schnell genug reagieren, um einen Auffahrunfall zu verhindern. Doch das Manöver, das Eisfeld stattdessen hinlegte, war ebenfalls alles andere als ungefährlich. Bei voller Fahrt riss sie das Steuer nach links und betätigte zeitgleich die Handbremse. Der Zafira vollzog mit quietschenden Reifen einen U-Turn und rutschte dabei mit dem hinteren Teil fast von der Fahrbahn. Mara bekam das Fahrzeug aber rechtzeitig wieder unter Kontrolle, reihte sich einige Meter später in die Linksabbiegerspur ein, nahm diese Kurve ebenfalls mit quietschenden Reifen und fädelte sich in den dichten, aber flüssigen Verkehr auf dieser Bundesstraße ein.

Circa zwanzig Fahrzeuge befanden sich zwischen ihr und dem cremefarbenen Wohnmobil. Sie überholte einige davon, hielt aber genügend Abstand, um nicht auf sich aufmerksam zu machen. Pankewitz rechnete vermutlich nicht damit, dass sie ihm so dicht auf den Fersen war, und dabei sollte es auch bleiben.

Sie rief Gregor an, informierte ihn, dass sie das Wohnmobil eingeholt hatte, und gab ihre aktuelle Position durch. Beide waren sich einig darüber, keinen Versuch zu starten, das Wohnmobil irgendwie auszubremsen. Das würde die Leben der Beteiligten nur unnötig gefährden. Es lief also darauf hinaus, ihm so lange zu folgen, bis das SEK zu Mara aufgeschlossen hatte und Pankewitz hoffentlich irgendwann einen Stopp einlegte.

Nach dem Gespräch mit Gregor rief sie erneut Oktay an, informierte ihn über den Stand der Dinge und bat ihn zudem, sich mit den polnischen Kollegen in Verbindung zu setzen. Sie befanden sich gegenwärtig gut vierzig Kilometer vor der Grenze, und es sah ganz danach aus, als wollte Pankewitz weiter Richtung Osten. Die polnische Polizei sollte in jedem Fall informiert sein.

Kurz nachdem sie aufgelegt hatte, klingelte ihr Telefon erneut. Banners. Ausgerechnet. Wieder spielte sie mit dem Gedanken, seinen Anruf einfach zu ignorieren, ihr Pflichtbewusstsein war aber wie so oft stärker, und sie ging ran.

»Mir ist eben zu Ohren gekommen, dass Sie entgegen der ganz klaren Dienstanweisung des Kriminaldirektors in meinem Fall ermitteln«, begann Banners sofort loszupoltern, ohne Zeit mit Begrüßungsfloskeln oder anderen Freundlichkeiten zu verplempern.

»Ich kann das erklären …«, erwiderte Eisfeld demütig. Sie hatte die feste Absicht, gleich zu Beginn des Gesprächs den Druck aus der Sache zu nehmen.

Doch Banners ließ sie gar nicht erst aussprechen. »Ja, ich bin mir sicher, dass sie sich wieder eine Ihrer halbseidenen Erklärungen zurechtgelegt haben, mit denen es Ihnen in der Vergangenheit ja schon mehrfach gelungen ist, andere um den Finger zu wickeln. Aber nicht mit mir, das sag ich Ihnen. Bei mir …«

Ihren Vorsatz, die Konfrontation mit Banners nicht weiter eskalieren zu lassen, warf sie spätestens jetzt komplett über

Bord. »Jetzt halten Sie aber mal die Luft an, Banners, das darf doch nicht wahr sein. Warum müssen Sie denn immer so ein Theater aufführen? Was bringt Ihnen das denn? Meine Güte! Ich habe Pankewitz nun mal aufgespürt – während ich mit KHK Blessing bereits auf dem Rückweg nach Berlin war. Ist nun mal so, hab ich mir nicht ausgesucht und kann ich auch nicht mehr ändern. Jetzt bin ich an ihm dran, und Sie sollten vielleicht mal darüber nachdenken, ob es Ihnen nicht doch möglich ist, über Ihren Schatten zu springen und mich verdammt noch mal zu unterstützen. Und wenn es Ihnen darum geht, sich am Ende die Lorbeeren als Ermittlungsleiter ans Revers zu heften, dann tun Sie das, es ist mir ehrlich gesagt schnurz. Mir geht es einzig und allein darum, das Mädchen aus Pankewitz' Gewalt zu befreien – und die anderen beiden Geiseln natürlich auch. Also unterstützen Sie mich, ja oder nein?«

Kurzes Schweigen am anderen Ende der Leitung, dann schweres Ein- und Ausatmen, schließlich meldete sich Banners wieder zu Wort: »Zuallererst, KHK Eisfeld: Sie haben mir weder etwas vorzuschreiben noch mir irgendetwas zu empfehlen. Ich …«

Eisfeld seufzte resigniert und legte auf. Wenn eine Erwiderung schon so begann, konnte man sich den Rest getrost ersparen. Banners Unfähigkeit zur Kooperation war allerdings nicht Maras einziger Beweggrund, das Telefonat vorzeitig zu beenden. Der andere war die plötzlich geänderte Fahrweise des Wohnmobils. Es fuhr jetzt deutlich unruhiger. Kleine, aber doch merkliche Rucke nach rechts und links.

Was war da los?

Eisfeld hoffte inständig, dass das Ehepaar nicht beschlossen hatte, sich gegen Pankewitz zur Wehr zu setzen.

Plötzlich scherte das Wohnmobil abrupt nach links aus, geriet auf die Gegenfahrbahn. Der Lieferwagen, der ihm dort entgegenkam, ließ das Fernlicht mehrfach hektisch aufblinken. Ruckartig und gerade noch rechtzeitig zog das Wohnmobil zurück auf seine Spur.

Das sah nicht gut aus. Alles deutete darauf hin, dass im Inneren des Fahrzeugs ein Kampf im Gange war. Eisfeld machte sich große Sorgen. Sie gab ihren Sicherheitsabstand auf und tastete sich näher an das Wohnmobil heran. Vielleicht konnte sie doch etwas tun, auch wenn sie im Moment nicht wusste, was das sein könnte.

Als sie zwei weitere Fahrzeuge überholt hatte, geriet das Wohnmobil erneut auf die Gegenfahrbahn. Dieses Mal blieb allerdings keine Zeit, den Kurs zu korrigieren und eine Kollision mit dem Gegenverkehr abzuwenden.

Ein Sattelschlepper rammte das Wohnmobil nahezu frontal.

Trotz der Entfernung meinte Eisfeld, die weit aufgerissenen Augen des LKW-Fahrers sehen zu können. Den Schrecken in seinem Gesicht, die Angst.

Es folgte ein Moment der Stille. Die Zeit schien stillzustehen.

Unmittelbar darauf ein ohrenbetäubender Knall. Alles ging wieder rasend schnell. Die linke Hälfte des Wohnmobils wurde durch die Fahrerkabine des Triebwagens förmlich abgefräst. Plastik- und Metallteile flogen durch die Luft. Die verbliebene Hälfte des Fahrzeugs wurde zur Seite geschleudert, überschlug sich mehrfach. Dabei wurde mindestens ein menschlicher Körper herauskatapultiert. Eisfeld konnte nicht erkennen, um wen es sich handelte, war sich aber sicher, dass es kein Kind war. Das Wrack des Wohnmobils kam schließlich im angrenzenden Maisfeld zum Liegen.

Die durch die Luft geschleuderten Trümmerteile landeten ebenfalls zwischen den Maisstauden oder schlugen auf dem Asphalt der Fahrbahn auf und kamen dort langsam zur Ruhe.

Auch der LKW, dessen Bremsmanöver erheblichen Lärm verursacht hatte und dessen Fahrerkabine durch den Zusammenprall schwer beschädigt worden war, kam zum Stehen.

Alle anderen Fahrzeuge im Umkreis standen bereits seit einigen Sekunden still. Die ersten Personen stiegen aus. So auch Eisfeld.

Sie versuchte das Chaos zu überblicken und den Schock zu verarbeiten. Dann rannte sie los. Ihr Ziel war die mehr oder weniger intakte Hälfte des Wohnmobils. Wenn sie Überlebende finden würde, dann am ehesten dort.

Sie bahnte sich einen Weg durch die Maisstauden, vorbei an diversen Trümmerteilen, bis sie auf einen leblosen Körper stieß, der halb von einer der reflektierenden Sonnenblenden aus dem Wohnmobil verdeckt war. Mara entfernte den Reflektor und blickte in das Gesicht der Frau mit den kurzen roten Haaren und der Fliegerbrille, die sie zu ihrem Erstaunen immer noch aufhatte. Vordergründig wirkte die Frau unversehrt. Als Eisfeld sie jedoch genauer untersuchte, stellte sie fest, dass Teile ihres Hinterkopfes fehlten, zudem waren weder Puls noch Atmung auszumachen. Die Frau war tot.

Mara setzte ihre Suche fort.

Kurz darauf erreichte sie das Wrack. Es lag mit der offenen Seite so, dass sie hineinklettern und es durchsuchen konnte. Ein Chaos an Kleidungsstücken, Töpfen und anderen Campingutensilien, aber keine Spur der anderen drei Insassen. Wo war der Fahrer, wo Pankewitz? Und vor allem: Wo war Ella?

Sie umrundete das Wrack, suchte die nähere Umgebung ab, dehnte den Radius immer weiter aus, fand aber auch dort nichts.

Plötzlich vernahm sie ein Stöhnen.

Sie hielt inne und versuchte zu lokalisieren, woher es kam, kämpfte sich durch die Maisstauden, bis sie schließlich vor einem weiteren flach auf dem Boden liegenden Körper stand. Pankewitz.

Dessen Augen waren weit aufgerissen und starrten sie an.

Es lief ihr heiß und kalt den Rücken hinunter.

An der Bewegung des Brustkorbes sah sie, dass er atmete. Doch irgendetwas schien nicht zu stimmen. Aus seiner Kehle drang ein Röcheln, verbunden mit einer Art Blubbern. Kurz darauf konnte sie den Grund dafür ausmachen. Ein spitzer Gegenstand, wahrscheinlich ein Stück Plastik, das einst Bestandteil der Außenverkleidung des Wohnmobils gewesen sein musste, hatte sich von hinten durch seinen Oberkörper gebohrt. Da Pankewitz ein dunkelblaues T-Shirt trug, konnte man erst bei genauerer Betrachtung erkennen, dass es bereits blutgetränkt war.

Pankewitz wollte etwas sagen. Doch als er den Mund öffnete, kamen keine Worte heraus, sondern Blut.

In ihrem Verlies hatte sich Mara einen solchen Moment herbeigesehnt. Sie hatte sich vorgestellt, wie es wäre, ihren Peiniger in einer hilflosen Situation vorzufinden und die Möglichkeit zu haben, Rache zu üben für alles, was er ihr angetan hatte. Ihn mit Schmerzgriffen zu malträtieren, ihm mit seinen eigenen Quarzsandhandschuhen das Gesicht zu Brei zu schlagen.

Doch jetzt, wo er tatsächlich in ihrer Gewalt war und sie Macht über ihn hatte, musste sie feststellen, dass der Drang, ihre Gewaltfantasien in die Tat umzusetzen, verschwunden war. Ja nicht mal ein Gefühl der Genugtuung wollte sich einstellen.

In der Ferne waren leise Sirenen zu hören, aus einer anderen Richtung das charakteristische Geräusch von Rotorblättern. Beides schwoll langsam an. Eisfeld blickte zum Himmel und sah, wie sich ein rot-weißer Rettungshubschrauber der Unfallstelle näherte.

38

Deutlich schneller, als Eisfeld gedacht hatte, waren die Rettungskräfte am Ort des Geschehens eingetroffen. Ein Fahrzeug der Feuerwehr, ein Rettungswagen und der Helikopter, der eine Notärztin mit an Bord hatte.

Die Männer und Frauen der Feuerwehr durchsuchten zunächst die Trümmerteile und die Umgebung nach weiteren Personen und stießen relativ bald auf den Fahrer des Wohnmobils, der den Aufprall erwartungsgemäß nicht überlebt hatte. Pankewitz hingegen war zwar schwer verletzt, laut Notärztin hatte er aber gute Überlebenschancen. Eisfeld war es egal, ob seine nächste Station das Gefängnis oder ein Friedhof wäre. Es spielte keine Rolle mehr. Sein Weg war zu Ende.

Während er in den Rettungshubschrauber verladen wurde, suchte Mara weiterhin das Maisfeld und die nähere Umgebung nach Ella ab. Inzwischen hatte sie dabei Hilfe von einem Großteil der Feuerwehrleute, allerdings verfestigte sich in ihr mehr und mehr die Vermutung, dass das Mädchen entgegen ihrer Annahme gar nicht in dem Wohnmobil gewesen war.

Doch wo war sie dann?

Hatte Pankewitz Ella ganz allein irgendwo auf dem Gelände des Vogelparks zurückgelassen, um seine Flucht ohne sie fortzusetzen? Möglich, wenn auch schwer vorstellbar, denn er schien sehr an ihr zu hängen. Doch eine andere Erklärung hatte Eisfeld nicht, und die Möglichkeit, dass er sie während der

Fahrt irgendwo ausgesetzt hatte, hielt sie für noch unwahrscheinlicher.

Sie musste es herausfinden, und zwar so schnell wie möglich. Also setzte sie sich wieder in den Opel Zafira, wendete und fuhr zurück nach Krunow.

Auf dem Parkplatz des Vogelparks hatte sich mittlerweile ein beträchtliches Polizeiaufgebot eingefunden. Der Bereich um die Schranke war mit Flatterband abgesperrt. Ein Team der Kriminaltechnik sicherte Spuren. An der Stelle, an der Blessing gelegen hatte, befand sich am Boden eine große, inzwischen teilweise getrocknete Blutlache, bei dessen Anblick sich Eisfelds Magen verkrampfte.

In der Menge der Polizisten sah sie zwei alte Bekannte: die Polizeiobermeister Clemens Nüber und Mirko Dachs. Beide erblickten sie nahezu zeitgleich und kamen auf sie zugelaufen. In ihren Gesichtern spiegelte sich nicht nur Erleichterung, sondern echte Wiedersehensfreude. Wer hätte das nach der so missglückten ersten Begegnung gestern Nachmittag für möglich gehalten?

»Frau Eisfeld. Wir haben es eben über Funk erfahren«, sagte Nüber freudestrahlend. »Gratulation. Sie haben Pankewitz also tatsächlich geschnappt.« Doch plötzlich stutzte er und sah mit gekräuselter Stirn an ihr herunter. »Aber wenn ich mal so blöd fragen darf: Was haben Sie da eigentlich an?«

Mara, die ihr derzeitiges Outfit seit mehreren Stunden erfolgreich aus dem Bewusstsein verdrängt hatte, wurde sich der Jeans mit dem gechlorten Kuhflecken-Muster und des engen, bauchfreien Tops in Neonorange schlagartig wieder bewusst. Doch bevor der wenig hilfreiche Reflex einsetzen konnte, sich dafür zu schämen, meldete sich Dachs zu Wort.

»Sag mal, was soll denn das heißen: Was haben Sie da eigentlich an? Erst mal ist das total unhöflich, so etwas zu sagen, da waren wir doch schon mal weiter, Kollege Nüber, und zweitens trägt KHK Eisfeld Kleidung aus dem Hause Dachs, die – wenn ich das mal so ganz unbescheiden sagen darf – sicherlich ihren Teil dazu beigetragen hat, Pankewitz dingfest zu machen.«

Nüber lachte. »Ja, sicher. Wahrscheinlich ist er beim Anblick der Kleidung ›aus dem Hause Dachs‹ so erschrocken, dass er die Kontrolle über sein Fahrzeug verloren hat …«

Auch Eisfeld musste grinsen, doch dann wurde sie schlagartig wieder ernst. »Wissen Sie, wie es Blessing geht?«

Beide Polizisten pressten die Lippen zusammen und schüttelten den Kopf.

»Nein«, sagte Dachs mit belegter Stimme. »Wir haben bisher keinerlei Informationen darüber bekommen. Aber er ist jetzt im Krankenhaus und wird wohl operiert.« Dann holte er den Schlüssel des Firebird aus seiner Tasche und überreichte ihn Eisfeld. »Den soll ich Ihnen geben.«

»Okay«, erwiderte Mara und schluckte. Das war nicht die Antwort, die sie sich erhofft hatte. Dennoch war sie besser als die, vor der sie sich gefürchtet hatte. Nach dem Anblick von Blessings blutgetränktem Hemd hätte sie auch das Unvorstellbare für möglich gehalten.

Sie atmete einmal tief durch und sah ihre beiden Kollegen konzentriert an. »Auch wenn Pankewitz jetzt kein Unheil mehr anrichten kann, ist es ja trotzdem noch nicht ganz vorbei. Ella war nicht bei ihm, zuvor hatte ich die beiden aber zusammen hier auf dem Gelände gesehen. Heißt: Wahrscheinlich ist sie noch irgendwo dadrin. Helfen Sie mir, sie zu finden?«

Die beiden nickten. Natürlich würden sie das tun.

Nachdem Eisfeld dem älteren Paar, dessen Opel Zafira sie sich ausgeliehen hatte und das allem Anschein nach geduldig auf ihre Rückkehr gewartet hatte, die Autoschlüssel zurückgegeben und sich zudem ausgiebig bedankt hatte, ging sie, begleitet von Dachs und Nüber, erneut auf das Gelände des Vogelparks.

Zunächst wollten sie in Richtung Amphitheater gehen, wo die Flugshows stattfanden, doch so weit kamen sie gar nicht, denn Eisfeld entdeckte das Mädchen bereits auf dem Weg dorthin. Ella saß inmitten eines riesigen, begehbaren Freigeheges auf einer hellblauen Steppdecke. Neben ihr eine Wasserflasche und verschiedene Snacks, auf denen das Logo des Vogelparks prangte, die also aus einer der Verkaufsstellen hier auf dem Gelände stammen mussten.

Das Mädchen schien guter Dinge zu sein. Sie wirkte entspannt und frei von Angst, was damit zusammenhängen mochte, dass sie umgeben war von allerlei Spielgefährten. Zahlreiche bunte Vögel bevölkerten das Freigehege. Immer wieder landete einer von ihnen ganz in der Nähe, näherte sich dem Mädchen selbstbewusst, um dann – kurz bevor Ella ihn mit ihrer kleinen Hand erreichen konnte – regelmäßig einen Rückzieher zu machen, zwitschernd eine Runde zu fliegen und schließlich das Spiel von vorne zu beginnen. Ella schien das aber nicht im Geringsten zu stören. Im Gegenteil: Sie amüsierte sich köstlich, giggelte in einem fort und wirkte durch und durch glücklich.

Während Nüber und Dachs sich im Hintergrund hielten, näherte sich Eisfeld zaghaft.

Irgendwann bemerkte Ella sie und blickte auf. Nach kurzem Zögern erkannte sie sie und lächelte. »Hallo!«

»Hallo, Ella«, sagte Eisfeld sanft. »Darf ich mich zu dir setzen?«

»Na gut«, erwiderte Ella schnell und wandte sich dann wieder den Vögeln zu.

»Ich wollte mich noch bei dir bedanken«, sagte Mara, nachdem sie sich in einigem Abstand zu dem Mädchen auf den Rasen gesetzt hatte und dem bunten Treiben ebenfalls einige

Sekunden lang zugesehen hatte. »Dafür, dass du mich aus dem Keller befreit hast. Das hast du wirklich ganz toll gemacht. Du bist ein sehr mutiges Mädchen.«

Ella nickte und strahlte über das ganze Gesicht. Kurz darauf verschwand dieser Ausdruck jedoch wieder. Sie legte ihre kleine Stirn in Falten und sah Mara ernst an. »Aber Papa darf nicht wissen, dass ich das gemacht habe …«

»Nein, natürlich nicht«, beeilte sich Eisfeld zu sagen. »Das bleibt natürlich unser Geheimnis. Versprochen.«

Wieder nickte Ella, behielt ihren nachdenklichen Ausdruck aber bei. »Papa hat gesagt, dass er wegmuss und ich hier warten soll, bis ich abgeholt werde …«

Eisfeld nickte. Das, was Ella sagte, bestätigte ihre Vermutung, dass Pankewitz sich entschlossen hatte, seine Flucht allein fortzusetzen. Wenigstens seiner Tochter gegenüber hatte er am Ende also doch so etwas wie Verantwortungsbewusstsein gezeigt – oder schlichtweg begriffen, dass ein kleines Kind immer Aufmerksamkeit auf sich ziehen würde und sich sein Vorhaben, irgendwo unerkannt unterzutauchen, dadurch erheblich erschwerte.

»Hat er denn gesagt, wer dich abholen wird?«

Ella schüttelte den Kopf und sah Eisfeld mit unsicherem Blick an.

Mara wollte gerade ansetzen, etwas zu sagen, da begann es plötzlich zu regnen. Zunächst nur leicht, doch bald wurden die Tropfen größer und häufiger.

Die Besucher rundherum suchten nach einem Ort, an dem sie sich unterstellen konnten, oder kramten hektisch in ihren Rucksäcken auf der Suche nach einem Regenschirm.

Ella schien sich von dem Regen in keiner Weise gestört zu fühlen. Im Gegenteil: Sie reckte ihr Gesicht nach oben, schloss die Augen und genoss die sanfte Dusche. Dann öffnete sie den Mund und versuchte einige Regentropfen mit der Zunge aufzufangen.

»Das ist mein zweiter Regen. Der erste hat anders geschmeckt.«

Eisfeld blickte ebenfalls gen Himmel, um einige Tropfen mit dem Mund aufzufangen. »Schmeckt es jetzt besser oder schlechter als beim ersten Mal?«

»Genauso gut. Aber trotzdem anders. Magst du auch Regen?«

»Na klar. Am liebsten Sommerregen. Das ist das Schönste überhaupt, wenn man im Bett liegt bei geöffnetem Fenster und dem Regen draußen zuhört. So schön beruhigend.«

Ella nickte wissend, woraufhin Mara sie lange ansah.

»Sag mal, Ella: Was würdest du davon halten, wenn ich dich zu deiner Mama bringe?«

»Viel«, erwiderte die mit großer Begeisterung in der Stimme und hatte mit einem Mal keine Augen mehr für ihre gefiederten Freunde. Stattdessen sprang sie auf und begann ihre Sachen zusammenzupacken.

Mara ging ihr zur Hand, rollte die Steppdecke ein, auf der das Mädchen gesessen hatte, und wenige Minuten später verließen die beiden, eskortiert von Nüber und Dachs, den Vogelpark.

39

Sie dachten, sie würde es nicht mitbekommen. Sie dachten, sie würde noch tief und fest schlafen. Doch das stimmte nicht. Sie war bereits seit Minuten wach, lag mit trockenem Mund und geschlossenen Augen reglos unter der Bettdecke und lauschte dem Gespräch, das ihre Eltern mit dem Polizisten führten.

Es hatte einen Unfall gegeben. Ein Wohnmobil und ein Sattelschlepper. Mehrere Tote und nur einen einzigen, schwer verletzten Überlebenden. Wer das war, ahnte sie, bevor der Polizist den Namen aussprechen konnte.

Doch es spielte keine Rolle, die eigentliche Katastrophe war eine andere. Ihr Kind, ihre Ella, ihr Ein und Alles war tot.

Ihre schlimmsten Befürchtungen waren wahr geworden. Jetzt hatte er auch sie noch auf dem Gewissen.

Sie öffnete die Augen, die sich unmittelbar darauf mit Tränen füllten. Eine lähmende Schwere hatte ihren Körper erfasst, gleichzeitig verspürte sie den dringenden Wunsch, sich zu bewegen. Sie ließ die Bettdecke zur Seite gleiten, richtete sich langsam auf und stellte ihre nackten Füße auf den kalten Boden. Erst als sie aufstehen wollte, bemerkten ihre Eltern, dass sie wach geworden war, und kamen mit besorgten Gesichtern auf sie zu.

Schnell war ihnen klar, dass sie alles mitangehört hatte, und beide suchten nach den richtigen Worten. Ihrem Vater nahm sie die Anteilnahme sofort ab, er wirkte erschüttert, mitgenommen. Ihrer Mutter hingegen glaubte sie kein Wort. Deren Mitgefühl war aufgesetzt, die Sorge geheuchelt.

Erst vor wenigen Stunden hatte sie ihre Mutter sagen hören, dass es das Beste für alle Beteiligten wäre, wenn Ella nie gefunden würde, wenn sie für immer bei X bliebe. Denn nur ohne diesen Ballast, das Kind eines Vergewaltigers großziehen zu müssen, hätte sie die Chance auf einen richtigen Neuanfang.

Sie konnte immer noch nicht glauben, dass ihre Mutter etwas derart Grausames tatsächlich gesagt hatte. Man konnte doch sein Kind nicht aufgeben. Hatte sie sie etwa irgendwann aufgegeben? Sie hatte ihre Mutter nicht danach gefragt, auch weil sie sich vor der Antwort fürchtete.

Sie musste hier raus. Raus aus diesem Zimmer. Dieser Enge hier entfliehen, Abstand gewinnen. Sie stand auf und ging zur Tür.

Ihre Mutter stellte sich ihr in den Weg, sagte etwas, was sie beruhigen sollte. Doch das hatte den gegenteiligen Effekt. Als sie dann auch noch die Arme ausbreitete und sie umarmen wollte, wurde sie wütend. Sie stieß ihre Mutter von sich weg und stürmte aus dem Zimmer, raus in den Flur.

Der Polizist, der dort auf einem Stuhl saß, sah sie unentschlossen an. Sein Auftrag war, sie zu beschützen und keinen Unbefugten zu ihr zu lassen, doch nun stand sie vor ihm und wollte weg. Sie sagte, sie wäre gleich zurück und er solle solange nach ihrer Mutter sehen. Das schien sein Dilemma zu lösen, und er tat, worum sie ihn bat.

Mit schnellen Schritten eilte sie den langen Flur entlang, drückte die Stationstür auf, wollte weiter, raus aus dem Gebäude, in den Garten oder wohin auch immer, vor allen Dingen an die Luft, Platz um sich herum haben. Als sie an dem verglasten

Aufenthaltsraum vorbeikam, sah sie dort auf einem kleinen Tisch eine Zeitung liegen, dessen Titelseite ein großes Foto von ihr zeigte. Schlafend. Verletzlich. Unter anderen Umständen wäre sie schockiert darüber gewesen, dass die ganze Welt sie so sah, doch jetzt war es ihr egal. Sie fühlte nichts außer den Schmerz über den Verlust ihres Kindes.

Hinter sich hörte sie die Stimme ihrer Mutter, nach ihr rufend. Schritte, die näher kamen.

Sie lief ins Treppenhaus, ging mehrere Stufen nach unten, drehte dann unvermittelt wieder um und stieg die Treppe nach oben. Ihre Eltern würden vermuten, dass sie nach unten gegangen war, und ihr dorthin folgen. Dies wollte sie jedoch unter allen Umständen verhindern.

Nach drei Stockwerken wurde die Treppe schmaler und endete schließlich an einer Kunststofftür. Sie stieß sie auf. Ein Schwall warmer Luft wehte ihr entgegen.

Sie trat nach draußen und sah sich um. Sie befand sich auf dem flachen, teils mit Kies bedeckten Dach des Krankenhauses.

Nachdem sie über vereinzelte, auf dem Boden verlegte Rohre und Leitungen gestiegen war, gelangte sie schließlich an die Dachkante, die lediglich durch eine knöchelhohe, mit Blech ummantelte Umrandung eingegrenzt wurde. Ein Geländer oder gar einen Zaun suchte man hier vergebens. Es gab also rein gar nichts, was wie daran hindern würde, in die Tiefe zu springen.

Sie erschrak über diesen Gedanken und wunderte sich auch darüber, woher er so plötzlich kam. Seit Ella auf der Welt war, hatte sie nie daran gedacht, sich das Leben zu nehmen. In der Zeit davor, als sie völlig allein in diesem Kellerloch saß, da schon, aber nicht mehr, seitdem sie Mutter war …

Sie musste schlucken. Tränen schossen ihr in die Augen. Ihr wurde erneut bewusst, dass sie keine Mutter mehr war. Sie hatte ihr Kind verloren. Die größte vorstellbare Katastrophe war eingetreten.

Was machte sie hier oben? Wusste ihr Körper vor ihrem Verstand, dass es nach so einem Ereignis kein Weiter geben konnte? Hatte er sie deshalb hierherauf geführt?

Sie machte einen weiteren Schritt nach vorn, bis sie mit den Zehen an die Umrandung stieß. Als sie nach unten blickte, sah sie einen großen Parkplatz, umrahmt von einigen Bäumen, dahinter Felder.

Sie schloss die Augen und stellte sich vor, wie es wäre, wenn sie jetzt einfach sprang. Es wäre in wenigen Sekunden vorbei. Sie würde fliegen, sie würde auf dem Asphalt aufschlagen und vielleicht einen kurzen Schmerz spüren, der aber im Vergleich zu den Schmerzen, die sie bereits erlebt hatte, klein und harmlos wäre. Unbedeutend. Und dann hätte sie es geschafft, sie wäre wieder bei Ella.

Sie öffnete die Augen und hob den rechten Fuß, stellte ihn auf die kleine Erhöhung, suchte nach dem Gleichgewicht und zog den anderen Fuß nach. So stand sie einige lange Sekunden da und wartete auf den passenden Moment. Auch wenn sie Angst spürte und es noch Zweifel in ihr gab, die es zu überstimmen galt, so wusste sie doch, dass es richtig war. Was sollte sie in einer Welt, in der es keine Ella gab?

Sie holte tief Luft, sammelte Mut und wollte sich gerade langsam nach vorne fallen lassen, da entdeckte sie auf dem Parkplatz unten plötzlich das alte Auto, das vor dem Bunker gestanden hatte und mit dem sie fast entkommen waren. Sie fragte sich, warum es hier war. Auch die Tatsache, dass die Polizistin, die sie gerettet hatte, daraus ausstieg, wunderte sie. Als diese den Fahrersitz zurückklappte und kurz darauf ein Mädchen heraussprang, das aussah wie ihre Tochter Ella, verlor sie das Gleichgewicht. Sie taumelte, ihr wurde schwindelig, doch wie durch ein Wunder gelang es ihr mit einer schnellen Drehung des Oberkörpers und einer harten Landung auf dem Kiesboden des Krankenhausdaches, den Sturz in die Tiefe zu verhindern.

40

Nach der emotionalen Wiedervereinigung von Mutter und Tochter verabschiedete sich Eisfeld bei den beiden und machte sich daran, einen weiteren Krankenbesuch zu absolvieren.

Dachs hatte auf der Fahrt hierher in Erfahrung bringen können, dass Blessing die Operation gut überstanden hatte und sich mittlerweile in einem schwachen, jedoch stabilen Zustand befand, in jedem Fall aber außer Lebensgefahr war. Er lag im selben Krankenhaus, zwei Etagen tiefer.

Als Eisfeld vor dessen Zimmer angekommen war, musste sie jedoch feststellen, dass ihr Stellvertreter bereits Besuch hatte. Ein korpulenter Mann in Anzughose und weißem Hemd saß mit dem Rücken zu ihr auf einem Stuhl neben dem Bett und sprach mit leiser, sonorer Stimme auf Blessing ein. Obwohl sie das Gesicht des Besuchers nicht sehen konnte, erkannte sie ihn aufgrund seiner unverwechselbaren Statur sofort: Kriminaldirektor Eckart Tamm, der – zumindest wirkte es von ihrem Standpunkt aus so – Blessings Hand hielt.

Da sie von beiden bisher nicht bemerkt worden war, entschloss sich Eisfeld, leise den Rückzug anzutreten und den intimen Moment nicht zu stören. Sie würde Blessing später anrufen und sich nach seinem Befinden erkundigen – und natürlich auch, um ihre Neugier zu befriedigen.

Wenig später stand sie auf dem Parkplatz des Krankenhauses und dachte beim Anblick des schwarzen Pontiac Firebird daran, wie sehr Blessing sich darauf gefreut hatte, den Wagen nach Berlin zu überführen. Ihr tat es fast ein bisschen leid, dass ihm dieses Vergnügen nun verwehrt wurde. Im gleichen Moment fiel ihr aber auf, dass das vielleicht gar nicht so schlecht war. So würde er sich zumindest nicht an den Gedanken gewöhnen, in Zukunft öfter hinter dem Steuer zu sitzen. Denn das würde nicht passieren. Blessings Platz war der Beifahrersitz, und dabei würde es auch bleiben.

Als Eisfeld gerade in den Firebird steigen wollte, fiel ihr ein, dass sie immer noch keine Klarheit darüber hatte, ob sie nun vergewaltigt worden war oder nicht. Sie überlegte, ob sie noch mal hineingehen und Dr. Preis suchen sollte, überlegte es sich jedoch anders und rief die Ärztin kurzerhand an.

Während es klingelte, steigerte sich ihre Nervosität merklich. Das vertraute Gedankenkarussell in ihrem Kopf nahm wieder Fahrt auf.

Nach dem zehnten Klingeln brach die Verbindung ab.

Mara fragte sich, was das zu bedeuten hatte. Warum ging die Ärztin nicht ran? Hatte sie schlechte Nachrichten und war nur noch nicht bereit, diese zu überbringen? Oder war sie irgendwo, wo sie nicht sprechen konnte? Aber einen Satz wie »Alles in Ordnung, Frau Eisfeld!« konnte man doch an jedem beliebigen Ort sagen …

Während Mara noch ihren düsteren Gedanken nachhing, rief Dr. Preis zurück.

»Frau Eisfeld, entschuldigen Sie, ich wollte mich bereits heute Vormittag bei Ihnen gemeldet haben. Das Labor hatte die Abstriche nicht mit der Dringlichkeit behandelt, die ich mir eigentlich vorgestellt hatte. Aber jetzt habe ich die Ergebnisse. Kurz gesagt: Es wurden keine Hautpartikel einer anderen Person gefunden, auch keine Rückstände von Latex oder ähnlichen Materialien. Dass eine Vergewaltigung stattgefunden hat, ist deshalb nahezu ausgeschlossen. Weder mit noch ohne Kondom.«

Mara hätte vor Erleichterung heulen können, hielt sich aber zurück und bedankte sich stattdessen ausgiebig und überschwänglich bei der Ärztin. Dann startete sie den Firebird und fuhr los. So wollte so schnell wie möglich in Berlin sein, um ihren Sohn endlich wieder in die Arme zu schließen.

Als sie jedoch am Gebäude des LKA Berlin in der Keithstraße ankam und den Pontiac auf dem Parkplatz abstellte, fiel ihr ein, dass zuvor eine unangenehme Aufgabe auf sie wartete. Um sich gegenüber Banners nicht noch angreifbarer zu machen, als es ohnehin schon geschehen war, musste sie seiner Bitte nachkommen und – der Form halber, wie er sagte – sich bei einem seiner Mitarbeiter melden und ihre Aussage zu Protokoll geben.

Zunächst machte sie aber einen kurzen Zwischenstopp in der LKA-Kantine, obwohl sie diesen Ort wegen der unberechenbaren Qualität des Essens normalerweise mied. Doch inzwischen plagte sie ein derart überwältigendes Hungergefühl, dass sie bereit war, dieses Risiko einzugehen. Sie entschied sich für einen Kaffee und ein Lachsbrötchen, zahlte beides an der Kasse und wollte sich gerade an den nächstbesten Tisch setzen, da entdeckte sie am anderen Ende des fast leeren, hallenartigen Raumes Umut Oktay, der dort nachdenklich an einer Espressotasse nippte.

Als er sie an seinen Tisch treten sah, erhellte sich sein Gesicht. »Oh! Neuer Style?«

Mara freute sich ganz und gar nicht, dass sie schon wieder an ihr Outfit erinnert wurde, und verzog das Gesicht. »Lange Geschichte. Reden wir über etwas anderes.«

Oktay lächelte. »Gerne. Zum Beispiel über deine hervorragende Arbeit. Gratulation, Mara! Wirklich toll gemacht!«

»Danke, Umut. Und du? Wie geht's dir?«

Ihr Vorgesetzter sah ziemlich mitgenommen aus. Er hatte dunkle Ringe unter den Augen und schien auch sonst in den vergangenen Tagen um mehrere Jahre gealtert zu sein.

Eisfeld musterte ihn besorgt. »Alles klar bei dir?«

»Ja, ja, alles prima«, erwiderte er und bemühte sich redlich, auch diesen Eindruck zu vermitteln, doch seine leer und stumpf wirkenden Augen machten ihm einen Strich durch die Rechnung.

»Sag schon. Was ist los?«, ließ Mara nicht locker. »Du weißt, ich kann dich lesen wie ein Buch, und auf der Seite, die gerade aufgeschlagen ist, steht: Ich möchte es eigentlich sagen, aber erst nachdem ich oft genug dazu aufgefordert wurde …«

Oktay rang sich ein gequältes Lächeln ab, seufzte tief und blickte Mara lange an. Er schien hin- und hergerissen zu sein. Schließlich machte er einen tiefen Atemzug und sagte mit leiser Stimme: »Ich werde erpresst.«

Mara verzog das Gesicht und musste kurz auflachen. »Von deiner Tochter, oder was? Will sie ein neues Auto?«

Während sie auf eine Antwort wartete, hob sie die obere Hälfte ihres Lachsbrötchens an. Darunter befanden sich neben einer dünnen Scheibe Lachs eine Vielzahl an Zwiebelscheiben. Sie entfernte den Großteil davon und legte ihn auf den Tellerrand. Eine komplette Zwiebel für ein einzelnes Lachsbrötchen zu verwenden, war vielleicht doch etwas übertrieben. Was dachten sich die Kantinenbetreiber hier eigentlich? Den ein oder anderen Kontakt zu seinen Mitmenschen hatte man als Polizistin dann doch.

Als sie wieder aufblickte, sah Mara Umuts ernsten Gesichtsausdruck und legte die Stirn in Falten. »Von wem wirst du erpresst?«

»Das ist eine längere Geschichte«, erwiderte ihr Gegenüber mit gesenktem Kopf und drehte mit zwei Fingern bedächtig seine Espressotasse einmal um 360 Grad.

»Dann fang doch einfach von vorne an …«

Umut trank den letzten Tropfen Espresso und begann zu sprechen: »Ich hatte mal eine Beziehung zu einer Frau, und der habe ich versehentlich etwas über eine laufende Ermittlung erzählt, was sie dann wiederum ihrem Bruder erzählt hat.«

»Okay«, sagte Mara und biss in ihr von Zwiebeln befreites Lachsbrötchen.

»Der Bruder hieß Nikolas Bärenklau.«

»Der Chefredakteur des ARGUS?«

»Jetzt Chefredakteur, ja, damals war er noch Polizeireporter.«

»Und?«

»Wir haben uns gut verstanden, waren ein paarmal zu dritt essen. Für die versehentlich ausgeplauderte Information hat er mir Geld gegeben und daraus …«

»Wie? Was? Warte mal«, sagte Eisfeld und schluckte den Happen des Lachsbrötchens, den sie gerade im Mund hatte, eilig hinunter. »Du hast dich von einem Pressevertreter für die Weitergabe einer Information bezahlen lassen?«

»Es ging nur um eine Lappalie«, erwiderte Umut beschwichtigend. »Aber ja, es war ein Fehler. Der Beginn einer langen Reihe von Fehlern.«

Mara war auf ihrem Stuhl inzwischen bis ganz nach vorne gerutscht. Sie hatte eine dunkle Vorahnung, in welche Richtung sich diese Geschichte entwickeln würde, und diese Richtung gefiel ihr ganz und gar nicht.

»Wie ging das alles weiter?«

Oktays Augen flackerten. »Erst habe ich Bärenklau nur eher unwichtige Informationen gegeben und dafür kleinere Geldbeträge bekommen. Später wurden die Informationen dann relevanter und die Beträge höher. Genauer gesagt zu der Zeit, als ich mich mit ein paar eigentlich todsicheren Investitionen verspekuliert hatte, aber trotzdem die Raten für die Wohnung und für Fees Studium zahlen musste. Und die Scheidung fiel ja auch in diese Zeit …«

Mara wurde schwindelig. Nicht nur von dem, was sie gerade hörte, sondern auch, weil ihr Magen im Grunde immer noch leer war. Bis auf zwei Bissen hatte sie nichts von ihrem Lachsbrötchen gegessen, und mittlerweile war ihr ohnehin der Appetit vergangen.

»Als ich wieder einigermaßen Oberwasser bekommen hatte, wollte ich komplett aus der Nummer aussteigen«, fuhr Umut fort. »Ich habe Bärenklau angeboten, ihm das ganze Geld zurückzuzahlen. Wollte der aber nicht zurückhaben, und aussteigen ließ er mich auch nicht. Er hat sogar gedroht, eine Geschichte über mich zu veröffentlichen, wenn ich nicht weiter liefere. Titel: Ich war Informant des ARGUS, jetzt ist meine Karriere ein Trümmerfeld. Er wollte über etwas berichten, was erst eintreten würde, wenn der Bericht erschienen wäre. Dieses perfide Aas.«

»Und weiter?«, fragte Eisfeld tonlos.

»Na ja, nichts weiter. Ich hab ihm dann weiter Informationen geliefert, musste ich ja.«

»Auch über den aktuellen Fall? Also zum Beispiel, dass es Katharina Stellkamp war, die in dem Haus gefangen gehalten worden war, und so weiter?«

Umut sah ihr nicht in die Augen, nickte aber, womit dann auch geklärt war, auf welchem Weg Karlotta von Busse davon erfahren hatte, denn Nikolas Bärenklau war ihr direkter Vorgesetzter.

Mara durchströmte eine Welle bitterer Enttäuschung. Der Mann, der ihr gegenübersaß, war immer ihr leuchtendes Vorbild hier im LKA gewesen. Ausgerechnet der hatte hinter ihrem Rücken gemeinsam erarbeitete Ermittlungsergebnisse durchgestochen. Und das wohl über Jahre.

»Aber jetzt ist auf jeden Fall Schluss«, unterbrach Umut ihre Gedanken. »Tamm weiß Bescheid. Heute Vormittag habe ich ihm alles gestanden.«

Eisfeld sah ihn erstaunt an. »Und? Wie hat er reagiert?«

»Verhalten. Wir sind aber auch gar nicht richtig zum Sprechen gekommen. Er hat einen Anruf erhalten und musste sofort weg. Seitdem habe ich ihn nicht mehr erreicht …«

Oktay schien über diesen Umstand verwundert zu sein. Eisfeld, die etwas zur Aufklärung hätte beitragen können, hielt sich aber bedeckt. Keinesfalls wollte sie ihn in Tamms und Blessings Privatleben einweihen, und nach dem, was sie eben erfahren hatte, schon gleich dreimal nicht.

Umut seufzte. »Aber Tamm bleibt so oder so nichts anderes übrig, als mich zu suspendieren. Von daher spielt es nicht die entscheidende Rolle, ob er das heute tut oder nächste Woche.«

Eisfeld nickte und sah ihren Dezernatsleiter lange an. »Warum jetzt, Umut? Warum rückst du ausgerechnet jetzt mit dieser Sache raus? Warum nicht schon vor Jahren?«

Oktay zuckte mit den Schultern. Er wirkte hilflos. »Es hat mich einfach zu sehr belastet. Nächstes Jahr werde ich fünfzig, und ich wollte einfach reinen Tisch machen …«

Eisfelds Enttäuschung wich nun schlagartig einem anderen Gefühl: Wut. Wut über dieses unsägliche Selbstmitleid.

»Ach, dich hat es zu sehr belastet?! Na, so was. Darum geht's also. Nicht um die Kollegen, deren Arbeit dadurch erschwert wurde, nicht um die Opfer, nicht um mich. Nee, um dich geht's. Weil dich die Sache zu sehr belastet hat.«

Oktay blieb ruhig und blickte sie einige Sekunden mit traurigen Augen an. »Es tut mir leid, Mara. Ich kann verstehen, dass du verletzt bist, aber …«

»Lass es, Umut«, sagte sie und stand auf. »Spare es dir einfach, ja? In unser beider Interesse.«

Sie nahm ihre Tasse und den Teller, auf dem das größtenteils unangetastet gebliebene Lachsbrötchen lag, stellte beides in einen Tablettwagen und ging, ohne sich noch einmal umzudrehen, zum Ausgang.

41

Das Gespräch mit dem Kollegen aus Banners' Team verlief dann erfreulich entspannt. Es war derjenige mit der Vorliebe für Hawaiihemden, der bei Tamms letztem Montagsbriefing in der Reihe vor Eisfeld gesessen hatte und dessen Name ihr damals nicht mehr eingefallen war. Jetzt wusste sie ihn wieder, denn er hatte sich ihr vorsichtshalber nochmals vorgestellt: Kriminalkommissar André Stabler.

Eisfeld berichtete jede Einzelheit der letzten Tage, die in Zusammenhang mit dem Fall stand und an die sie sich erinnern konnte. Stabler schrieb akribisch mit, fragte an den richtigen Stellen nach und ließ zudem durch die Blume erkennen, dass er das Verhalten seines Vorgesetzten für mindestens befremdlich und oft auch wenig hilfreich für eine fruchtbare Zusammenarbeit hielt. Explizit sagte er das freilich nicht, dafür war er viel zu diplomatisch und vorsichtig, dennoch wuchs Eisfelds Sympathie für den jungen Kollegen im Laufe der fünfundvierzig Minuten, die das Gespräch dauerte, merklich.

Nachdem der Bericht fertig war, hatte Stabler noch eine Bitte. Zwar hatte die 5. Mordkommission nun formal die Ermittlungsleitung übernommen, allerdings fragte er sich, ob es unter Umständen möglich wäre, dass Maras Abteilung das Angefangene zu Ende bringen könnte, anstatt jetzt alles aufwendig für eine Übergabe aufzubereiten. Er hatte darüber bereits mit Dietrich gesprochen, für die es kein Problem wäre, Eisfelds Einverständnis natürlich vorausgesetzt.

Mara konnte gut verstehen, dass Stabler und seine Kollegen nicht sonderlich erpicht darauf waren, hinter der Schneise der Verwüstung, die Pankewitz hinterlassen hatte, aufzuräumen, sprich, die Angehörigen der Todesopfer zu verständigen, alle Berichte und Beweise von den beteiligten Dienststellen einzufordern, auf Vollständigkeit zu überprüfen und diese dann gebündelt an die Staatsanwaltschaft weiterzuleiten, damit dort eine Anklageschrift verfasst werden konnte, die so wasserdicht und unanfechtbar war, dass Pankewitz zu der maximal möglichen Strafe verurteilt werden konnte. Eine verantwortungsvolle, aber sehr kleinteilige Arbeit, von der Eisfeld froh war, dass sie sie als Leiterin der Mordkommission selbst nicht mehr machen musste, und da Dietrich bereits eingewilligt hatte, hatte sie dagegen natürlich ebenfalls nichts einzuwenden.

Im Anschluss daran verabschiedete sie sich und machte sich auf den Weg zu den Räumen der 9. Mordkommission. Sie wollte den Aufenthalt in ihrer Abteilung so kurz und knackig wie nur möglich gestalten und eigentlich nur Dietrich Bescheid geben, dass sie sich nach den ganzen Strapazen ein paar Tage freinehmen würde. Doch daraus wurde nichts, denn als Dietrich, Caro, Maik und Risa sie eintreten sahen, stellten sie sofort ihre jeweilige Tätigkeit ein, standen auf und begannen zu klatschen. Maik – der es bei solchen Gelegenheiten immer übertreiben musste – juhute zudem auch noch.

Mara wäre am liebsten in der nächsten Bodenritze verschwunden.

»Leute, nicht doch«, sagte sie beschwichtigend und bemerkte zeitgleich die Wärme, die sich in ihrem Gesicht ausbreitete. »Lasst das mal. Ihr wisst doch, dass ich sehr schüchtern bin. Und außerdem: Euer Anteil an dem Erfolg war ja auch nicht ohne.«

»Das stimmt natürlich«, erwiderte Dietrich trocken. »Unsere Belohnung dafür werden wir schon noch einfordern. Zu gegebener Zeit. Aber zuvor habe ich ein paar harte Fakten für dich. Professor Hopf hat uns nämlich sein rechtsmedizinisches Gutachten bezüglich Lillian Sandler – der Leiche auf Pankewitz' Grundstück – geschickt.«

Dietrich hob eine Akte von beachtlichem Umfang in die Höhe. »Hundertzweiundsiebzig Seiten, von denen ich bezweifle, dass sie der Professor selbst geschrieben hat. Ich lese das Wichtigste mal vor.«

Sie räusperte sich und begann: »Auch für einen sehr erfahrenen Rechtsmediziner – damit meint er natürlich sich selbst – war es eine Herausforderung, die Todesursache eindeutig festzustellen, insbesondere da die Leiche seit mehr als zehn Jahren einem Zersetzungsprozess ausgesetzt war. Die Kombination aus gebrochenem Zungenbein, zervikalen Wirbelsäulenverletzungen und der Fraktur des Kehlkopfes sowie den Hinweisen auf die Existenz einer Strangulationsfurche und die Ergebnisse der Bodenanalyse lassen den eindeutigen Schluss zu, dass kein Fremdverschulden vorliegt.

»Heißt dann wohl«, schlussfolgerte Caro Ponke, »Pankewitz hat Lillian Sandler zwar entführt, aber allem Anschein nach nicht getötet. Sie hat sich – mutmaßlich aus Verzweiflung über ihre aussichtslose Lage – also selbst das Leben genommen.«

Eisfeld nickte. »Bleibt für die Anklage gegen Pankewitz also lediglich Entführung in mindestens zwei Fällen, hundertfache Vergewaltigung, Totschlag, Geiselnahme, versuchter Mord an einem Polizeibeamten und – je nachdem, wie die Ereignisse in dem Bunker bewertet werden – auch Mord … Aber apropos: Wo befindet der sich eigentlich gerade?«

»Pankewitz ist jetzt im Justizvollzugskrankenhaus hier in Berlin«, antwortete Caro. »Unter erhöhter Bewachung, auch wenn sein Gesundheitszustand einen Fluchtversuch momentan eher nicht erwarten lässt.«

Eisfeld wurde erst in diesem Moment so richtig bewusst, dass dieser Albtraum, der sie die letzten Tage so intensiv beschäftigt hatte, nun wirklich zu Ende war. Sie spürte, wie das Gefühl der Genugtuung, das sich beim Anblick des schwer verletzten Dirk Pankewitz nicht einstellen wollte, nach und nach in ihren Körper sickerte und sich langsam dort ausbreitete. Es war also tatsächlich vorbei. Sie hatten es geschafft.

Eine Weile blieb Eisfeld noch im Kreise ihres Teams sitzen, beteiligte sich aber kaum mehr an den Gesprächen, sondern war mit ihren eigenen Gedanken beschäftigt. Sie empfand große Dankbarkeit, mit diesen Kollegen arbeiten zu dürfen, und freute sich darauf, dies auch in Zukunft zu tun, hoffte aber inständig, dass es nicht mit der gleichen aufreibenden Intensität der letzten Tage weiterging.

Als sie eine Stunde später endlich das Haus erreichte, in dem sich Mattis und Samis neue Wohnung befand, war die Sonne bereits halb untergegangen. Obwohl sie Mattis überstürzter Auszug sehr schmerzte und sie sich wünschte, irgendwann doch wieder zu dritt in einer gemeinsamen Wohnung zu leben, freute sie sich über das unverschämte Glück, das er am Ende seiner Monate andauernden Wohnungssuche dann doch noch gehabt hatte, denn im warmen, goldenen Sonnenlicht wirkte das Haus, vor dem sie jetzt stand, fast märchenhaft schön. Ein Altbau, von oben bis unten mit Efeu bewachsen und in einer verkehrsberuhigten, mit Kirschbäumen gesäumten Straße gelegen, zudem fußläufig tatsächlich problemlos von ihrer Wohnung aus zu erreichen.

Nach Betreten des Hauseingangs verfestigte sich der positive Eindruck noch weiter. Es war sauber und roch frisch. Ein Aushang kündigte das jährliche Hausfest an, die darunter befindliche Liste, die regeln sollte, wer welche Aufgaben übernahm, war bereits gut gefüllt, was Mara als Hinweis auf eine funktionierende Hausgemeinschaft deutete.

Auch der Hinterhof war liebevoll gestaltet und wirkte aufgeräumt. Liegestühle standen überall herum, auch einige kleine Holztischchen. Viele Pflanzen in größeren und kleineren Terrakottatöpfen. Eine Schaukel und ein kleiner Sandkasten mit vielen Förmchen. Quer über den Hof war eine Lichtgirlande aus Glühbirnen gespannt, welche dem Ort am Abend sicher eine lauschige Atmosphäre verlieh. Mara war sich sicher, dass sich ihre beiden Jungs hier wohlfühlen würden. Und sie auch, falls sie irgendwann mal beschließen sollte, es Matti gleichzutun und hier im Hof ihr Zelt aufzuschlagen.

Nachdem Mara die Tür zum Seitenflügel geöffnet hatte und einige Stufen in Richtung dritter Etage hinaufgestiegen war, wo sich laut Mattis Beschreibung die neue Wohnung befand, spürte sie, wie schwer ihr das fiel. Jeder Schritt war eine kolossale Kraftanstrengung, sie war kurzatmig, und jede Bewegung schmerzte. Hinzu kam, dass sie plötzlich eine merkwürdige Nervosität überfiel. Als sie jedoch Samis glockenhelle Stimme von oben »Mama, Mama!« rufen hörte, war dies alles wie weggeblasen. Ihr Körper fühlte sich wieder federleicht an, und sie nahm die letzten Stufen mit fast jugendlicher Leichtigkeit.

Sami und Matti warteten an der Tür. Beide strahlten über das ganze Gesicht.

»Du hast ja eine Kuhhose an! Cool!«, rief Sami und kriegte sich vor Begeisterung kaum mehr ein. »Kann ich auch so eine haben? Bitte, bitte.«

Mara musste lachen. Immerhin einer in der Familie teilte also den exquisiten Modegeschmack von Doreen Dachs.

»Na, aber selbstverständlich«, sagte sie, während sie Matti einen prüfenden Blick zuwarf. »Und Papa bekommt auch eine.«

Matti verzog das Gesicht auf eine nicht ganz ernst gemeinte Art. »Dann gibt's aber nur noch Gras. Mmmmh, lecker Gras. Mama isst seit Tagen nichts anderes.«

»Stimmt ja gar nicht«, rief Sami lachend. »Oder, Mama? Stimmt das?«

Eisfeld, die zwei Stufen vor Ende der Treppe stehen geblieben war, um auf gleicher Höhe mit ihrem Sohn zu sein, umarmte ihn nun und flüsterte in sein Ohr: »Nein, stimmt nicht. Aber Papa darf das ruhig glauben.« Dann gab sie Sami einen dicken Kuss auf die Wange und drückte ihn ganz fest an sich. »Ich hab dich sehr vermisst, mein Großer.«

»Ich hab dich auch vermisst, Mama. Auch sehr. Aber jetzt bist du ja da.«

»Ja, jetzt bin ich da«, sagte Mara und gab ihrem Sohn einen weiteren Kuss, dieses Mal auf die andere Wange. »Und wenn du willst, dann schau ich mir gleich dein neues Zimmer an. Darauf freue ich mich schon die ganze Zeit.«

Das ließ sich Sami nicht zweimal sagen. Er nahm seine Mama an der Hand und führte sie in die neue Wohnung, vorbei an Matti, der zufrieden lächelte.

»Dann kümmere ich mich wohl allein ums Abendessen.«

»Ja, Papa. Mach mal.«

In Samis Zimmer standen allerlei Kisten herum, ein Bett gab es auch noch nicht, sondern nur eine Kindermatratze in der Mitte des Raumes, um die in einem Kreis all seine Kuscheltiere aufgestellt waren.

»Beschützen die dich, wenn du schläfst?«, fragte Mara.

Sami nickte eifrig und begann die Namen aller Tiere aufzuzählen sowie die besonderen Fähigkeiten und Kräfte, die sie besaßen, und bei welchen Gefahren diese besonders hilfreich waren.

Mara hörte interessiert zu, legte sich währenddessen auf die kleine Kindermatratze, um die Tiere besser sehen zu können, merkte aber schnell, dass dies keine so gute Idee war, denn sosehr sie sich auch bemühte, die Aufmerksamkeit aufrechtzuerhalten, war bei Waschbär Waldemar Schluss. Bevor Sami dessen Superkräfte in aller Ausführlichkeit schildern konnte, war sie eingeschlafen.